Huis in brand

Wilt u op de hoogte blijven van de romans en literaire thrillers van uitgeverij Signatuur? Meldt u zich dan aan voor de literaire nieuwsbrief via onze website www.uitgeverijsignatuur.nl.

Kamila Shamsie

Huis in brand

Vertaald uit het Engels door Anne Jongeling

SIGNATUUR

2018

Oorspronkelijke titel: *Home Fire*
Vertaald uit het Engels door Anne Jongeling

Omslagontwerp: © Ben Denzer
Belettering origineel omslag: Grace Han
Bewerking Nederlands omslag: DPS Design & Prepress Studio
Foto auteur: © Zain Mustafa
Typografie: Pre Press Media Groep, Zeist
Druk- en bindwerk: Wilco, Amersfoort

ISBN 978 90 5672 604 1
NUR 302

Eerste druk, mei 2018
Tweede druk, juni 2019

Voor Gillian Slovo

Degenen van wie wij houden… zijn vijanden van de staat.
Sofokles, *Antigone*

ISMA

1

Isma zou haar vlucht missen. Ze zou het ticket niet vergoed krijgen, want luchtvaartmaatschappijen hadden geen coulance met reizigers die drie uur voor de vertrektijd op het vliegveld arriveerden en naar een verhoorkamer werden geleid. Ze had wel verwacht dat ze ondervraagd zou worden, niet dat ze daarvoor vele uren zou moeten wachten, ook niet hoe vernederend het was dat de inhoud van haar bagage werd gecontroleerd. En ze had er nog wel zo op gelet geen dingen in haar koffer te stoppen die tot vragen konden leiden – geen koran, geen familiefoto's, geen boeken op haar academische vakgebied. Desondanks tilde de douanebeambte elk kledingstuk van Isma met duim en wijsvinger op, niet eens op zoek naar verborgen zakken, maar om de kwaliteit van de snit te beoordelen. Uiteindelijk pakte ze het designerjasje dat Isma bij binnenkomst over de rugleuning van de stoel had gehangen en hield het aan de schouders omhoog.

'Dit is niet van u,' zei ze, en Isma wist zeker dat ze niet bedoelde dat het haar een maat te groot was, maar dat het te chic was voor iemand als zij.

'Ik heb in een stomerij gewerkt. De vrouw die dit jasje kwam brengen, zei dat ze het niet meer hoefde toen we de vlek er niet uit kregen.' Ze wees naar de vetvlek op de zak.

'Wist de eigenaar van de stomerij dat u het hebt meegenomen?'

'De stomerij was van mij.'

'U was de eigenaresse van een stomerij en nu bent u op weg naar Amherst in Massachusetts om te promoveren in de sociologie?'

'Dat klopt.'

'Hoe kwam dat zo?'

'Kort na mijn studie zijn mijn ouders overleden. Mijn broer en zus, een tweeling, waren toen twaalf. Ik heb de eerste de beste baan aangenomen. Inmiddels zijn ze volwassen en nu ze op eigen benen staan, kan ik mijn eigen leven weer oppakken.'

'Nu kunt u uw eigen leven weer oppakken… in Amherst, Massachusetts.'

'Mijn academische leven, bedoel ik. Mijn voormalige studiebegeleider van de London School of Economics doceert tegenwoordig aan een universiteit in Amherst. Haar naam is Hira Shah. U kunt haar bellen. Als ik daar aankom, kan ik bij haar logeren tot ik mijn eigen kamer heb.'

'In Amherst.'

'Nee, althans, dat weet ik niet. Bedoelt u haar woning of mijn eigen kamer? Zij woont in Northampton, dat ligt dicht bij Amherst. Van daaruit ga ik op zoek naar een geschikte woonruimte. Misschien in Amherst, misschien ergens anders. Ik heb een lijstje met makelaars in mijn telefoon. Die u nu hebt.' Ze hield abrupt op met praten. De douanebeambte had dezelfde houding als de beveiligingsmedewerker daarvoor: zwijgen als je eerlijk antwoord gaf op hun vraag, zodat je je verplicht voelde meer te vertellen. En hoe meer je zei, des te schuldiger je overkwam.

De vrouw liet het jasje op de berg kleding en schoenen vallen en gebood Isma te wachten.

Dat was inmiddels een poosje geleden. Haar vlucht was nu aan het boarden. Isma keek naar haar koffer. Ze had hem weer ingepakt toen de vrouw de kamer had verlaten en vroeg zich bezorgd af of ze er verkeerd aan had gedaan dat zonder hun toestemming te doen. Moest ze haar kleren weer door elkaar gooien, of zou dat de zaken alleen maar verergeren? Ze stond op, ritste de koffer open en liet hem zo staan dat de inhoud zichtbaar was.

Later kwam er een man binnen, die Isma's paspoort, laptop en telefoon bij zich had. Ze stond zichzelf een sprankje hoop toe, maar hij ging zitten en gebaarde dat zij ook moest plaatsnemen. Hij zette een opnameapparaat op de tafel neer.

'Beschouwt u zichzelf als Brits?' vroeg de man.

'Ik ben Brits.'

'Maar beschouwt u zichzelf ook als Brits?'

'Ik heb hier mijn hele leven gewoond.' Ze bedoelde te zeggen dat er geen ander land was waarvan ze zich deel kon voelen, maar de manier waarop ze het zei, klonk ontwijkend.

Het verhoor duurde bijna twee uur. Hij wilde weten wat haar gedachten waren over sjiieten, homoseksuelen, de Queen, democratie, de *Great British Bake Off*, de invasie in Irak, Israël, zelfmoordterroristen, datingsites. Na haar verspreking omtrent haar Britsheid voegde ze zich in de rol die ze met Aneeka had geoefend, waarbij zij de verhorende functionaris had gespeeld en Isma antwoorden had gegeven alsof ze een type met discutabele politieke opvattingen was, wier inkomsten ze niet op het spel wilde zetten door keihard tegen haar in te gaan, maar tegen wie ze ook niet hoefde te liegen. ('Als mensen het over de vijandschap tussen de sjiieten en de soennieten hebben, gaat de discussie meestal over de verschillende politieke machtsverhoudingen, zoals in Irak of in Syrië. Als Brit maak ik geen onderscheid tussen de ene moslim en de andere.' 'Het bezetten van andermans land veroorzaakt in de regel meer problemen dan oplossingen' – en die vlieger ging dan zowel op voor Irak als voor Israël. 'Burgers doden is een zonde en dat geldt zowel voor zelfmoordaanslagen als voor luchtbombardementen of droneaanvallen.') Er viel steeds een lange stilte tussen elk antwoord en de volgende vraag, waarbij de man op het toetsenbord zat te tikken en haar browsergeschiedenis naliep. Hij wist dat ze had willen weten of een bepaalde acteur uit een populaire tv-serie getrouwd was; dat ze ondanks haar hoofdbedekking toch dure producten tegen droog haar kocht; dat ze 'hoe maak je een praatje met Amerikanen' had opgezocht.

'Je weet dat je ze niet alles hoeft te vertellen,' had Aneeka tijdens het rollenspel gezegd. Haar zus, nog geen negentien, met haar rechtenstudiedenkwijze, die alles van haar rechten wist en niets over haar fragiele plek op deze wereld. 'Als ze bijvoorbeeld naar de Queen vragen, zeg je gewoon: "Vanwege mijn Aziatische achtergrond koester ik veel bewondering voor haar veelkleurigheid." Het is belangrijk dat ze weten dat je nog enige minachting voor het hele proces hebt.' In plaats daarvan had Isma geantwoord: 'Ik bewonder de toewijding waarmee Hare Majesteit zich van haar taak kwijt.' Het gaf haar wel enige voldoening om aan de alternatieve antwoorden van haar zus te denken, aan haar triomfantelijke 'Ha!' toen de beambte haar dingen vroeg die Aneeka had voorzien, maar die ze zelf had afgeschreven, zoals de *Great British Bake Off*. Ach, als ze haar nu niet aan boord lieten gaan – of geen andere vlucht lieten nemen –, dan zou ze naar huis gaan, naar Aneeka, wat de ene helft van haar hart haar al ingaf. Met hoeveel van haar hart Aneeka hetzelfde wilde, was moeilijk te zeggen – ze was er heel stellig in geweest dat Isma haar plannen voor Amerika beslist moest doorvoeren, en of dat onbaatzuchtigheid was of dat haar zus graag alleen wilde zijn, was een vraag die zelfs Aneeka niet kon beantwoorden. Een minieme flikkering ergens in haar hersens duidde op een gedachte aan Parvaiz die tevoorschijn dreigde te komen, maar die werd direct met kracht onderdrukt – haar voornemen om nooit meer aan hem te denken was te sterk.

Uiteindelijk ging de deur weer open en kwam de vrouwelijke douanebeambte terug. Misschien was zij degene die de vragen over haar familie ging stellen, de vragen die het moeilijkst te beantwoorden waren, de meest doorwrochte die ze met haar zus had doorgenomen.

'Onze excuses hiervoor,' zei de vrouw halfhartig. 'We moesten wachten tot ze in Amerika wakker waren en een aantal details omtrent uw studentenvisum konden bevestigen. Alles blijkt te kloppen. Alstublieft.' Ze overhandigde Isma een stijve papieren strook alsof het een gebaar van grootmoedigheid was. Het was haar instapkaart voor het vliegtuig dat al was vertrokken.

Isma stond op, ietwat onvast vanwege de tintelingen in haar voeten. Ze had zich al die tijd niet bewogen uit angst degene die tegenover haar aan de tafel zat tegen de schenen te schoppen. Terwijl ze haar rolkoffer de kamer uit duwde, bedankte ze de vrouw die haar vingerafdrukken op haar ondergoed had achtergelaten en lette erop nog geen zweem van sarcasme in haar stem te laten doorklinken.

De kou beet in haar huid waar die niet bedekt was en sneed door de lagen kleding heen. Isma opende haar mond en wierp haar hoofd in haar nek om de lucht in te ademen die het gevoel uit haar lippen joeg en pijn deed aan haar tanden. Overal lagen verharde sneeuwplaten te glinsteren in het licht van de terminal. Ze had haar koffer bij dr. Hira Shah achtergelaten, die twee uur door Massachusetts had gereden om haar bij luchthaven Logan op te halen. Isma liep naar een sneeuwhoop aan de rand van de parkeerplaats, trok haar handschoenen uit en drukte erop. Eerst gaf de korst niet mee, toen brak ze erdoor en zakten haar vingers in de zachte onderliggende laag. Ze likte de sneeuw van haar handpalm om haar droge mond te bevochtigen. De vrouw achter de balie van de klantenservice op Heathrow – een moslima – had zonder extra kosten een plek op de volgende vlucht voor haar geregeld; gedurende de hele reis had ze zich zorgen gemaakt over de ondervraging die haar in Boston zou wachten; ze zouden haar vast in hechtenis nemen of op het eerste het beste vliegtuig naar Londen zetten. Maar bij de immigratiedienst hadden ze alleen aan haar gevraagd waar ze ging studeren, en Isma had instemmend geknikt toen ze iets over het basketbalteam zeiden wat ze niet helemaal begreep. Toen mocht ze doorlopen. In de aankomsthal zag ze dr. Shah staan, haar mentor en redder in nood, die op een paar grijze plukken in haar korte, donkere haar na niets was veranderd sinds Isma's laatste jaar op de universiteit. Op het moment dat ze haar hand opstak om haar te begroeten, begreep Isma hoe het in een ander tijdperk moest zijn geweest om de geheven arm van het Vrijheidsbeeld te zien en te weten dat je het had gered, dat alles goed zou komen.

Ze had nog net genoeg gevoel in haar blote handen om snel een bericht in haar telefoon te typen: VEILIG AANGEKOMEN. BEN AL DOOR IMMIGRATIE – GING PROBLEEMLOOS. DR. SHAH IS HIER. HOE GAAT HET DAAR?

Haar zus schreef terug: GOED NU IK WEET DAT ZE JE HEBBEN DOORGELATEN, DAN KAN TANTE NASEEM OPHOUDEN MET BIDDEN EN IK MET IJSBEREN.

ECHT ALLES GOED?

MAAK JE OM MIJ GEEN ZORGEN. LEEF JE EIGEN LEVEN – IK WENS HET JE VAN HARTE TOE.

De parkeerplaats met de grote, zelfverzekerde auto's; de brede lanen erachter, overal fonkelende lichten, hun stralende kracht vermenigvuldigd door het alom weerkaatsende oppervlak van glas en sneeuw: hier vond je het lef en de zekerheid en – op deze nieuwjaarsdag in 2015 – de belofte van een nieuw begin.

Toen Isma in het volle daglicht wakker werd, zag ze hoe twee figuren met felgekleurde vlakken erboven zich van de hemel losmaakten en op haar af doken.

Op de eerste ochtend na haar aankomst in Amerika had Hira Shah haar dit appartementje laten zien. De huisbaas had haar op de grote lichtkoepel gewezen, de tegenhanger voor de donkere inbouwkast, waar ze kometen en maansverduisteringen zou zien, zo beloofde hij. De herinnering aan het verhoor op Heathrow lag haar echter nog te vers in het geheugen; ze kon alleen maar denken aan surveillancesatellieten die door de lucht buitelden en ze had de woonruimte afgewezen. Maar na een hele dag van bezichtigingen werd het haar duidelijk dat ze niets beters kon vinden, tenzij ze zich kon verenigen met het idee van een kamergenoot. Inmiddels was ze tien weken verder en rekte ze zich in bed uit in de wetenschap dat ze alles kon bekijken zonder zelf bekeken te worden. De rood-met-gele parachutes leken tergend langzaam naar beneden te komen. In vrijwel de hele geschiedenis van de mensheid waren alle figuren die uit de hemel afdaalden engelen, goden en demonen geweest, of iemand als Icarus, die op de aarde af raasde terwijl zijn vader Daedalus te langzaam was om zijn balsturige zoon op te kunnen vangen. Hoe moet het zijn geweest om zo'n verschijnsel bij te wonen – aller ogen op de hemel gericht, in afwachting van een mythische gedaante die ging landen? Ze nam een foto van de parachutisten, stuurde die naar Aneeka met als bijschrift: WIJ OOK EEN KEER PROBEREN? en terwijl ze haar benen uit bed zwaaide, vroeg ze zich af of de lente soms vroeg was begonnen of dat het de stilte voor de storm was.

De temperatuur was 's nachts fors opgelopen en had de sneeuw in smeltwater veranderd, zoals ze al had opgemerkt toen ze vroeg wakker was geworden voor het ochtendgebed en ze de waterstroom langs de licht hellende weg had horen klateren. Er waren ongebruikelijk veel sneeuwstormen geweest die winter, had ze zich laten vertellen, en bij het aankleden dacht ze aan de mensen die hun huis uit liepen en in hun tuin, die voor het eerst in maanden sneeuwvrij was, allerlei verloren voorwerpen terugvonden, zoals sleutels, pennen, handschoenen, muntjes. Het gewicht van de sneeuw had het oorspronkelijke model vervormd en als je de gevonden handschoen naast de andere zou leggen, zou hij eerder op een verre neef lijken. En dan? Wat doe je dan? Beide handschoenen weggooien, of het niet meer passende setje alsnog dragen om het wonder van de hereniging te vieren?

Ze vouwde haar pyjama op, legde die onder haar hoofdkussen en streek de sprei glad. Ze keek om zich heen naar de strakke, sobere lijnen van haar appartement – eenpersoonsbed, bureau, bureaustoel, kasten – en opnieuw voelde ze, zoals bijna elke ochtend, de intense vreugde van het dagelijks leven vervat in de essentie: boeken, wandelingen, een plek om na te denken en om te werken.

Toen ze de zware deur van het twee verdiepingen tellende huis van fineersteen openduwde, kon ze voor het eerst ademhalen zonder dat de lucht als een mes door haar longen sneed. Door de dooi leken de straten en trottoirs opeens veel breder, en ze voelde zich… wat was het woord...? onbegrensd toen ze op pad ging en er flink de sokken in kon zetten zonder uit te glijden op het ijs, langs grote koloniale huizen, langs auto's met de politieke voorkeur op bumperstickers, langs tweedehandskleding, antiek en yoga. Ze liep naar Main Street, waar het gemeentehuis met zijn onverklaarbare romaanse torens met embrasures voor de schutters het straatbeeld een bijna hilarische franje gaf.

Ze zocht haar favoriete cafetaria op en liep met een dampende beker koffie de trap af naar het souterrain met de boekenkasten; een warm, verlicht toevluchtsoord met oude leunstoelen en sterke koffie. Ze sloeg een paar toetsen aan om haar laptop tot leven te brengen zonder nog echt te letten op het overbekende beeld op haar bureaublad: een foto van haar moeder als jonge vrouw in de jaren tachtig met een enorme bos haar en grote oorbellen, die een kus op Isma's nog jonge kinderhoofdje drukte. Het was een vast onderdeel van Isma's ochtendroutine om het Skype-venster te openen en te kijken of haar zus online was. Vandaag was dat niet het geval, maar toen ze het venster wilde wegklikken, verscheen er een nieuwe naam op haar contactenlijst. Parvaiz Pasha.

Isma haalde haar handen van het toetsenbord, liet ze op de tafel aan weerszijden van de laptop steunen en staarde naar de naam van haar broer. Ze had die niet meer gezien sinds de dag in december dat hij belde om hen op de hoogte te brengen van het besluit dat hij had genomen, zonder rekening te houden met de gevolgen die het voor zijn zussen zou hebben. Hij keek nu vast ook naar haar naam, met het groene vinkje ernaast als teken dat ze beschikbaar was voor de chat. Het Skype-venster bevond zich op een dusdanige plek op het scherm dat de rand net de lippen van haar moeder raakte. De fijne, gebeeldhouwde trekken van Zainab Pasha hadden Isma overgeslagen en waren naar de tweeling gegaan, die lachten met hun moeders mond, straalden met hun moeders ogen. Isma maximaliseerde het Skype-venster, zodat het hele scherm werd afgedekt, legde haar handen om haar hals en voelde de reactie van haar hart op de aanblik van zijn naam in het razendsnelle jagen van het bloed door haar aderen. De seconden tikten voorbij. Er kwam geen bericht van hem. Ze bleef naar haar scherm kijken, zoals ze wist dat hij naar het zijne keek, allebei wachtend om dezelfde reden: Aneeka.

Een paar weken daarvoor, bij Hira Shah thuis, werd het geluid van Hira's raspen van de aardappels doorsneden met een vreemd ijl, hoog getingel. Isma en Hira hadden allebei hun telefoon nagekeken, op luidsprekers getikt, ze hadden hun oor tegen wanden en vloeren gedrukt, ze waren de gang in gelopen, hadden kastdeuren geopend, lege kamers bekeken, en ondertussen bleef het maar doorgaan, die esoterische melodie, die ze tot geen enkel muziekinstrument, stemgeluid of vogelgezang konden herleiden. Een buurman kwam helpen met zoeken. 'Geesten,' zei hij ten slotte met een knipoogje voor hij wegging.

Isma was in de lach geschoten, maar Hira's schouders verkrampten en ze reikte naar de amulet die aan de muur hing, waarvan Isma altijd had gedacht dat hij alleen ter decoratie was.

De melodie hield aan, leek overal en nergens vandaan te komen en hen overal in huis te achtervolgen, waar ze ook gingen. Hira klemde het mes stevig in haar handen en prevelde iets wat het Onzevader bleek te zijn – ze had in Kasjmir op een kloosterschool gezeten. Uiteindelijk besloot ze, met haar uitzonderlijk rationele, messcherpe doktersgeest, dat ze beter buiten de deur een hapje konden gaan eten, ondanks de hevige hagel. Als ze weer thuiskwamen, zou het geluid vast verdwenen zijn. Isma ging boven in de badkamer haar handen wassen, die stoffig waren geworden van het wroeten in vergeten hoeken. Staande voor de wastafel keek ze door het raam naar buiten en opeens ontdekte ze de bron van het getingel.

Ze rende naar beneden, pakte Hira's hand en liep met haar door de achterdeur naar buiten, met hoog opgetrokken schouders tegen de hagelbui. Van de ene kant van het huis naar de andere, langs de muur van rode baksteen, hing een rij ijspegels aan de dakgoot, van soms wel decimeters lang, waar de hagelstenen met een melodieus ritme tegen en langs kletterden. De akoestiek van ijs op ijs was een verschijnsel waar ze nooit op zouden zijn gekomen tot ze het met eigen ogen zagen.

De vlammende pijnscheut die op dat moment door haar lichaam bliksemde, deed haar door haar knieën zakken. Hira wilde haar te hulp komen, maar Isma stak afwerend haar hand omhoog, liet zich in de sneeuw vallen en liet de pijn door zich heen trekken terwijl de hagel en de ijspegels hun bijna kunstmatige symfonie voortzetten. Parvaiz, de jongen die vrijwel geen stap zette zonder zijn oortjes en microfoon, zou daar voor de hele duur van het ijsorkest zijn blijven liggen, zonder zich iets aan te trekken van de smeltende sneeuw die door zijn kleding sijpelde, het geroffel van de hagelbui op zijn lijf; hij zou doof en blind voor alles zijn behalve voor dit geluid dat hij nooit eerder had gehoord, zijn ogen omfloerst van geluk.

Dat was de enige keer dat ze het gemis van haar broer echt

had ervaren zonder de gebruikelijke adjectieven als 'ondankbaar' en 'egoïstisch' te bezigen, die door haar gevoel van verlies heen kerfden. Ze keek naar zijn naam op het scherm met prevelende lippen in een stil gebed dat Aneeka vooral niet zou inloggen, terwijl de adjectieven nu dik en taai in haar hoofd stokten. Aneeka moest leren om aan hem te denken als iemand die voor altijd was verloren. Het was mogelijk om dat te bereiken, hoeveel je ook van diegene hield. Die levensles had Isma al op jonge leeftijd gekregen. Maar je kon het alleen leren als er een compleet vacuüm was ontstaan op de plek waar je dierbare ooit had gehuisd.

Zijn naam verdween van het scherm. Ze tastte naar haar schouder, waar de onderhuidse spieren verknoopt waren geraakt. Door de druk van haar vingers besefte ze ten enenmale hoe het was om zonder familie te moeten leven, als niemands handen behalve die van jouzelf konden voelen wat je moest doormaken. 'We houden contact,' hadden zij en Aneeka tegen elkaar gezegd. 'Het is tegenwoordig zo gemakkelijk.' Maar het gemak van de moderne technologie had niettemin beperkingen en die beperking was van invloed op een essentieel onderdeel van het contact tussen haar en haar zus: elkaar kunnen aanraken. Als baby werd Aneeka gebaad, gekleed, gevoed en in slaap gewiegd door haar grootmoeder, en zij als haar negen jaar oude zusje, terwijl Parvaiz, de zwakkere, ziekelijke van de tweeling, door zijn moeder werd gezoogd (ze had slechts genoeg melk voor één kindje) en huilde als zij zich niet over hem ontfermde. Toen de tweeling ouder werd en ze hun eigen, besloten universum begonnen te vormen, werd wat Aneeka van Isma nodig had telkens een stukje minder, maar desondanks hadden ze nog steeds een hecht, fysiek contact – Parvaiz was degene die alle zorgen en teleurstellingen te horen kreeg, maar ze kwam naar Isma als ze een arm om haar schouders wilde, een hand om over haar rug te wrijven, een warm lichaam om op de bank tegenaan te kruipen. En als de last van de wereld te zwaar dreigde te worden voor Isma – met name in de dagen na het overlijden van hun grootmoeder en hun moeder nog geen jaar later, en Isma de taak kreeg om twee ontredderde twaalfjarigen te bemoederen en te verzorgen – was het

Aneeka die soms haar handen op de schouders van haar oudere zus legde om de pijn weg te masseren.

Geërgerd over haar zelfmedelijden klikte ze op het essay dat ze moest afmaken en dompelde zich onder in haar werk om al het andere te vergeten.

Halverwege de middag was de temperatuur gestegen tot meer dan vijftig graden Fahrenheit, wat echter veel warmer klonk en voelde dan elf graden Celsius, en de vroegtijdige lentesfeer had bijna alle bezoekers in het souterrain naar buiten gedreven. Isma trok de beker koffie naar zich toe die ze na haar lunch had besteld. Zou het een faux pas zijn als ze zou vragen hem in de magnetron op te warmen? Ze wilde net de stoute schoenen aantrekken toen de deur openging en met de geur van sigaretten uit het rokersgedeelte een jongeman naar binnen kwam die onmiddellijk haar aandacht trok.

En niet omdat hij zo knap was. Ga op een willekeurige straathoek in Wembley staan en er komen legio mannen voorbij met dik donker haar, een lichtbruine huid, regelmatige trekken, lang van gestalte en brede schouders, al stralen die zelden zoveel privilege uit als deze jongeman. Nee, wat haar aandacht had getrokken, was dat hij haar zo bekend voorkwam.

Bij haar 'oom' thuis – niet dat ze een bloedband hadden of zelfs maar een heel hechte, maar omdat hij zo vaak bij hen over de vloer kwam noemden ze hem oom – hing een foto uit de jaren zeventig van een cricketteam uit de buurt, dat een trofee omhooghield. Als kind was Isma soms stil blijven staan voor deze foto, en ze vroeg zich dan af hoe deze blakende, stoere jongens zich verhielden tot de verlepte vijftigers van nu. Ze keek alleen naar de mannen van middelbare leeftijd die ze persoonlijk kende; daarom lette ze nooit echt op die ene in het slecht passende uniform die niet lachte, tot de dag waarop haar oma bij de foto ging staan, naar hem wees en brieste: 'Schaamteloos!'

'O ja, onze nieuwe parlementariër,' zei de oom, die kwam kijken wie de oorzaak was van de plotselinge boze uitbarsting. 'Op de dag van de finale kwamen we een man tekort en deze hier, dat sikkeneurige heerschap, was net op bezoek bij zijn neef, onze wicketkeeper, dus wij zeiden: "Oké, speel maar mee", en we gaven hem het uniform van onze geblesseerde batsman. Hij heeft de hele wedstrijd niets gepresteerd, behalve een bal uit zijn handen laten vallen, maar toen de foto werd gemaakt was hij degene die de bokaal omhooghield, en zo belandde hij in de regionale krant. Hij mocht hem alleen maar even vasthouden omdat we beleefd wilden zijn, per slot van rekening hoorde hij niet bij het team, dus we dachten dat hij wel zo netjes zou zijn om te zeggen dat die eer aan de teamkapitein was – ik dus. We hadden toen al moeten weten dat hij de politiek in wilde. Wedden dat hij deze foto ook bij hem thuis aan de muur heeft hangen en iedereen wijsmaakt dat hij de "man van de wedstrijd" was?'

Later die dag ving Isma het gesprek op tussen haar oma en haar beste vriendin en de buurvrouw, tante Naseem, en toen vernam ze de ware toedracht van dat 'Schaamteloos!' Het betrof niet de carrièrekeuze van de man die niet lachte, maar de gevoelloze manier waarop hij onlangs zijn familie had bejegend, terwijl het zo gemakkelijk voor hem was geweest om het anders te doen. In de daaropvolgende jaren bleef Isma zijn ontwikkeling volgen – de enige op de foto die slank bleef, scherpzinniger werd en altijd mooiere, grotere trofeeën in het verschiet leek te hebben. En nu was hij hier en hij liep door de cafetaria. Niet de verguisde/geliefde figuur die hij was geworden, maar de iets oudere versie van de jongen die hij was in de tijd dat hij met het cricketteam poseerde voor de foto, behalve dat hij warriger haar had en een openhartiger blik. Hij moest zijn zoon wel zijn, dat kon niet anders. Ze had ooit een foto gezien waar hij ook op stond, maar op het moment van afdrukken dook hij net weg, zodat zijn warrige haar voor zijn gezicht viel, en nu vroeg ze zich af of dat soms opzet van hem was geweest. Eamonn, zo heette hij. Wat hadden ze in Wembley gelachen toen het bericht met dat detail in de krant verscheen, compleet met familiefoto: de Ierse spelling van de naam om de islamitische achtergrond te verbloemen – Ayman werd Eamonn opdat de mensen wisten hoe geïntegreerd de vader was. (Zijn vrouw, van Iers-Amerikaanse afkomst, werd eveneens als een aanwijzing van die integratieboodschap beschouwd, nog meer dan als een verklaring van die naamgeving van de zoon.)

De zoon, gekleed in een spijkerbroek en een gewatteerde olijfgroene jas, stond bij de balie te wachten.

Ze stond op en liep met haar koffiebeker in haar hand naar hem toe. 'Deze balie gaat alleen open als het druk is.'

'Dank je, wat aardig om me erop te attenderen. Waar is...' Zijn taalgebruik was ongegeneerd kakkineus, terwijl zijn vader zijn accent van de bevoorrechte Londenaar juist matigde.

'Boven. Ik zal het je laten zien. Ik bedoel, ik weet zeker dat je begrijpt wat "boven" betekent. Ik wilde zeggen dat ik net zelf naar boven wilde gaan. Mijn koffie is koud.' Waarom praatte ze zoveel?

Met een onverwacht familiair gebaar pakte hij de beker uit haar handen. 'Laat mij maar. Als dank voor het redden van de Engelsman Die Voor Eeuwig Aan De Balie Had Gestaan. Die je begrijpelijkerwijs had kunnen verwarren met de Engelsman Die Verdwaald Raakte Op Weg Naar Boven.'

'Mijn koffie hoeft alleen maar opgewarmd te worden.'

'Groot gelijk.' Hij rook even aan haar beker. 'Heerlijk, zeg. Wat is dat voor soort? Ik zou een Ethiopische boon nog niet van een Colombiaanse kunnen onderscheiden als...' Hij zweeg even. 'Ik weet niet hoe ik die zin moet afmaken.'

'Misschien maar beter ook. Het is gewoon het huismerk.'

Ze bleef staan en keek hem na toen hij de trap op liep. Er stonden aan de ene kant potten met varens op de treden en aan de andere kant was de muur waar varens op waren geschilderd. Toen hij omkeek en mimede: 'Ik ben nog niet verdwaald', deed ze alsof ze gewoon in gedachten was verzonken en liep terug naar haar tafeltje in de nis, waar ze ging zitten en haar lichaam draaide om met haar eigen schaduw het zonlicht van haar laptop af te schermen. Ze liet haar vingers over het tafelblad glijden, met de knoesten en de brandplekjes. RAAD EENS WIE, typte ze op haar telefoon, maar toen bedacht ze zich en wiste de boodschap. Ze wist nu al wat Aneeka zou antwoorden. JASSES! of: WAAROM PRAAT JE ÜBERHAUPT MET HEM?

Hij kwam niet terug. In gedachten zag ze hem in de korte rij voor de balie haar beker schouderophalend neerzetten voor hij de cafetaria verliet, en ze voelde zich zowel opgelucht als teleurgesteld. Ze liep naar boven om zelf een nieuwe koffie te halen en kreeg te horen dat de machine defect was, dus ze moest genoegen nemen met een beker heet water en een theezakje dat slechts wat kleur afscheidde. Toen ze beneden kwam, stond er een nieuwe beker koffie op haar tafel en er zat een man op de stoel ernaast, die een been over de armleuning had geslagen en het boek las dat een lege plek op de boekenplank boven zijn hoofd had achtergelaten.

'Wat heb je daar?' vroeg hij met een blik op de thee die ze neerzette. Hij keek op het kartonnetje dat aan het theezakje hing. 'Robijnrood. Ze pretenderen niet eens dat het een smaak is.'

Ze hield dankbaar de nieuwe beker omhoog. De koffie was niet erg heet, maar kennelijk had hij er buiten mee over straat gelopen. 'Hoeveel krijg je van me?'

'Vijf minuten van je tijd. Zo lang heb ik in de rij gestaan. Maar ik wacht wel tot je klaar bent met waar je mee bezig was.'

'Dat kan nog wel even duren.'

'Mooi. Dan heb ik de tijd om dit essentiële boek te lezen over...' Hij deed het dicht en keek op de kaft. '*Het heilige boek over vrouwengeheimen. Verzameld werk. Feministische hekserij, godinnenrituelen, toverspreuken en andere vrouwelijke kunsten*.'

Een van de studenten aan een ander tafeltje keek op en loerde naar hem.

Isma stopte haar laptop in haar tas en dronk haar beker leeg. 'Je mag met me meelopen naar de buurtsuper.'

Onderweg naar de winkel vertelde hij dat hij ontslag had genomen als manager consultancy en dat hij voorlopig een poosje buiten de vier muren van een kantoor wilde leven, om bijvoorbeeld een bezoek te kunnen brengen aan zijn grootouders in Amherst, een stadje waaraan hij warme herinneringen koesterde dankzij de zomervakanties uit zijn jeugd. Toen ze voor de pastasaus twijfelde tussen de ene flauwe tomatensoort en de andere, liep Eamonn weg en kwam even later terug met een blik pomodori en blaadjes groen voor een salade die ze niet op het menu had staan. 'Rucola,' zei hij met een overdreven rollende r. 'Houdt het midden tussen een Zuid-Amerikaanse dans en een middel tegen verruca.' Ze wist niet of hij indruk op haar probeerde te maken of dat hij het soort man was dat verliefd was op zijn eigen charme. Toen ze haar boodschappen had afgerekend en in haar rugzak had gestopt, pakte hij hem op en slingerde hem met een soepele beweging om zijn schouder. Hij hield van het schooljongensgevoel, zei hij, en vond ze het erg als hij de tas een poosje droeg? Ze dacht dat hij wilde koketteren met zijn welopgevoede manieren, die in zijn kringen op prijs werden gesteld, maar toen ze zei dat die ridderlijkheid echt niet hoefde, pareerde hij dat het tegenovergestelde het geval was: hij scheepte een dame op met zijn gezelschap omdat hij zich eenzaam voelde en een Londens accent was daar de beste remedie tegen. Dus liepen ze samen op en ze gingen naar het nabijgelegen bos, omdat het zo'n schitterende dag was. Hij vroeg of ze een stukje om konden lopen, via Main Street (hij sprak de straatnaam uit met de lichte spot van iemand die net uit een metropool komt), waar een sportzaak gevestigd was, en in de tijd die zij nodig had om over te steken en twintig dollar te pinnen, stond hij alweer buiten, met nieuwe, peperdure wandelschoenen en een zwaardere rugzak.

De grond in het bos was modderig, maar prachtig door het licht dat door het ritselende bladerdak werd gefilterd en de met smeltwater uitgedijde rivier stroomde kolkend langs de oever. Ze zetten hun kraag hoog op tegen de druipende bladeren; het leek hem niet te deren als er dikke druppels op zijn hoofd spatten, hij complimenteerde haar met haar wollen tulband, die hij erg stijlvol vond; hij vergeleek haar met Greta Garbo. Af en toe hoorden ze een losgeraakte sneeuwplaat met een gedempte plof op de grond vallen, maar ze bleven gewoon doorlopen. Ze praatten over ditjes en datjes – het weer, de buitensporige vriendelijkheid van vreemdelingen in Amerika, favoriete buslijnen in Londen (die bovenal de geografische afstand van hun beider levens benadrukten) – en toch was hij qua humor en culturele verwijzingen Engelser dan ze had verwacht. Hij was beter in dit soort gekeuvel dan zij, maar hij lette er wel op niet de boventoon te voeren en luisterde zelfs aandachtig naar haar onbeduidendste gedachten, stelde vragen naar aanleiding van haar uitspraken en gebruikte die niet als springplank voor zijn eigen monologen, zoals de meeste mannen die ze kende. Hij is opgevoed op dezelfde manier als die ik met Parvaiz heb geprobeerd, dacht ze bij zichzelf.

Bij een punt van de rivier waar de stroming rustiger was, stak een omgevallen boom een paar meter over het water uit. Isma liep eroverheen, haar armen uitgestrekt om in evenwicht te blijven, en tot haar genoegen hoorde ze hem deels bewonderende, deels bezorgde kreten slaken. De lucht was hemelsblauw, het water ruiste als bloed dat uit een hart stroomde, en een lenige jongeman uit een wereld die ver van de hare afstond, wachtte tot ze naar hem terug zou lopen. Ze ademde het moment in en probeerde haar spiegelbeeld in het oppervlak te zien, maar het water was veel te snel – sneller dan de lome waterwegen die ze gewend was.

Dat ze in een met kanalen dooraderde stad woonde, was voor haar een grote openbaring in haar schooltijd, en het was in dezelfde periode dat haar klasgenoten ontdekkingen deden op een andersoortig gebied, die haar eerder afstootten dan aantrokken. In haar vorige huis moest ze een paar kilometer drukbevolkte, rumoerige straten trotseren om Alperton te bereiken, een oase van rust waar ze op de avenues langs de kanalen bijna geen mens tegenkwam. Ze wist dat haar oma en haar moeder het gevaarlijk vonden, zo'n meisje dat alleen door industrieterreinen en over lange stille wegen liep, met niets anders dan ruisend loof als gezelschap, net als op het platteland (iedereen in haar familie vond het platteland doodeng, omdat niemand je daar zou horen als je om hulp riep), dus meestal zei ze: 'Ik ga een ommetje maken', zonder op details in te gaan, wat ze zowel grappig als geruststellend vonden.

Ze gleed bijna uit op de glibberige bast van een tak en moest zich snel door haar knieën laten zakken om niet te vallen. Koude druppels water spetterden op haar handen en mouwen. Voorzichtig liep ze terug, terwijl Eamonn met een benauwd gezicht toekeek.

Daarna stelde hij gerichtere vragen over haar leven, alsof hij haar beter was gaan zien toen ze over de boomstam van hem wegliep. Ze gaf hem de eenvoudige versie: opgegroeid in het noorden van Londen, wat hij al van haar buslijnen had kunnen afleiden, in de wijk Preston Road, om precies te zijn, wat duidelijk iets te precies voor hem was. Een veel jongere broer en zus. Grootgebracht door haar moeder en haar oma, die allebei waren overleden; haar vader had ze nooit echt gekend. Ze was hier voor haar studie, op een volledige beurs en met een stipendium dankzij haar positie als onderzoeksassistente, waar ze goed van kon rondkomen. Ze had zich te laat opgegeven voor het herfstsemester, maar haar voormalige studiebegeleider, dr. Shah, had geregeld dat ze in januari kon beginnen, en nu was ze hier.

'Dus je hebt je plannen kunnen verwezenlijken? Bof jij even.'

'Ja,' zei ze, 'ik heb echt geluk gehad.' Ze vroeg zich af of ze nu ook naar zijn leven moest vragen, maar misschien vertelde hij dan over zijn vader, en ze kon niet doen alsof ze hem niet kende. Het was beter om het gesprek niet die kant op te sturen.

De rivier werd donker, wat de eerste aanwijzing was dat de dag ten einde liep, alhoewel de lucht nog steeds vol onstuimig licht was. Ze leidde hen terug naar de weg en liep naar een middelbare school waar tieners met lange ledematen rondjes renden op een sportveld met opgehoopte sneeuw in de hoeken.

'Mag ik je iets vragen over je tulband?' zei hij. 'Is dat een stijlding of een moslimding?'

'Weet je wat? De enige twee mensen in Massachusetts die er ook naar vroegen, wilden weten of het een stijlding of een chemoding was.'

Hij schoot in de lach. 'Kanker of islam – wat is de ergste aandoening?'

Er waren nog steeds momenten waarop je iemand met dit soort uitspraken kon overvallen. Hij stak verontschuldigend zijn handen omhoog. 'Jezus christus. Ik bedoel… sorry. Dat kwam er helemaal verkeerd uit. Ik wilde alleen maar zeggen dat het vandaag de dag vast niet meevalt om moslim te zijn.'

'Ik vind het moeilijker om geen moslim te zijn,' zei ze, waarna ze zwijgend doorliepen. In de buurt van Main Street begon de stilte meer dan zomaar ongemakkelijk te worden. Ze had gedacht dat hij zichzelf toch als moslim zag, al was hij seculier, en dan meer in politieke dan in religieuze zin. Met het oog op zijn vader was dat bij nader inzien niet erg slim van haar.

'Nou, fijne dag verder,' zei ze toen ze de cafetaria naderden en op het moment dat ze haar hand uitstak, besefte ze hoe formeel ze overkwam.

'Bedankt dat je me gezelschap wilde houden. Misschien zien we elkaar nog eens,' zei hij. Hij haalde zijn schoenen uit de rugtas en legde de tas in haar hand, alsof ze haar gebaar daarvoor bedoeld had. Een vrouw die verondersteld wordt een 'moslimding' te hebben, geeft een man natuurlijk geen hand. Toen ze naar huis liep, bedacht ze dat het veel plezieriger was om tussen vreemden te wonen, wier achterliggende gedachten ze niet kende. Dan hoefde ze tenminste niet te weten dat 'Misschien zien we elkaar nog eens' eigenlijk 'Ik hoef je eigenlijk niet meer te zien' betekende.

Tante Naseem, de buurvrouw die de plaats van haar grootmoeder had ingenomen toen die was overleden en die Aneeka tijdelijk onder haar hoede had genomen, belde haar op. Ze wilde haar niet ongerust maken, maar zou Isma misschien contact met Aneeka kunnen opnemen? 'Ze is tegenwoordig zo weinig thuis. Ik dacht dat ze met vriendinnen op stap was, maar ik sprak Gita en die zei dat ze haar nog amper zagen.'

Gita van Preston Road was de schakel tussen Aneeka's thuis en haar universitaire leven. Ze was een jaar ouder dan de tweeling en met een nieuwe stiefmoeder die haar niet om zich heen wilde hebben, beschikte ze over een studentenkamer waar Aneeka een reservesleutel van had; Gita was er zelf nooit, want ze woonde bij haar vriendje – een relatie waar niemand van de oudere generatie van op de hoogte was.

Toen Aneeka gebruik begon te maken van Gita's kamer, als ze bijvoorbeeld in de bibliotheek was geweest of tot zo laat op stap met vrienden dat de laatste metro was vertrokken, was Isma daar niet blij mee. Ze kende de families niet van al die jongens op de universiteit en in tegenstelling tot Isma was Aneeka een meisje dat bekijks had, en dan keek ze ook nog terug. Ze deed wel meer dan terugkijken, maar dat deel van haar leven verzweeg ze om eventuele preken van haar zus te vermijden. Parvaiz was degene die op Isma inpraatte tot ze zich erbij neerlegde: als er iets met Aneeka aan de hand zou zijn, dan zou hij ervan afweten en Isma inschakelen als Aneeka echt op het matje geroepen moest worden. Maar ze hoefde zich geen zorgen te maken dat Aneeka eenzaam en alleen door het kille Londen zou dolen, want Aneeka ontmoette altijd mensen die zich over haar ontfermden. Haar tegenstrijdige eigenschappen maakten haar erg innemend: ze had zowel een scherpe tong als een meelevende aard, ze kon zowel ernstig zijn als malligheid uithalen, en ze was extreem invoelend bij andermans leed terwijl ze haar eigen pijn als in de steek gelaten weeskind weigerde te onderkennen ('Ik heb jou en ik heb P, dat is mij genoeg'). Zelf hield ze, evenals Parvaiz, de buitenwereld op een afstand, al was het maar zodat niemand vragen zou stellen over hun leven ('Waar is je vader? Zijn de geruchten over hem waar?'), maar Aneeka wist precies hoe ze in het middelpunt van de belangstelling kon staan en daarbij haar grenzen kon aangeven door sterke signalen uit te zenden als er iemand verboden terrein dreigde te betreden. Als kind wist ze al hoe ze dat moest aanpakken: wanneer iemand iets over haar vader vroeg, veranderde ze stante pede in een ijsblok. En voor een meisje dat altijd zoveel warmte uitstraalde, was dat zo'n ontluisterende omslag, dat de ander direct bakzeil haalde en dan prompt weer werd beloond met de Aneeka die ze kenden. Maar nu was Parvaiz ook verboden terrein geworden, en hoe: Aneeka kon hem met geen mogelijkheid in een verborgen uithoek van haar leven wegstoppen.

Na het gesprek met tante Naseem probeerde Isma een paar keer contact met haar zus op te nemen, en toen het eindelijk lukte, was het in Londen al laat. De lamp op het nachtkastje wierp een kleine lichtkegel over het stripboek dat op haar zus' borst lag – een *Asterix*, waar ze als kind dol op was – maar haar gezicht bleef in de schaduw.

'De Migranten hebben een nieuwe auto. Een BMW. Er staat nu een BMW op onze oprit. Waar moet dat naartoe? Komt er straks een paard bij? Een Aga? Een au pair?' Toen er huurders kwamen in het huis waarin ze waren opgegroeid, en de vitrage werd vervangen door ogenschijnlijk prijzige shutters, die vrijwel altijd potdicht zaten, zei Aneeka dat ze zich voor het eerst kon indenken dat buurtbewoners de pest in hadden als er migranten in hun straat kwamen wonen. Ondanks Isma's verwoede pogingen bleef de bijnaam 'Migranten' hangen.

'Toch opmerkelijk dat het jou is opgevallen, want tante Naseem vertelde dat ze jou bijna nooit meer ziet. Je vrienden van de uni ook niet.'

'Als tante Naseem gaat klagen, moet ik het wel erg bont hebben gemaakt.'

'Ze is gewoon bezorgd, dat is alles.'

'Ik weet het. Sorry. Het was niet mijn bedoeling dat ze zich zorgen maakte. Of jij. Ik ben gewoon liever op mezelf de laatste tijd. Ik begrijp nu pas waarom jij er altijd zo graag in je eentje op uit ging.'

'Ik kom gauw naar huis, goed? Binnenkort is het voorjaarsvakantie. Dan hebben we een hele week samen.' Het idee om naar Londen te gaan benauwde Isma, maar ze liet haar gevoel niet in haar stem doorklinken.

'Je weet best dat je daar geen geld voor hebt, en bovendien wil je niet opnieuw zo'n kruisverhoor bij de douane ondergaan. Stel dat ze je deze keer niet aan boord laten gaan? Of dat ze in Boston moeilijk gaan doen? Bovendien moet ik aan mijn wetenschappelijke publicatie werken, wat trouwens de voornaamste reden is dat ze me vandaag de dag weinig zien. Ik ben aan het werk. De wetgeving houdt me druk bezig. Het is niet zoals bij sociologie, waar je de hele dag voor de buis kan hangen en dat onderzoek noemen.'

'Sinds wanneer liegen wij tegen elkaar?"

'Sinds mijn veertiende, toen ik zei dat ik naar Parvaiz' cricketwedstrijd ging kijken en stiekem met Jimmy Singh had afgesproken bij de McDonald's.'

'Jimmy Singh van Poundland? Aneeka! Wist Parvaiz ervan?'

'Natuurlijk. Hij wist altijd wat ik deed.'

De avond waarop ze ontdekten wat Parvaiz had gedaan, had Aneeka haar lange zwarte haar door Isma laten borstelen, zoals moeders hun dochters plegen te troosten, en halverwege had Aneeka zich naar haar toe gebogen en gezegd: 'Hij heeft me nooit uitgelegd hoe het zat met die kaarten voor Ibsen.' Een paar maanden na de dood van hun moeder ging Parvaiz opeens puberen, in een huis dat tot in alle hoeken gevuld was met verdriet en rekeningen, en hij besloot dat hij zijn eigen laptop nodig had, zodat zijn zussen hem niet meer stoorden bij zijn geluidsprojecten, die inmiddels een obsessie voor hem waren geworden. Hij glipte op een avond de deur uit toen iedereen lag te slapen, nam de bus naar het centrum van Londen en bleef van middernacht tot de volgende ochtend voor een theater in West End posten om kaarten te bemachtigen voor de première van een stuk van Ibsen, waarin een steracteur uit Hollywood zat die zijn carrière een serieuzer aanzien wilde geven. Hij kocht twee kaarten van Isma's huishoudgeld dat hij had 'geleend' en verpatste ze in een mum van tijd met een monsterwinst. Trots als een pauw ging hij naar huis om zijn zussen op de hoogte te brengen van zijn coup, om daar keihard geconfronteerd te worden met hun woede. Isma was ziedend omdat ze overuren maakte om de schuldeisers buiten de deur te houden, en wist hij wel wat voor afschuwelijke dingen hem in deze wereld vol pedo's en racisten hadden kunnen overkomen? Aneeka was zo mogelijk nog bozer. 'Waarom heb je me niets verteld? Ik vertel jou altijd alles! Hoe bestaat het dat je me erbuiten hebt gehouden!' raasde ze, tot verbazing van Isma en Parvaiz, die gewend waren dat Aneeka juist als buffer tussen hen tweeën fungeerde. Zes jaar later was dit verhaal Aneeka's enige houvast om haar broers ommezwaai te kunnen bevatten. Isma had een gemakkelijker antwoord paraat: hij was de zoon van zijn vader en er zat een aberratie in de genenpoel.

'Jongens zijn anders dan wij,' zei Isma. 'Ze hebben een tunnelvisie en zien alleen wat ze willen zien.'

Een paar seconden lang was het scherm een warboel van onwillekeurige bewegingen en vormen, en toen zag ze haar zus weer, liggend op het bed, met haar gezicht naar de telefoon, die ze op de standaard had gezet.

'Ik kan een goedkope vlucht zoeken en met de paasvakantie naar jou komen,' zei Aneeka, maar Isma schudde haar hoofd voordat ze was uitgesproken.

'Mag ik die apen bij de douane niet vertellen dat ik de veelkleurigheid van de Queen zo mooi vind?'

'Nee.' Haar spieren verstrakten bij de gedachte aan Aneeka in de verhoorkamer. 'Parvaiz was weer op Skype. Blijven we dat onderwerp vermijden?'

'Zodra hij ter sprake komt, krijgen we ruzie. En ik heb geen zin in ruzie.'

'Ik ook niet. Ik wil gewoon weten of je hem hebt gesproken.'

'Hij stuurde een chatbericht dat hij oké was, meer niet. Heb jij het ook gehad?'

'Nee, niets.'

'O... Ik dacht echt dat jij hetzelfde bericht had ontvangen. Anders had ik het wel tegen je gezegd. Nou, dat dus. Hij is oké. Hij nam natuurlijk aan dat jij het via mij zou horen.'

'Dat zou betekenen dat hij aan iemand anders zou denken dan alleen aan zichzelf.'

'Toe, niet nu. Ik weet dat woede voor jou een manier is om je bezorgdheid te uiten, maar toch. Niet doen.'

Woede is de manier waarop ik mijn woede uit, zou Isma op een andere avond hebben gezegd, maar op deze avond zei ze alleen: 'Ik mis je.'

'Blijf bij me tot ik in slaap ben gevallen,' zei Aneeka, en ze stak haar hand uit, eerst naar Isma, toen naar de lamp om die uit te doen.

'Lang geleden leefden er een jongen en een meisje. Ze heetten Parvaiz en Aneeka en ze konden met dieren praten.' Aneeka grinnikte. 'Vertel over de struisvogel,' zei ze, haar stem gesmoord in het hoofdkussen.

Ze was in slaap gevallen voordat Isma klaar was met het verhaal uit hun kindertijd, dat hun moeder voor haar eerstgeborene had verzonnen en dat Isma later naar de tweeling had gemodelleerd, maar Isma bleef aan de lijn, luisterend naar hun beider ademhaling, net als al die andere keren dat Aneeka bij Isma in bed was gekropen, als ze door een nachtmerrie uit haar slaap was gehaald en haar bonzende hart alleen door de regelmatige hartslag van haar oudere zus tot bedaren kon komen, totdat er in het stille universum om hen heen geen ander geluid klonk dan hun synchrone ademtocht.

2

Hij zat met een kruiswoordpuzzel aan de andere kant van het souterrain in de cafetaria en ze deed de hele ochtend alsof ze niet in de gaten had dat hij er was. Maar toen ze rond lunchtijd een sandwich bestelde en ermee naar haar tafel liep, kwam hij naar haar toe en zei dat hij ook iets wilde eten. Was het goed als hij bij haar kwam zitten?

'Preston Road,' zei hij toen hij even later met een bord pasta terugkwam. 'Het kwam me bekend voor toen je laatst zei dat je daar was opgegroeid, maar ik wist het pas weer toen ik er een plattegrond bij pakte. Die straat is in Wembley, waar de familie van mijn vader ook woont. Ik ging er altijd naartoe voor het Suikerfeest.'

'O ja?' Ze zei niet dat ze precies wist waar de familie van zijn vader woonde en dat ze ook wist, en hij kennelijk niet, dat ze naar Canada waren verhuisd.

'Er is een liedje dat mijn neven altijd zongen voor mijn kleine zusje als de volwassenen niet in de buurt waren. Eén tekstregel is jarenlang in mijn hoofd blijven rondspoken. Ik word er hoorndol van dat ik me de rest niet kan herinneren en mijn zus weet het ook niet meer. Misschien ken jij het.' Onverwacht zette hij een Pakistaans popliedje in, een hit van voor zijn geboorte. Hij was vier jaar jonger dan zij, had ze berekend. Ze herkende het liedje eerder aan de melodie dan aan de tekst, die klonk als wartaal doorspekt met Urdu. Hij zong heel zacht twee regels en bloosde erbij – een verlegenheid die ze niet achter hem had gezocht, temeer daar hij een mooie stem had. Ze zocht een titel uit de playlist op haar telefoon en keek toe hoe hij zijn oortjes in deed, uiteraard onredelijk dure dingen waar Parvaiz hem om had benijd. Hij luisterde met gesloten ogen en zijn gezicht drukte eerder herkenning dan plezier uit.

'Dank je,' zei hij na afloop. 'Wat betekent het eigenlijk?'

'Het is een loflied op meisjes met een lichte huid, die niets te vrezen hebben in het leven omdat ze altijd blij zullen zijn om hun lichte huid en hun blauwe ogen.'

'O ja,' zei hij lachend. 'Ik weet het weer. Ze zongen het om mijn zusje te plagen, maar ze vatte het op als compliment en wist het om te draaien. Mijn zus ten voeten uit.'

'En jij? Ben jij ook zo?'

Hij fronste licht zijn wenkbrauwen en reeg de holle pijpjes van de pasta aan zijn vork. 'Nee, ik denk het niet,' zei hij op de aarzelende toon van mensen die niet gewend zijn aan vragen over hun persoonlijkheid. Hij bracht de vork naar zijn mond en zoog er luidruchtig de pasta vanaf. 'O, pardon. Ik heb normaal gesproken betere tafelmanieren.'

'Ik vind het niet erg. Spreek je een beetje Urdu?' Hij schudde zijn hoofd, maar ze wist eigenlijk het antwoord al door de manier waarop hij had gezongen. 'Dus je weet niet wat *bay-takalufi* betekent.'

Hij ging rechtop zitten en stak als een schooljongetje zijn hand op. 'Die weet ik! Dat zeg je als je op een ongedwongen manier een bepaalde intimiteit wilt uitdrukken.'

Even vroeg ze zich af waarom zijn vader hem juist deze term had uitgelegd, terwijl hij zijn zoon verder geen Urdu had geleerd. 'Het is niet echt intimiteit,' zei ze. 'Meer om aan te geven dat je je op je gemak voelt bij iemand. Genoeg om bijvoorbeeld je tafelmanieren achterwege te laten. Mits op de juiste wijze gedaan, is het een soort eerbetoon aan de ander, om te laten zien dat je je ontspannen voelt in zijn of haar aanwezigheid, met name als je elkaar nog niet zo lang kent.' Ze sprak snel, om te verhullen dat die 'intimiteit' haar in zekere zin van haar stuk had gebracht.

'Oké,' zei hij op een toon alsof hij een voorstel aanvaardde. 'Laten we op ons gemak zijn en de tafelmanieren achterwege laten.' Hij schoof zijn bord naar haar toe. Ze doopte grif haar broodkorstje in zijn pastasaus en boog zich over zijn bord om een hap te nemen.

Aan het eind van de lunch – een lunch die aangenaam en ontspannen verliep – stond hij op. 'Zie ik je binnenkort weer hier?' vroeg hij. 'Ik heb net ontdekt dat ze hier de beste cappuccino serveren, als ze dat apparaat tenminste aan de praat krijgen.'

'Ik heb alleen 's middags college,' zei ze, 'en hier breng ik het liefst mijn ochtenden door.' Eigenlijk had ze nog een andere stek waar ze naartoe ging als het hier te druk werd, maar ach, waarom zou ze moeilijk doen?

De tweeling keek naar elkaar en zag dat ze elkaar bekeken. Zo voelde het althans, alhoewel zij naar alle waarschijnlijkheid meer op de tweeling lette dan de tweeling op haar. Ze keek op van haar scherm. Eamonn zat aan een tafel niet te ver weg en ook niet te dichtbij, zo verdiept in het artikel dat hij las dat hij zijn blik niet van de krant haalde als hij zijn koffiebeker pakte en een slokje nam. Hij verkeerde in een heel andere wereld dan waar zij heel even, elke ochtend rond elf uur in verkeerde. Haar broer was altijd al een gewoontedier geweest en in dit geval was het een eigenschap die haar goed uitkwam, anders had ze dagelijks uren naar haar scherm zitten turen of Aneeka zou wachten tot Parvaiz online kwam, en op het moment dat het groene vinkje naast zijn naam verscheen, vroeg Isma zich af: *wat zegt hij zegt hij iets waardoor ze van streek raakt vraagt hij haar ook deel uit te maken van die waanzin waar hij zich bij aan heeft gesloten o nee alsjeblieft dat zou hij niet doen maar kan hij haar niet gewoon met rust laten*, maar elke dag duurde het slechts een paar seconden voor zijn naam weer in de offlinelijst opging. Even later sms'te Aneeka haar dan: HIJ WAS ER. 'Ik ben er' was wat de tweeling elkaar doorgaf als ze door een schoolreisje of logeerpartij gescheiden werden, en op een afgesproken tijdstip stuurde de een dit berichtje naar de ander: IK BEN ER.

Als Parvaiz uitlogde, kort daarop gevolgd door Aneeka, voelde Isma zich altijd alsof er een last van haar af viel en sms'te ze een emoji van een dampende beker naar Eamonn, die dan naar boven ging om koffie voor hen beiden te halen. Ook dat was een soort routine geworden in de afgelopen week. Maar waarom zou ze de schijn ophouden dat ze het niet exact bijhield? Het was nu negen dagen geleden dat hij had besloten dat ze op een ongedwongen manier een bepaalde intimiteit wilden uitdrukken. 'Wat gebeurt er in de wereld vandaag?' vroeg ze toen hij terugkwam en tegenover haar ging zitten. Hij somde de belangrijkste berichten uit de regionale ochtendkranten voor haar op: een beer zou met zijn klauwen op een garagedeur hebben ingebeukt; het verkeer in de nabijgelegen stad had tijdelijk stilgestaan vanwege een botsing van drie auto's waarbij niemand gewond was geraakt; het standbeeld van Ronald McDonald was uit de tuin van een gezin verdwenen. Volgens haar won Ronald de bokaal als 'meest regionale' van alle berichten, maar hij sprak dat tegen, omdat Ronald een wereldberoemd icoon was.

Na hun elfuurtje ging hij op pad, met de auto of te voet, als een Christoffel Columbus met een milde ambitie om sporen uit zijn kindertijd te volgen en nieuwe te ontdekken. Soms kwam hij de volgende ochtend naar de cafetaria met een souvenir van zijn expeditie: een kan met ahornsiroop uit een suikerraffinaderij, een biljet van een dollar dat hij vastgespijkerd op een eik met een in de schors uitgekerfd eikenblad had aangetroffen; een reliëfafdruk van de grafsteen van Emily Dickinson met de vreemde inscriptie TERUGGEHAALD, alsof de dichteres een verkeerde aankoop was geweest. Zijn verhalen leerden haar meer over het deel van de wereld waar zij woonde dan ze door eigen ervaring opdeed, en als ze hem vroeg waarom hij dat allemaal ondernam – alsof hij een reisboek wilde samenstellen – zei hij dat beleving en observatie voor hem voldoende waren. Wat gebeurt er als je spaargeld opraakt, wilde ze weten, en hij zei dat het spaargeld waar hij haar over had verteld in feite van zijn moeder was; ze was onlangs opgehouden met werken en had besloten dat mensen te veel van hun tijd en hun relatie voor hun loopbaan opofferden. Haar dochter was er met geen mogelijkheid van af te houden om zeventien uur per dag te werken, maar haar zoon had ze vrij gemakkelijk om weten te praten dat er meer op aarde was dan salarisstrookjes en promotie. Isma vond het een wanstaltig idee en ze was enigszins teleurgesteld over Eamonns slappe houding. Hij moest beslist snel een nieuwe taal leren of een keer door wateren varen waar vluchtelingen, op zoek naar veiligheid, met hun armetierige bootjes kapseisden.

In het begin had ze nog gedacht dat hij haar na hun elfuurtje zou meevragen naar de film of naar een restaurant, of dat ze samen een andere wandeling zouden maken, maar inmiddels begreep ze dat ze gewoon deel uitmaakte van zijn dagindeling, waarbij structuur belangrijker was dan inhoud. Tussen zijn 'ochtendkrant' en 'de dagelijkse wandeling' was er 'koffie met Isma'. Daar kwam geen verandering in, ook niet toen ze hem liet weten dat ze voorjaarsvakantie had en ruim in haar tijd zat.

Zijn vader kwam vaak ter sprake tijdens de koffie, maar altijd als 'zijn vader', nooit als de man die publieke bekendheid genoot. Eamonn schilderde hem af als een toegewijde, vergevingsgezinde, geestige pa, wat zo weinig overeenkwam met het beeld dat Isma van hem had, dat ze zich afvroeg of Eamonn soms een vaderfiguur verzon om de waarheid over hem te versluieren. Maar dan hoorde ze zijn onbevangen toon en besefte ze dat ze het mis had.

Op een zekere ochtend kwam hij later dan gewoonlijk naar de cafetaria. Ze dacht dat het door het weer kwam, want de winter was terug. De sneeuw joeg in vlagen langs de ramen, de lucht was wit en auto's verklapten dat ze hun maximale parkeertijd van twee uur hadden overschreden door de dikke sneeuwdekens op hun dak. Net toen ze zijn afwezigheid van zich af had geschud door zich op de ontbrekende variabelen in haar statistieklessen te storten, kreeg ze een sms'je van Aneeka.

HEB JE HET AL GEHOORD? DE LONE WOLF IS NIEUWE MINISTER BIZA.

Ze moest iets hardop hebben gezegd, want de vrouw die naast haar zat, vroeg: 'Alles oké?', maar ze had al op een bookmark van een nieuwssite in haar browser geklikt en las de BREKEND NIEUWS-banner die een kabinetswijziging aankondigde, met de benoeming van de nieuwe minister van Binnenlandse Zaken als belangrijkste melding. Daar was hij dan, de man die volgens haar sprekend op Eamonn leek voor ze ochtend na ochtend zijn gezicht en zijn gedragingen bestudeerde. In het begeleidende artikel werd de nieuwe minister omschreven als een man 'met een islamitische achtergrond', wat ze altijd over hem schreven, alsof hij het moslim-zijn botweg had afgelegd. Onvermijdelijk werd de zin afgesloten met een mededeling over zijn 'krachtige optreden betreffende de staatsveiligheid'.

Ze voelde zich onpasselijk worden voordat ze precies wist waarom. Haar telefoon zoemde en ze keek naar de berichten.

HET WORDT NOG VEEL ERGER.

HIJ MOET BEWIJZEN DAT HIJ EEN VAN ONS IS, TOCH? EN NIET EEN VAN HEN. ALSOF HIJ DAT AL NIET HEEFT GEDAAN.

IK HAAT DIT LAND.

ONTLOK ME GEEN UITSPRAKEN WAAR IK SPIJT VAN KRIJG.

HOU OP ONZE BERICHTEN TE BESPIONEREN, STELLETJE KLOOTZAKKEN, EN GA LIEVER BANKIERS ARRESTEREN.

'Wat kijk je ernstig, Greta Garbo.'

Hij was tegenover haar gaan zitten en liet zijn ene arm nonchalant over de rugleuning van de stoel hangen. Die loomheid van hem stond in scherp contrast met de springveer die zijn vader was. Ze klapte haar laptop dicht en draaide haar telefoon om.

'Je bent laat vandaag,' zei ze.

'Er was groot nieuws in de familie.' Hij leunde glimlachend naar voren. De trotse zoon. De tafel was zo klein dat zijn knieën tegen de hare stootten. 'Mijn vader is net benoemd tot minister van Binnenlandse Zaken. Karamat Lone. Je kent hem wel, hè?' Ze knikte en nam een slokje koffie om iets te doen te hebben. 'Ik neem aan dat jij een van de weinigen bent die niet direct conclusies trekken als ze mijn gezicht zien en mijn achternaam horen.'

'Het is een vrij gebruikelijke Pakistaanse achternaam.' Haar antwoord was eerder ontwijkend dan gelogen, hield ze zichzelf voor.

'Ik weet het. Enfin, gelukkig kan ik het je eindelijk vertellen. Daarom kon ik ook niet rechtstreeks antwoord geven op je vraag hoe lang ik zou blijven. Ik gruw van al die oude rommel die ze over hem oprakelen als hij de kranten haalt, en dat zal deze keer nog een graadje erger zijn. Ik ben hier om aan het hele circus te ontsnappen. Hij kan er heel goed mee omgaan, ik niet. Dus als ik me opwind over alle rotzooi op internet, pak dan vlug mijn telefoon uit mijn handen, oké?' Hij trommelde met zijn vingers op de hare om zijn woorden kracht bij te zetten.

Al die oude rommel. Hij doelde op de foto waarop Karamat Lone een moskee betrad die in het nieuws was geweest vanwege een 'haatprediker'. LONE WOLF-ROEDEL ONTHULD, hadden de kranten gekopt toen een schandaalblad aan het eind van zijn eerste ambtstermijn als parlementslid deze foto had bemachtigd. De respons van Lone Wolf destijds was dat de foto jaren oud was, dat hij alleen naar de moskee was gegaan omdat er een gebed was voor zijn overleden oom en dat hij nooit uit eigen beweging een ruimte zou betreden waar mannen en vrouwen gescheiden werden. De verklaring werd gevolgd door foto's van hem en zijn vrouw die hand in hand een kerk in liepen. Zijn overwegend islamitische kiesdistrict stemde hem een paar weken later bij de verkiezingen weg, maar hij werd snel herkozen voor het parlement via een tussentijdse verkiezing door een hem welgezinde, overwegend blanke kieskring, en de roddelbladen die hem eerst hadden aangevallen, haalden hem nu binnen als de LONE KRUISRIDDER die de achterlijkheid van de moslims bevocht. Isma betwijfelde ten zeerste of die oude rommel opgehaald zou worden. O... of hij moest doelen op de keerzijde van het verhaal: alle beschuldigingen die ze had gehoord, en die geheel terecht leken, dat Karamat Lone precies het verlies op korte termijn en de winst op lange termijn had berekend als hij zijn minachting voor de gebruiken van de moskee kenbaar zou maken. Overloper, bounty, opportunist, verrader.

'Jullie hebben een hechte relatie, hè?'

'Vader en zoon, je weet het wel.'

'Nee, niet echt.'

'Ze zijn onze gids als we volwassen worden, om mee te beginnen.'

Ze had dit nooit echt begrepen, al had ze erover gehoord. Bovendien had ze genoeg anekdotisch alsook academisch materiaal gezien om te weten dat er enige waarheid achter zijn bewering schuilging. Dat een meisje een volwassen vrouw wordt is onvermijdelijk, maar voor een jongen is het een ambitie om een man te worden. Hij moest haar vragende blik hebben gezien, want hij deed opnieuw een poging het haar uit te leggen.

'We willen worden zoals zij; we willen beter worden dan zij. We willen de enigen op de hele wereld zijn die beter mogen worden dan zij.' Hij gebaarde naar zichzelf en naar de bezoekers in de cafetaria met een schouderophalen dat de middelmatigheid van alles aangaf. 'Ik heb uiteraard lang geleden ontdekt dat elke poging nutteloos is.'

'Dat is niet waar. Je bent een veel beter mens dan hij.'

'Hoe kun jij dat weten?'

Ze gaf geen antwoord, ze wist niet wat ze moest zeggen, en hij vroeg: 'Deed je daarom zo schichtig toen ik binnenkwam?'

Ze aarzelde even, draaide de laptop naar hem toe, zodat hij het goed kon zien, en deed hem open.

'Je was over hem aan het lezen. Wist je soms al wie mijn vader was, Isma?'

'Ja.'

'Waarom heb je tegen me gelogen?'

Ze vouwde haar handen en keek naar haar verstrengelde vingers, die hij net nog zo vertrouwelijk had aangeraakt.

'Hoor jij bij hen? Bij de moslims die akelige dingen over hem zeggen?'

'Ja.'

Hij wachtte tot ze er iets aan toe zou voegen, maar ze zweeg.

'Oké, dat is dan duidelijk. Nou, jammer.' Ze hoorde stoelpoten over de vloer schrapen en keek op toen hij ging staan. 'Op een dag zal ik de ironie ervan inzien dat ik ben weggerend voor de ellende en uitgerekend met de verpersoonlijking van het hele gedoe aan de koffie heb gezeten.' Weg was de aardige, hoffelijke jongeman; hij had plaatsgemaakt voor de man die alle wonden moest zien te verduren terwijl zijn dikhuidige vader ze als speldenprikjes ervoer. Toen hij wegging, klonk zijn afscheid definitief, dat leed voor haar geen enkele twijfel.

De wind was gaan liggen, de sneeuw dwarrelde in dikke vlokken neer en die behielden ettelijke seconden hun vorm op haar mouw alvorens ze met de stof versmolten. Het was niet lang lopen naar haar huis, maar toen Isma voor de deur stond, vond ze de gedachte aan haar kamer met de rammelende leiding opeens onverdraaglijk. Ze liep door naar de met bomen omzoomde begraafplaats aan het eind van de straat, waar vreemd genoeg een kleuterschool naast zat. Aan de overkant was een basketbalveldje. In de zomer moest het er een schaduwrijke plek zijn en in de herfst een feest van kleuren, maar zij had tot dusver alleen het wit van de sneeuw en het grijs van de stenen gezien.

Ze liep eerst het vrijgemaakte pad op, maar stapte toen in de sneeuwberg, die tot halverwege haar knielaarzen kwam, en hees zich op een negentiende-eeuws graf, waar ze haar benen liet bungelen. Soms waren de doden vriendelijk aanwezig, maar vandaag waren ze alleen maar dood en elke gebeitelde zerk getuigde van iemands droefenis. Ze schopte met haar hakken tegen de grafsteen. 'Stommeling,' zei ze.

Dat was het enige woord dat ze had voor het besef van een enorm verlies, terwijl er zo weinig was geweest om te verliezen.

'Je hoeft niets te besluiten, daarmee is de kous af,' zei Hira Shah die avond tijdens de overvloedige maaltijd. Als alleenstaande vrouw van in de vijftig die nooit met regelmaat voor anderen had hoeven koken, hield Hira het idee aan dat eten met gasten aanleiding was voor pyrotechnieken in de keuken, hoe vaak het gezelschap ook langskwam – of misschien deed ze het alleen als haar gast al heel lang niet meer was bemoederd. 'Je moet hem op z'n minst deelgenoot maken van je gevoelens. Wat heb je te verliezen?'

'Wat heb ik ermee te winnen? Hij gaat hoe dan ook binnenkort terug naar Londen.'

Hira keek haar aan over haar vork met *rogan josh*. 'Weet je dat ik destijds op LSE dacht dat je mij maar een naar mens vond?'

'Dat is absurd. O, bedoel je het eerste semester? Toen ik met mijn ogen rolde om wat je zei?'

Het wierp zevenhonderdnegentig jaar precedent in de Britse wet omver, had de spreker uit Kasjmir verkondigd tijdens een gepassioneerd betoog over *Control Orders* en hun impact op burgerrechten, toen ze het stille meisje op de derde rij met haar ogen zag rollen. 'Wilde u iets zeggen, juffrouw Pasha?' 'Ja, mevrouw Shah, als u de koloniale wetten bekijkt, vindt u legio precedenten om burgerrechten in te perken. Het enige verschil is dat ze deze keer aan Britse burgers worden opgelegd, en dat is nog niet eens zo'n groot verschil als u wellicht mag denken, omdat ze per slot van rekening ont-Brit worden.' *Ga door*. 'De terroristen van 7/7 waren door de media nooit omschreven als "Britse terroristen". Zelfs als het woord "Brits" werd gebruikt, was het altijd in de context van "Brit van Pakistaanse afkomst", "Britse moslim" of – en dat is mijn favoriet – "Britse paspoorthouders". Er wordt altijd iets tussen hun Britsheid en terrorisme geplaatst.' *Kijk eens aan. Als u besluit uw mond open te doen, komt er heel wat uit.*

Isma was die avond naar huis gegaan en ze had voor de spiegel gestaan met haar vingers tegen haar hals gedrukt, omdat ze de lichte trilling voelde van iets wat daar ontwaakte.

En of het was ontwaakt – haar onderdrukte woede ventileerde en abstraheerde ze in essays over de sociologische impact van de *War on Terror*. Toen stierf Isma's moeder en verstomde de stem – tot nu. Dr. Shah wendde haar stem aan voor de wetenschappelijke publicatie waaraan ze op dat moment gezamenlijk werkten – *De onzekere staat: Engeland en de instrumentalisering van de angst* – waarvoor Isma haar ervaring in de verhoorkamer gebruikte en in het onderzoek verwerkte.

'Nee, toen niet, maar de hele tijd tot aan je eindexamen. Ik dacht dat je iets persoonlijks tegen me had, en dat je daarom zo afstandelijk tegen me deed als ik over iets anders wilde praten dan alleen over de studie. Toen je moeder was overleden en je me alles vertelde, begreep ik het pas.'

Ze had die dag tranen met tuiten gehuild in het kantoor van Hira Shah. Om haar moeder, om de grootmoeder die nog geen jaar voor haar schoondochter was overleden, om haar vader, om de verweesde tweeling die hun moeder nooit echt gekend hadden voordat de verbittering en de stress toesloegen en die lachende, warme vrouw die zij ooit was verteerden – en nog het meest om haarzelf.

'Ik hoef Eamonns medelijden niet, als je daar soms op aanstuurt.'

'Ik stuur erop aan dat mensen die veel geheimhouden daar schade van ondervinden,' zei Hira op haar meest professorachtige toon. 'En ze onderschatten andermans bereidheid om de complexe waarheden van jouw leven te nemen voor wat ze zijn.'

'Dus... word ik verondersteld hem dan maar te bellen?' Ze hield het zoutvaatje bij wijze van telefoon tegen haar oor. 'Hallo Eamonn, ik heb nog een leuk verhaal voor je over mijn vader.'

'Misschien zonder het woord "leuk" in je zin.'

'En dan? Vertel ik hem dan een nog leuker verhaal over mijn broer? Aan de zoon van de nieuwe minister van Binnenlandse Zaken?'

'Hm. Misschien moet je beginnen met je vader en kijken hoe dat uitpakt. En hier nog een goede raad: denk nog eens na over je hoofdbedekking.' Ze wees naar de tulband, die Isma samen met haar schoenen bij de deur had achtergelaten, de laatste vanwege Hira's hardhouten vloeren en de Perzische tapijten, de eerste uit respect voor haar gevoeligheid omtrent die dingen.

'Je laat ook geen gelegenheid voorbijgaan, hè mevrouw Shah?'

'Misschien hou je je jongeman ermee op een afstand. Hij zal er dingen in zien, in waar het voor staat.'

'Hij is mijn jongeman niet en wat hij erin ziet zal niet zo verkeerd zijn. En wanneer heb ik gezegd dat ik iets op dat gebied van hem wilde?' Het was zo lang geleden dat er 'op dat gebied' ook maar iets was gebeurd, dat ze niet eens meer wist of ze het wilde. Mo op de universiteit was de laatste en – op enig verwaarloosbaar gefriemel na – tevens de eerste man geweest met wie ze in zekere zin intiem was geweest. Als ze verder waren gegaan, had ze misschien het gevoel gekregen dat ze iets miste, maar Mo maakte zich zorgen om eeuwige hel en verdoemenis, en voordat Isma echt zover met hem zou willen gaan, wilde ze zich op z'n minst kunnen voorstellen dat ze met hem zou trouwen. Achteraf bezien was het een wonder dat ze tijdens het hele tweede studiejaar een stel waren gebleven.

'Je weet dat de Koran zegt dat we seksualiteit als een zegen van God mogen beschouwen?' zei Hira.

'Binnen het huwelijk!'

'We hebben allen onze selectieve perceptie waar het op het lezen van het heilige boek aankomt.'

Isma stond lachend op en haalde de borden van tafel. Vanuit haar goedhartige perspectief zag Hira Shah wat er bij haar speelde: zo zorgzaam ingesteld, zo beschadigd door de vele gebeurtenissen in haar leven dat bepaalde opties simpelweg hun armen hadden gekruist en zich van haar af hadden gekeerd. Maar als er een jongeman op Isma's pad kwam, met een lach die de belofte inhield dat het leven vol vreugde kon zijn als je dicht genoeg bij hem bleef, richtte Hira haar aandacht op een stuk stof en beweerde opeens dat, kijk, dat en een niet-verteld verhaal de enige obstakels tussen jou en hem waren.

Isma bleef een ogenblik talmen in de keuken, met de bekende geuren en de warme gloed van de lampen, en stond zichzelf heel even toe erin te geloven. Er was een uitstekende cafetaria op een steenworp afstand van zijn grootouderlijk huis; voor een goede cappuccino hoefde hij niet elke ochtend vijfentwintig minuten in de auto te zitten om naar haar cafetaria te komen. Ze ving haar spiegelbeeld in het raam op. Ze had geen idee waar hij 's avonds naartoe ging, of waar hij zijn nachten doorbracht. Waar hij nu was.

'Stommeling,' zei ze, en ze draaide zich om naar de vaatwasser om de borden erin te zetten.

Eamonn deed zijn mond open en produceerde het geluid van een sprinkhaan. 'Zeg iets,' zei ze. *Tsjirp, tsjirp, tsjirp*. Isma opende haar ogen van de ene duisternis in de andere, die alleen door een rechthoek van licht werd onderbroken. Het was 02.17 uur. Waarom belde Aneeka haar in het holst van de nacht? Nee, nee, nee, nee, nee. Haar kleine baby, haar broertje, het kind dat ze had grootgebracht. Terwijl ze naar de telefoon greep, raasden ondraaglijke beelden van dood en geweld door haar hoofd. Ze nam op. Aneeka's gezicht leek wel een dodenmasker.

'Jij was het,' zei haar zus.

'Parvaiz?' Haar stem was verstikt door slaap en angst.

'Jij was degene die tegen de politie heeft verteld wat hij had gedaan.'

De ene paniekvlaag maakte plaats voor de volgende. 'Wie heeft dat gezegd?'

'Tante Naseem belt met Razia Apa. Ze hebben het erover. Dus je geeft het toe?'

'Ze waren er toch wel achter gekomen.'

'Dat weet je niet.' Haar zus klonk overstuur en gekweld. 'Misschien hadden ze het nooit ontdekt. En dan had hij naar huis kunnen komen. Op het moment dat hij ontdekte dat hij een fout had begaan, had hij zich kunnen omdraaien en naar huis gaan. Jij hebt ervoor gezorgd dat hij niet meer naar huis kan komen.' Dat was het moment waarop ze begon te huilen, alsof ze toen pas de wond voelde die haar was toegebracht. 'Isma, door jou kan onze broer nu niet meer thuiskomen.'

Isma raakte het gezicht van haar zus op het scherm aan en voelde het kille glas. 'Sst... luister naar me. De mensen in de buurt wisten het. De politie was erachter gekomen. Ik kon niets meer voor hem kon doen, dus ik deed wat ik voor ons moest doen, voor jou en voor mij.'

'Voor mij?'

'We verkeren niet in de positie dat de staat onze loyaliteit in twijfel mag trekken. Begrijp je dat niet? Het helpt alleen als je wilt meewerken. Ik wilde jou niet laten lijden onder de keuzes die hij heeft gemaakt.'

'En nu dan? Alsof ik er nu niet onder lijd. Parvaiz is weg.'

'Dat heeft hij aan zichzelf te danken, niet aan mij. Als ze ons zo behandelen, houden we ons alleen staande als we ze loslaten.'

'Parvaiz is niet onze vader. Hij is mijn tweelingbroer. Hij en ik zijn één. Maar jij, jij bent mijn zus niet meer.'

'Aneeka...'

'Ik meen het. Je hebt ons verraden, ons allebei. En dat heb je proberen achter te houden. Bel me niet meer, sms me niet meer, stuur me geen foto's meer, en je hoeft ook het vliegtuig niet te nemen – ik wil je niet meer zien. Je bestaat niet meer voor ons.'

Het ene moment was haar van woede vertrokken gezicht er nog, toen werd het vervangen door het vaste schermbeeld van gele en groene bladeren op het wateroppervlak van het Grand Union Canal. Isma probeerde FaceTime Skype WhatsApp en zelfs een kostbaar internationaal telefoongesprek, niet in de hoop om haar zus te spreken, maar om haar te laten weten dat ze wanhopig graag met haar wilde praten.

Uiteindelijk werd het onophoudelijke overgaan van de telefoon meer dan ze kon verdragen. Ze liet zich in de kussens zinken en trok het dekbed strak om zich heen. De sterren fonkelden kil boven haar hoofd. Ze moest denken aan een vers uit de Koran: *Bij de hemel en de nachtelijke bezoeker! En wat is die nachtelijke bezoeker? Een stralend heldere ster.* Ze stond op, trok haar bidmatje onder haar bed vandaan en knielde neer. '*Bismillah ir-Rahman ir-Rahim.*' De Arabische woorden vergezelden haar al sinds haar vroege jeugd, doorgegeven bij de omhelzing van haar grootmoeder toen iedereen dacht dat ze te jong was om ze te onthouden. In de naam van Allah, de Barmhartige, de Genadevolle. Het wiegen tijdens het bidden was als haar grootmoeder die haar in slaap wiegde, verzen fluisterend die haar moesten beschermen. Aanvankelijk waren het woorden in een taal die ze niet begreep, maar naderhand wel; als ze haar ogen dichtkneep en de hele wereld buitensloot, dan zonken ze diep in haar weg en veranderden in lichtflarden die de duisternis verjoegen. En dan werd het licht zacht, diffuus, en dompelde haar onder in de vrede die komt als je je eigen machteloosheid ontdekt.

Althans, in de regel ging dat zo. Maar vandaag kon ze er niets anders van maken dan woorden in een vreemde taal, hardop uitgesproken in een kamer die niet was ingesteld op mensen die niet diep onder de dekens waren weggekropen, en dus was het te koud. Ze ging terug naar bed, drukte het ene kussen tegen haar borst en legde het andere tegen haar rug. Dom van haar om al die tijd te denken dat ze het uitzinnig bonkende hart van haar zus tot rust kon brengen. Aneeka's hart, dat vanaf de schoot van haar moeder gewend was om in het bijzijn van haar tweelingbroer te kloppen. Vroeger lagen ze naast elkaar in de tuin met de vingers op elkaars pols om elkaars hartslag te voelen, luisterend naar de voorbijrazende treinen over het spoor dat achter langs hun huis liep, wachtend op het moment dat hun hartslag synchroon liep en ook samenviel met de trein die uit het station van Preston Road vertrok.

BEL ME BEL ME TOE BEL ME NOU, was het bericht dat ze haar zus via Skype WhatsApp sms verstuurde.

Tante Naseem belde op, danig van de kook over haar eigen rol in het geheel. Zij had met haar dochter Razia de actualiteiten besproken en daarbij vermeld hoe goed het was dat Isma Parvaiz had gerapporteerd, gezien het huidige klimaat. Ze had Aneeka niet binnen horen komen en verkeerde in de veronderstelling dat ze nog steeds bij Gita was. 'Ze deed heel onbeleefd tegen me,' zei tante Naseem. Er ging een hele wereld schuil in die ene zin, en oude gedragspatronen die driest werden omgewoeld.

Isma moest tante Naseem ervan overtuigen dat haar vergissing begrijpelijk was en dat haar niets te verwijten viel. Aneeka zou uiteindelijk wel bijdraaien. Eigenlijk had ze in de telefoon willen schreeuwen: 'Hoe hebt u zo onoplettend kunnen zijn?' Toen het gesprek eindelijk ten einde was, voelde ze zich geradbraakt. Ze drukte zich tegen het kussen in haar rug. Eamonn hield haar dicht tegen zich aan. 'O,' zei ze verbaasd, en toch ook weer niet verbaasd. Het was niet de eerste keer dat ze hem daar aantrof, maar ze had hem altijd direct verdrongen. Nu drukte ze zich steviger tegen hem aan voor de troost die opeens alleen hij leek te kunnen geven. En voor het eerst in lange tijd voelde ze warmte door haar lichaam trekken, gevolgd door tintelende hitte. Ze draaide zich in het donker naar hem toe. Bij het eerste ochtendgloren voelde ze de verandering die zich in haar had voltrokken, het verlangen om echt door en door gekend te worden. Voor de dag en zijn werkelijkheid haar voornemen konden verstoren, pakte ze de telefoon en typte haar bericht in voor Eamonn: HET SPIJT ME. IK BENIJD JE OM JE VADER. DE MIJNE IS ONDERWEG NAAR

GUANTÁNAMO OMGEKOMEN. IK WIL HET JE GRAAG UITLEGGEN.

Zijn antwoord kwam sneller dan ze van hem had verwacht. ZEG MAAR WAAR JE WILT AFSPREKEN.

Geen woord van Aneeka. Geen Facetime Skype WhatsApp belletje. Niets.

Isma keek in de spiegel. Haar haar zou de 'textuur' van 'strandgolven' krijgen volgens Mona van Persepolis Hair in Wembley, die haar een product aanraadde dat springerig, weerbarstig haar in bedwang zou krijgen zonder het steil te hoeven maken. Haar haar zou nu 'speels' en 'verrassend' zijn. Althans, als ze niet dat gezicht erbij had. Ze trok de la open waar ze haar tulbanden in bewaarde, duwde hem weer dicht, keek opnieuw in de spiegel en deed hem weer open.

Iemand roffelde met knokkels op de deur. Ze had verwacht dat hij beneden zou aanbellen, maar een van de buren had vast de deur open laten staan, en nu was hij al hier, een stuk vroeger dan ze had verwacht. Ze had nog steeds haar kamerjas aan. 'Wacht even,' riep ze, en ze greep de eerste de beste kledingstukken die ze kon vinden. Spijkerbroek, een in de was verkleurde beha – wat maakte het in hemelsnaam uit? – en een met fleece gevoerd sweatshirt.

Enigszins buiten adem deed ze open, bijna net zo verlegen als op de dag dat ze hem had aangeboden mee de trap op te lopen naar de koffiebalie op de eerste etage. Ze rook een zweem van een kruidige aftershave. Had hij die speciaal voor deze afspraak opgedaan, of zag ze hem altijd later op de ochtend, als de geur al was weggetrokken?

'Hallo,' zei hij. Zijn stem klonk niet onvriendelijk, maar wel formeler dan bij zijn gebruikelijke 'hoi'. Kwam dat door hun laatste gesprek of doordat ze haar hoofd niet had bedekt? Zijn blik gleed over haar gezicht en richtte zich toen op iets achter haar, alsof hij het misschien niet beleefd achtte om haar recht aan te kijken als ze niets op haar hoofd had. Ze zag hem naar de lichtkoepel kijken en het bord in het droogrek, de kale wanden, het eenpersoonsbed met het witte dekbed en de witte lakens.

‘Leuk,’ zei hij. ‘Overzichtelijk.’ Het losknopen van zijn jas bracht in de stilte van de kamer een intiem geluid voort. Ze vroeg zich af of ‘overzichtelijk’ een beleefde manier was om ‘streng’ te zeggen, of dat hij haar kamer net zo ervoer als zij; als een thuis dat geen eisen aan je stelde en waar je gewoon kon zijn. Nu wilde ze dat ze er meer aandacht aan had besteed, en dat haar eenpersoonsbed niet zo nadrukkelijk voor één persoon was.

‘Het spijt me van gisteren,’ zei hij.

‘Ik ben degene die zich moet verontschuldigen. Wil je thee?’

Hij schopte zijn regenlaarzen uit, en terwijl zij de ketel opzette, hoorde ze hem op kousenvoeten naar haar bureau lopen. Toen hij zachtjes floot, wist ze dat hij de foto van Aneeka had gezien.

‘Dat is mijn zus,’ zei ze.

Hij draaide zich naar haar om met de foto in zijn handen, die een paar jaar daarvoor was gemaakt, vlak na het eindexamen van de tweeling. Aneeka zou uitgaan en droeg haar favoriete kleren: zwarte kniehoge laarzen, een zwarte legging en een lange witte tuniek, een zwarte baret die de lijnen van haar gezicht accentueerde en een witte sluier er losjes omheen gedrapeerd. Eén hand op de heup en haar kin uitdagend geheven naar haar tweeling broer, die de camera bediende, terwijl Isma met een toegeeflijke glimlach haar onderarm op de schouder van haar zus liet rusten. Wat leek haar gezicht breed naast dat van haar zus, en wat zag ze er flets uit vergeleken met Aneeka, die zich geraffineerd had opgemaakt met mascara en lippenstift.

‘Hoe oud is ze?’

‘Negentien.’ Een vrouw-meisje, een onvolwassen volwassene. Isma kon niet op de juiste woorden komen om haar te beschrijven.

Hij zette de foto neer. ‘Knappe familie,’ zei hij. Hij keek haar eindelijk recht aan. ‘Wat zit je haar mooi.’ Zijn opmerking volgde direct op de vorige en bezorgde haar eveneens een stroomstoot, maar hij had zich alweer omgedraaid en richtte zijn aandacht op een ander voorwerp op haar bureau: een ingelijste Arabische tekst, handgeschreven op gelinieerd papier. ‘Wat is dat?’

‘Het komt uit de Koran. *La yukallifullahu nafsan ilia wus-ahaa.* Allah belast de ziel niet met meer dan die kan verdragen.’ Toen haar grootmoeder overleed, had ze het aan de binnenkant van haar nachtkastje vastgeplakte briefje gevonden.

Hij keek haar aan met meer medelijden dan ze kon verduren en dat ontging hem niet, want hij zei direct op licht wrange toon: 'Genoeg over koetjes en kalfjes, denk ik zo.'

Ze ging op bed zitten en vroeg zich af of hij naast haar zou komen zitten of de bureaustoel zou kiezen, die een stukje bij haar vandaan stond. Hij deed geen van beide, maar liet zich op de grond zakken, zijn knieën opgetrokken tegen zijn borst.

'Vertel maar over je vader,' zei hij.

'Het punt is dat ik niet goed weet wat ik over hem moet vertellen. Ik heb hem nooit goed gekend. Hij heeft een heleboel wegen bewandeld – gitarist, verkoper, gokker, oplichter, jihadi – maar hij excelleerde vooral in de rol van de afwezige vader.'

Ze vertelde alles wat ze zich kon herinneren zonder er doekjes om te winden. De eerste keer dat haar vader zijn gezin in de steek had gelaten, was ze nog te jong geweest om zich zijn vertrek dan wel zijn aanwezigheid daarvoor te herinneren. Zo groeide ze op in een huis met haar moeder en grootouders zonder te beseffen dat ze in wezen iets miste. Toen Isma acht werd, kwam hij weer tevoorschijn: Adil Pasha, Pas voor vrienden (afgeleid van Passie). Een lachende, breedgeschouderde man die in zijn nopjes was dat ze zoveel op hem leek. Evenals alle andere vrouwen in zijn leven viel ze als een blok voor zijn charme, die ook sterk genoeg was om hem weer toegang tot de echtelijke sponde te verschaffen, alhoewel haar moeder in eerste instantie haar schoonouders trotseerde en hem sommeerde op de bank te slapen. Hij bleef lang genoeg bij zijn vrouw om een tweeling te verwekken en bij zijn dochter gevoelens los te maken dat het idee van zijn vertrek ondraaglijk voor haar zou zijn; toen was hij weer weg. Ditmaal zonder het excuus dat hij een plannetje had om snel rijk te worden: hij zou zich bij een hulpkonvooi naar Bosnië aansluiten, waar de oorlog in de laatste fase verkeerde en hij onder het mom van strijden voor de rechtvaardigheid zijn snor kon drukken. Het konvooi keerde een paar weken later zonder haar vader terug, en Isma heeft hem nooit meer gezien.

Om de zoveel tijd kreeg ze een ansichtkaart waar hij met zijn kriebelige handschrift op had geschreven hoe onmisbaar hij was in dit en dat gevecht tegen de onderdrukking, of er verscheen een bebaarde man op de stoep met een beetje geld en de plaatsnaam van Pash' strijdtoneel *du jour* – Kasjmir, Tsjetsjenië, Kosovo. In oktober 2001 belde hij op. Hij was in Pakistan, onderweg naar Afghanistan, en hij had gehoord dat zijn vader was overleden. Hij wilde zijn moeder spreken en hij wilde de stem van zijn zoon horen. Zijn vrouw hing op zonder af te wachten of hij ook de stem van Isma wilde horen – de stem van het enige kind dat hij gekend had.

Eamonn ging verzitten en legde zijn enkels tegen de hare. Het gebaar van sympathie was voor haar net bescheiden genoeg om te kunnen verdragen.

'Een paar maanden later stonden de agenten van MI5 en Special Branch bij ons op de stoep om navraag naar hem te doen; ze wilden alleen niet zeggen waarom. We wisten dat er iets mis was en mijn oma zei dat we misschien contact met organisaties zoals het Rode Kruis moesten opnemen, of dat we de overheid of een advocaat moesten benaderen om uit te vinden waar hij was. Dat was misschien ook gebeurd als mijn grootvader nog geleefd had, maar hij was dood, en mijn moeder zei dat de Special Branch ons het leven moeilijk zou maken als we probeerden hem te vinden. De mensen bij ons in de buurt, die argwaan begonnen te koesteren omtrent onze sympathieën, zeiden hetzelfde. Mijn oma ging naar de moskee in de hoop daar hulp te krijgen, maar de imam koos de kant van mijn moeder – hij had te veel nare verhalen gehoord van families van Britse mannen die in Afghanistan waren gearresteerd. Een kennis van mijn oma had gezegd dat de Britse overheid alle voordelen van de verzorgingsstaat introk – inclusief onderwijs en medische zorg – voor elk gezin dat ervan verdacht werd met terroristen te heulen.'

Eamonn fronste verontwaardigd zijn wenkbrauwen, blijkbaar beledigd op een manier die haar duidelijk maakte dat hij zichzelf als deel van de staat beschouwde, iets wat bij geen van haar familieleden ooit een mogelijkheid was geweest. Ze stak haar hand op om eventuele kritische opmerkingen af te weren. 'Mijn moeder wist dat het niet waar was, maar ze liet mijn oma in de waan. Deze situatie duurde voort tot 2004, toen een uit Guantánamo vrijgelaten Pakistaan contact zocht met de familie van mijn vader in Pakistan om te zeggen dat hij begin 2002 met hem in Bagram in de cel had gezeten. In juni van hetzelfde jaar waren ze op het vliegtuig naar Guantánamo gezet, zei hij. Mijn vader is kennelijk tijdens het opstijgen bezweken aan een of andere toeval. De man vertelde nog meer, zoals wat er met mijn vader in Bagram was gebeurd, maar de familie in Pakistan oordeelde dat niemand gebaat was bij dat soort beelden in het hoofd, dus de details hebben ze voor ons verzwegen.'

'Niemand heeft je verteld dat je vader al twee jaar dood was?'

'Wie had dat moeten doen? De Amerikanen? De Britse geheime dienst? Wij wisten van niets. Ze hebben nog steeds niets verteld. Ze hebben de gegevens van Bagram over die periode nooit vrijgegeven. We weten niet eens of iemand de moeite heeft genomen een graf voor hem te graven.'

'Ik weet zeker dat ze hem hebben begraven,' zei hij.

'Waarom? Omdat ze zo beschaafd zijn?' Ze had zich voorgenomen niet tegen hem te liegen en dat hield in dat ze ook haar woede niet wilde verbergen.

'Het spijt me. Ik probeerde alleen maar... Sorry. Ik durf er niet aan te denken wat jij en je hele familie hebben moeten doorstaan.'

Ze maakte een gebaar dat haar machteloosheid uitdrukte. 'We hebben er nooit over gepraat. Het was strikt verboden ook maar één woord over hem los te laten. Alleen tante Naseem en haar dochters, die aan de overkant van de straat woonden, waren op de hoogte, omdat we praktisch één familie vormden die over twee huishoudens was verdeeld. Daarbuiten was er slechts één iemand die ingewijd was: de man die mijn grootouders kenden sinds ze naar Wembley waren verhuisd, toen er nog maar zo weinig Aziatische gezinnen woonden dat iedereen elkaar kende. Uit naam van mijn oma is deze man naar de zoon van zijn neef gegaan, die toen net tot parlementariër was gekozen. Ze vroeg hem of hij kon uitzoeken wat er met Adil Pasha gebeurd was, die op weg naar Guantánamo is gestorven, omdat de nabestaanden recht hadden op de waarheid. "Ze zijn beter af zonder hem," had de parlementariër gezegd en hij was de kamer uit gelopen.'

'Was dat mijn vader?'

'Ja.'

Hij kromp in elkaar en verborg zijn gezicht achter zijn handen.

Ze wilde door zijn dikke haar woelen, zijn arm strelen. Er was een lichtheid in haar die geheel nieuw was, en die toeliet dat de wereld zich herindeelde tot een plek vol ongekende mogelijkheden. In deze lichtheid was Aneeka's woede van korte duur en Parvaiz' keus omkeerbaar.

Hij keek op en ving haar blik. 'Mag ik?' zei hij en hij wees op de plek naast naar op bed. Ze knikte, niet zeker genoeg van haar stem om die te durven gebruiken.

Het matras veerde mee onder zijn gewicht. Hij nam haar hand in de zijne en keek haar aan met diepe gevoelens in die bruine ogen van hem. 'Het spijt me vreselijk dat je zoveel leed hebt moeten doorstaan,' zei hij. 'Je bent een opmerkelijke vrouw.' Hij gaf nog een licht klopje op haar hand en liet hem toen los. 'Er is iets wat je van mijn vader moet weten.'

Ze had geen zin om meer over zijn vader te weten te komen. Ze wilde zijn hand in de hare voelen, die allerlei tintelingen door haar lichaam joeg, ook op de intieme plekken. Bijna alsof hij haar daar had aangeraakt.

'Het is voor hem veel lastiger,' zei hij. 'Vanwege zijn achtergrond. Met name in de begintijd moest hij op zijn tellen passen, meer dan andere parlementariërs, en dat hield in dat hij soms dingen moest doen die hij later betreurde. Maar bij alles wat hij deed, zelfs bij verkeerde beslissingen, had hij een bepaalde bedoeling. Publiekelijke dienstverlening, maatschappelijk welzijn, Britse waarden. Hij gelooft heilig in die zaken. Alle verkeerde keuzes die hij heeft gemaakt, waren nodig om hem op de juiste plek te krijgen, de plek waar hij nu zit.'

Daar zat hij dan, de zoon van zijn vader. Het was niet van belang of ze aan deze of aan de andere zijde van het politieke spectrum zaten, of dat vaders aanwezig waren of juist niet, of als een ander meer van hen had gehouden, en op een betere manier: uiteindelijk waren ze altijd de zoon van hun vader.

'Ik wil daarmee niet alles vergoelijken,' zei hij. Hij masseerde zijn slaap met twee vingers. Zijn vingernagels hadden perfecte halvemaantjes. 'Dit is niet mijn sterkste kant. Hij zou degene moeten zijn die dit aan je uitlegde. Weet je wat? De volgende keer dat je in Londen bent, kun je hem zelf spreken. Ik regel een ontmoeting. Daar is hij beslist voor te porren. Ik denk dat je aan het eind van je gesprek anders over hem denkt.'

'Ik? Ik moet kennismaken met Karamat Lone?'

Meneer Britse waarden. Meneer Veiligheid boven alles. Meneer Weglopen van de islam. Hij zou zeggen: 'Ik ken uw familie wel. U bent ook beter af zonder uw broer.' En Eamonn, zijn toegewijde zoon, zou treurig instemmend knikken.

'Wees maar niet ongerust. Hij is vast aardig. Omwille van mij.' Hij nam een lok van haar haar in zijn hand en trok er even aan. 'Nu ik je zonder hoofdbedekking heb gezien, ben ik bijna als een broer voor je, niet dan?'

'Denk je er zo over?'

'Sorry. Ga ik buiten mijn boekje?'

Ze stond op, draaide zich om en haalde haar schouders op. 'Nee, het is prima,' zei ze zo luchtig mogelijk, waardoor zijn opmerking opeens absurd serieus leek. 'Ach, ik heb je niet eens je beloofde thee gegeven en nu moet ik de deur uit. Ik heb een afspraak.'

'Kom je straks nog naar de cafetaria?'

'Vandaag niet meer. Voorlopig niet, eerlijk gezegd. Iemand heeft me uitgenodigd om de rest van de voorjaarsvakantie te komen logeren.' Dat was niet helemaal onwaar. Aan het eind van hun diner die ene avond, had Hira gezegd: 'Als je zin hebt in gezelschap, staat mijn logeerkamer tot je beschikking. Het is niet goed om alleen te zijn met je hartzeer.'

'O,' zei Eamonn, 'dan zien we elkaar niet meer. Ik vertrek over een dag of twee. Het nieuws over mijn vader heeft de gemoederen in beweging gebracht. En om je de waarheid te zeggen begin ik het sociale leven van mijn grootouders behoorlijk in de war te sturen.'

'Goed. Wel fijn dat we de kou uit de lucht konden halen,' zei ze en ze bleef waardig rechtop staan.

'Dat vind ik ook. Nou, tot ziens dan. Onze koffieochtenden waren erg gezellig.' Hij deed een stap naar voren en stak wat stijfjes zijn armen uit. Wat volgde, was niet echt een omhelzing, maar twee lichamen die tegen elkaar aan botsten en weer uit elkaar gingen. Hij glimlachte en streek het haar uit zijn gezicht met een gebaar dat haar al net zo vertrouwd was als de tics van de mensen met wie ze was opgegroeid. Ze keek toe hoe hij zijn regenlaarzen aantrok, zijn jas dichtknoopte en opnieuw glimlachte, klaar om te vertrekken. Zijn hand lag al op de deurknop toen hij zich nog een keer omdraaide.

'Isma?'

'Ja?' In haar was nog altijd een sprankje hoop aanwezig.

Hij pakte de bubbeltjesenvelop van het aanrecht in de keuken, gevuld met M&M's. Bij hen in de familie was het een standaardgrap over tante Naseems voorliefde voor Amerikaans snoepgoed sinds ze er in de jaren tachtig op vakantie was geweest.

'Dit pakje had je vorige week in de cafetaria ook al bij je. Moet je het op het postkantoor afgeven?'

'Ik vergeet het steeds,' zei ze.

Hij stopte het onder zijn arm. 'Ik doe het in Londen wel op de bus.'

'Dat hoeft niet, hoor.'

'Geen probleem, met alle plezier. Het is sneller en goedkoper.'

'O, oké, dank je.'

'Toedeloe, zus,' zei hij met een knipoog. Toen was hij weg en trok de deur achter zich dicht.

Ze rende naar het balkon. Even later zag ze hem de straat op lopen en met zijn schouders rollen alsof hij van de last van haar aanwezigheid was bevrijd. Hij liep snel weg met lange passen, zonder omhoog te kijken.

Isma liet zich op haar knieën op het besneeuwde balkon zakken en huilde.

EAMONN

3

Boven de North Circular met de stilstaande verkeersstromen gleed een kajak met twee eenden in zijn kielzog door het water. Eamonn bleef op het pad langs het kanaal staan en keek over de reling naar beneden. Zo ver het oog reikte stonden de auto's bumper aan bumper. Jarenlang had hij deel uitgemaakt van het verkeer beneden, en hij had altijd gedacht dat dit gewoon de zoveelste brug was; niets wees erop dat hier hoog boven je hoofd rivieraken en watervogels zaten. Altijd nieuwe Londens in Londen. Hij typte 'kanaal boven North Circular' in op zijn telefoon en belandde van de ene link in de andere, tot hij op videobeelden stuitte van een bom die de IRA in 1936 op deze brug had gelegd. Toen de nieuwslezer details wilde vertellen over wat er gebeurd zou zijn als de brug was vernield, klikte hij halverwege de zin op 'pauze' en liep vlug door.

Vandaag was het geen dag om bij dergelijke hachelijkheden stil te staan. Het was begin april en Londen was daverend aan de lente begonnen met de zich lustig openvouwende magnoliabloemen aan de bomen in Little Venice, waar hij het trekpad op was gelopen. Inmiddels had hij ruiger terrein bereikt, waar her en der onkruid en struikgewas zo uit waren geschoten, dat ze de industriële wanstaltigheid erachter soms aan het oog onttrokken, maar soms ook niet. En dan veranderde alles weer; dan werd het prachtig, bijna landelijk – zwanen op de rivierbedding, met gele knoppen bespikkelde boomkruinen, een man en zijn hond snurkend op het dak van een woonboot, het zwerk een weids blauw met witte wolkendotten. Isma liep als een onzichtbare aanwezigheid met hem op, haar gezicht een en al ernst, behalve als hij haar aan het lachen maakte. Hij vroeg zich af of ze contact met hem zou opnemen als ze weer in Londen was. Waarschijnlijk niet. Ondanks zijn poging om bij hun laatste gesprek de lucht te klaren, had de levensloop van hun vaders de zaken tussen hen gecompliceerd. Hij probeerde zich in te denken hoe het was om te moeten opgroeien in de wetenschap dat je vader een radicaal was, dat zijn dood een aan vreselijke speculaties onderhevig mysterie was, maar zijn poging strandde omdat hij eenvoudigweg niet voor zich zag hoe een man als Adil Pasha ooit in Engeland had kunnen leven.

Hij verliet het trekpad bij hoge torens die het begrip 'regeneratie' belichaamden en bereikte al snel Ealing Road, met de Gurkha Superstore, Gama Halal Meat, een uit sierlijk bewerkte leistenen opgetrokken hindoetempel, sfeervolle kraampjes en restaurants. Er was niets bij wat hij zich in het bijzonder herinnerde en toch wist hij zeker dat hij hier als kind regelmatig vanuit het raam van de auto naar had gekeken. 'We gaan,' zei zijn vader altijd voor het jaarlijkse Suikerfeest bij Eamonns oudoom thuis, de viering die zijn moeder omschreef als 'het eind van de maand waar iedereen die niet aan de ramadan heeft gedaan in het oog loopt'. Op die ene dag van het jaar werd zijn vader een ander persoon, en hij wist dat zijn moeder het net zo verfoeide als hij. Te midden van zijn enorme familie verdween Karamat Lone in een andere taal met zijn eigen gebaren en intonaties, zelfs als hij Engels sprak. Een van die Suikerfeesten viel net na Kerstmis, toen Eamonn een jaar of tien was. De Amerikaanse tak van de familie was op bezoek en elke dag werden er plannen gemaakt voor uitstapjes met neven en nichten. 'Je hoeft dit jaar niet mee,' had zijn vader gezegd toen op die dag net een of ander postprandiaal kerstdiner was gepland en hij ging alleen. Het jaar daarop was het al: 'Heb je wel zin om te gaan?' en hij vond het kennelijk geen punt dat zijn vrouw en kinderen afhaakten. Toen Eamonn de leeftijd bereikte waarop hij belangstelling kreeg voor dat raadselachtige deel van zijn vaders leven, ontstond de commotie omtrent de moskeefoto, die werd gevolgd door de brouille met zijn familie om de schade te beperken.

Hij naderde de moskee en stak expres de straat over, daarna liep hij weer terug omdat hij niet al te opvallend het gebouw wilde vermijden. Iedereen had het altijd over het racisme dat zijn vader ten deel viel als een deel van de pers hem als extremist poogde te brandmerken, maar het waren juist de moslims in Londen die Karamat Lone de rug hadden toegekeerd en hem hadden weggestemd, ondanks alle goede dingen die hij voor zijn kiesdistrict had bereikt. En dat allemaal omdat hij publiekelijk zijn voorkeur voor de verlichte denkbeelden van de kerk verkoos boven die van de moskee, en omdat hij verklaarde dat de Britse moslims zichzelf nodig uit de Donkere Eeuwen moesten transporteren als ze door de rest van de natie met respect behandeld wilden worden.

Inmiddels was hij op High Road, met de alles-één-pondwinkels en de pandjeszaken, waar hij af en toe opkeek naar het spierwitte Wembley Stadion om ook een vertrouwd bouwwerk te zien, en hij nam de richting van Preston Road, de buitenwijk met twee-onder-een-kapwoningen, die stuk voor stuk op het huis leken waar hij vele Suikerfeest-middagen had doorgebracht, stijf tegen zijn moeder aan gedrukt als in een bondgenootschap dat zij niet wilde, omdat ze wist dat hij liever cricket speelde in de tuin met de neven, van wie hij nooit kon inschatten of hun uitnodiging om mee te doen oprecht gemeend was of alleen maar beleefd. Zijn zus liet zich in de regel nooit ringeloren door bondgenootschappen en zat boven met haar nichtjes, waar ze zich weldadig liet onderdompelen in de familiezin, die bijna geheel zou verdwijnen zodra ze terug waren in Holland Park. Iedereen zei dat ze echt een dochter van haar vader was en ze staafde die bewering met haar ijzeren voornemen om voor haar tweeëntwintigste in de wereld der investeringsbankiers in Manhattan door te breken.

De zeldzame keren dat hij aan zijn vaders familie dacht, herinnerde hij zich voornamelijk het gevoel van uitsluiting, maar zijn tijd met Isma had andere gevoelens bij hem opgeroepen, die meer met familiezin te maken hadden. Zoals zijn ene nichtje, dat een pleister en een helende kus op zijn elleboog had gedrukt toen hij in de tuin was gevallen en zijn arm had opengehaald. Hij vroeg zich af of hij Isma aan Parvaiz deed denken, haar jongere broer, die ze alleen terloops had vermeld, de tweelingbroer van de bloedmooie jonge vrouw op de foto.

Hij wist dat de bochtige zijstraten die hij nu doorkruiste nog niet zo lang geleden geasfalteerde landweggetjes waren geweest, en dat was minder lang geleden dan je zou denken. Het verschil tussen zijn leven en dat van zijn vader was nergens zo scherp merkbaar als hier in het westelijke deel van Londen. Dit was het Londen van Karamat Lones jeugd, hier woonden de vermogende familieleden die zijn vaders grote voorbeeld waren toen hij zelf in het krappe flatje in Bradford nachtenlang zat te blokken voor zijn examens. Het was altijd laat op de avond voor hij zijn boeken kon uitspreiden op het keukenblad, dat dienstdeed als aanrecht, tafel en werkplek voor zijn moeder, die naaister was. Op de muur tegenover hem hing een grote poster van de Ka'aba, waar gelovigen omheen draaiden. Eamonn kende dit detail dankzij een foto van zijn vader, een van de weinige die hij uit zijn jeugd had bewaard en waarover hij hem nooit om uitleg had durven vragen.

Eindelijk kwam hij na een hele rij winkels op de plek waar Isma was opgegroeid. Nu hij zijn bestemming had bereikt, vond hij het opeens vreemd dat hij het pakketje niet gewoon op de bus had gedaan, en hij drentelde een poosje besluiteloos over Preston Road – langs een Joodse bakker, een islamitische boekenwinkel en een Roemeense slager – voor hij weer naar Isma's huis liep. Hij kon de gedachte niet van zich af zetten dat er een deel van zijn kindertijd achter deze voordeuren schuilging – een deel van zijn vader – dat hij maar al te graag had willen vergeten. Bij een grijs gestuukt huis klopte hij aan. Er werd opengedaan door een door ouderdom verschrompelde vrouw. Het wollen vest over haar *salwar kameez* gaf aan dat haar inwendige thermostaat nog steeds op een ander land was ingesteld. Het was vast de oude vriendin en buurvrouw, tante Naseem, bij wie Isma's zus inwoonde tijdens haar rechtenstudie aan de LSE. Toen hij zei dat hij iets van Isma bij zich had, deed ze de deur wijd open en legde haar hand tegen zijn wang, waarna ze zich omdraaide met de woorden: 'Kom binnen, ik zet thee.'

De Arabische kalligrafie op de muren, de loper op de trap, de plastic bloemen in een vaas en de geur van kruiden in de keuken, al stond er niets te pruttelen, deden hem enerzijds direct aan het huis van zijn oudoom denken, en riepen anderzijds de kwalijke herinnering aan zijn eigen gêne daarover op.

Hij pakte de envelop van Isma uit zijn buideltas en gaf die aan de oude vrouw, die verrukt lachte toen ze ermee schudde en raadde wat erin zat. 'Wat een attent meisje is het toch. Wil je suiker in je thee?' Op zijn antwoord zei ze: 'Jullie Britten, nooit suiker in je thee. Mijn kleinkinderen zijn ook zo. Mijn dochters half om half – een wel, de ander niet. Waar ken je Isma van? Wat doe je voor de kost?'

Ze genoot van het verhaal van de man die van de onbemande koffiebalie gered moest worden, maar keek misprijzend bij de mededeling dat hij 'een jaar vrij had genomen', waarop hij direct reageerde met 'misschien terug de consultancy in, wellicht naar een nichekantoor'. 'Ga je dan adviseren over specialisaties?' vroeg ze, en het duurde even voor hij haar gedachtesprong begreep. Toen hij het haar uitlegde, schoot ze in de lach en gaf een uitgelaten tik op zijn hand. Hij lachte hartelijk mee. Opeens wilde hij dat hij een echte grootmoeder had gehad, een omaatje. Zijn vaders moeder was twee jaar voor zijn geboorte overleden en haar man, die een krantenkiosk had gedreven, volgde niet lang daarna – 'uit hulpeloosheid', zoals Eamonns vader destijds toelichtte.

Even later stond ze samosa's voor hem te bakken alsof ze haar best deed een stereotype uit te beelden, terwijl hij op haar verzoek aan het eind van een draad likte en dat door het oog van een naald stak. Zij was in de jaren vijftig van Gujranwala naar Londen verhuisd, vertelde ze ondertussen; zijn grootouders kwamen uit Sialkot, vertelde hij. Nee, hij sprak geen Punjabi. En nee, ook geen Urdu. 'Alleen Engels?' En een beetje Frans. 'Mijn vader vocht tijdens de Eerste Wereldoorlog in het Brits-Indiase leger,' zei ze toen. 'Hij was een poosje in Frankrijk gestationeerd en werd bij een gezin ondergebracht. De zoons en de vader zaten allemaal in het leger, dus hij woonde daar alleen met de vrouw. *Je t'adore*, zou hij jaren later tegen zijn kinderen zeggen. Na zijn dood vroeg men zich af wie hem die woorden geleerd had. Kom, geef me je arm.'

De naald en draad waren voor hem bedoeld, ontdekte hij. Ze had gezien dat er een knoop aan zijn mouw loszat en hij keek neer op haar zwartgeverfde haar met de scheiding in het midden toen ze zich al babbelend vooroverboog om hem vast te zetten. '*Shukriya*,' zei hij, het Urdu verhaspelend met zijn onhandige tong, en toen het leek alsof hij er iets aan toe moest voegen, zei hij na een korte pauze: 'Tante', wat weer werd beloond met een hand tegen zijn wang. Hij ging ervan uit dat deze genegenheid en de hartelijke ontvangst deel uitmaakten van de fameuze Pakistaanse gastvrijheid, waar zijn vader zich af en toe zuchtend over uitliet als hij met spijt opmerkte hoe 'Brits' zijn kinderen waren (waarop Eamonns moeder steevast zei: 'In abstracte zin is het prachtig, maar in de praktijk ervaar je het als opdringerig en overbezorgd'). Toen tante Naseem zei: 'Dus Isma heeft je naar ons toe gestuurd om je aan ons voor te stellen', zette hij de samosa neer, omdat ze, zo begreep hij opeens, de situatie kennelijk verkeerd had ingeschat. 'Nee, niet echt. In geen geval. Ik zou het pakje voor haar op de bus doen, maar het was zo'n mooie dag, dat ik besloot te gaan wandelen en het zelf bij jullie af te geven.'

'Ben je helemaal vanuit Notting Hill komen lopen? Om ons op te zoeken?'

'Het is een mooie wandeling. Ik hou ervan om nieuwe delen van Londen te ontdekken. Zoals het kanaal vandaag,' zei hij, wat hem de beste manier leek om haar op haar vergissing te wijzen zonder er al te diep op in te gaan.

'O, ze heeft je vast verteld dat zij er ook zo van houdt om langs het kanaal te lopen.' Hij pakte de samosa weer op en zette zijn tanden erin. Isma zou het haar kunnen uitleggen als ze elkaar spraken. Hij twijfelde er niet aan of tante Naseem zou naar de telefoon grijpen zodra hij zijn hielen had gelicht. 'Ik ken haar al vanaf het moment dat ze werd geboren, weet je dat? Haar grootmoeder was mijn eerste vriendin in Londen. We woonden toen in de buurt van High Road, waar het inmiddels enorm veranderd is. Toen waren er nog helemaal geen Aziaten. Op een dag zag ik aan de overkant van de straat een vrouw in een salwar kameez lopen. Ik stak meteen over, dwars tussen alle auto's door, en hield haar aan. We hebben zo lang staan praten, dat mijn man me op een gegeven moment kwam zoeken. Later zijn we naar deze straat verhuisd en we spoorden haar aan om ook te komen, omdat we niet zonder elkaar konden. Aldus geschiedde. Isma is hier geboren en opgegroeid. Ze heeft het zwaar gehad, het kind. Ze moest van jongs af aan voor de tweeling zorgen. Het wordt tijd dat er eens iemand voor haar gaat zorgen.'

Gelukkig werd hem dit ongemakkelijke gesprek verder bespaard, omdat er voetstappen op de trap klonken.

'We hebben bezoek,' riep tante Naseem. 'Een heel aardige jongen. Isma heeft hem gestuurd.' De voetstappen verdwenen weer naar boven en de oude vrouw dempte haar stem. 'Dat is Aneeka. Ze komt weer naar beneden als ze zich heeft opgemaakt. In mijn tijd was je het soort meisje dat zich bedekte of het soort meisje dat make-up droeg. Tegenwoordig doen ze zowel het een als het ander.'

Hij had op het punt gestaan om weg te gaan, maar nu stak hij zijn hand uit naar een nieuwe samosa. Een paar minuten later hoorden ze haar weer de trap af komen. De jonge vrouw die binnenkwam, leek veel kleiner dan op de foto; ze was echt petite, en vertoonde geen spoortje van de ondeugendheid die hij op de foto had gezien, maar evengoed was ze beeldschoon. Eamonn stond op, zich bewust van zijn vettige vingers, en hij betrapte zichzelf op de gedachte hoe het moest zijn om de witte hoofddoek, die haar gezicht omlijstte, los te maken. Ze begroette hem met een vragende blik, die bevestigde hoe onlogisch het was dat Isma iemand als hij naar haar familie had gestuurd om kennis met hen te maken. Tante Naseem stelde hem bij zijn voornaam aan haar voor omdat hij haar niet zijn achternaam had gegeven. Aneeka's blik veranderde niet – ze versteende.

'Dat spel je met een e, niet met een a, tante. Jij bent Eamonn Lone, neem ik aan?'

'Heeft Isma het over mij gehad?'

'Wat kom je hier doen? Waar ken je mijn zus van?'

'Hij kwam Isma in Northampton tegen. In een cafetaria,' zei de oudere vrouw. Ze was naast Eamonn gaan staan, legde een hand op zijn arm en keek verontschuldigend naar hem op, wat niet alleen bedoeld was voor de houding van het meisje, maar ook voor haar eigen teleurgestelde 'O' toen ze zijn achternaam had gehoord. 'Hij is helemaal vanaf Notting Hill hiernaartoe komen lopen, langs het kanaal, om me de M&M's van Isma te brengen.'

Het mooie meisje wierp een blik op de envelop met Isma's handschrift en keek hem toen beduusd aan.

'Het is een prachtige wandeling,' zei hij. 'Het kanaal stroomt naast een aquaduct boven de North Circular. Ik kende het niet. De IRA wilde het in 1939 laten ontploffen. Heel Wembley zou zijn overstroomd.' Hij had geen idee of dat laatste waar was, maar hij wilde interessant overkomen, zodat het meisje zou zien dat hij het soort jongeman was met wie haar zus koffie wilde drinken, en niet zomaar een of andere kakbal die in deze keuken en in Isma's leven misstond. 'De beelden staan op internet. Zoek maar op "North Circular kanaalbom" of zoiets, dan zie je het meteen.'

'Juist. Dat is een goed idee voor een MDG.'

'Ik weet niet wat dat is.'

'Een MDG is een moslim die googelt. Tante, heeft Isma je helemaal niets over dit individu verteld?'

'Waarom bellen we haar niet even?' zei tante Naseem monter, maar het meisje, dat zich steeds raadselachtiger ging gedragen, zei: 'Probeer me niet telkens met haar te laten praten. Ik moet trouwens toch de deur uit. O, en meneer Lone, nu de M&M's zijn afgegeven, kun je meteen met mij vertrekken.'

Ondanks tante Naseems protesten liep hij achter haar aan naar buiten. Ze zei niets tegen hem tot aan de hoek van de straat, waar ze zich abrupt naar hem omdraaide.

'Wat voer je in je schild?'

'Ik heb geen idee waar je het over hebt,' zei hij en hij stak afwerend zijn handen op. 'Ik heb alleen een pakje van Isma afgegeven. Zoals je... eh... tante al zei, hebben we elkaar in een cafetaria ontmoet. In Massachusetts. We raakten min of meer bevriend. Twee Britten die elkaar in het buitenland ontmoeten, zoiets.'

Een man in een felrood pak, dat in geen jaren een wasmachine had gezien, bleef naast Aneeka staan en stak zijn hand uit, waar een vies bontje in lag. 'Heb je mijn kat al eens gezien?'

Voor Eamonn ridderlijk tussenbeide kon komen, had Aneeka het mottige bontje geaaid alsof het fluweelzachte mink was. 'Natuurlijk ken ik Mog, Charlie. We zijn dikke maatjes.' De man gromde van genoegen, stopte het bontje in zijn binnenzak, vlak bij zijn hart, en liep weer door.

Na dat korte moment van zachtaardigheid leek de scherpte in haar stem, toen ze hem weer aansprak, des te grimmiger. 'Dat verklaart nog niet waarom ze jou zou hebben gevraagd naar ons toe te komen.'

'Dat heeft ze ook niet gedaan. Ik had aangeboden het pakketje op de bus te doen.' Hij kon zich niet voorstellen dat hij deze jonge vrouw iets zou vertellen over het deel van zijn vaders leven dat hij niet kende, dus hij zei maar: 'Oké dan, het is vrij gênant, maar ik zag een foto van Isma's zus en ik wilde weten of ze in het echt ook zo mooi was.'

Ze schonk hem exact de blik vol walging die hij voor die opmerking verdiende, en liep zonder nog een woord te zeggen weg.

De trein vertrok uit station Preston Road en hij draaide zich om in zijn stoel zodat hij de huizen langs het spoor kon bekijken. Achter een schutting en het tuinhuisje van een woning zag hij een meisje omhoogkomen, even blijven hangen, weer terugvallen, en weer omhoogkomen. Een trampoline. Ze spreidde haar ledematen als een zeester, en hij, al kon ze hem niet zien, spreidde de vingers van zijn hand tot hij haar spiegelbeeld vormde. Hij bleef uit het raam kijken terwijl de trein vaart maakte en Preston Road achter zich liet.

Toen hij zich eindelijk omdraaide, kwam de jonge vrouw, die elders in de bijna lege coupé had gestaan, naar hem toe en ging naast hem zitten.

'Woon je alleen?' vroeg Aneeka.

'Ja.'

'Breng me erheen.'

Na die vrijpostige opmerking zei ze bijna niets meer tot aan Notting Hill. Eerst probeerde hij de stilte te doorbreken door over Isma te beginnen, maar uit haar houding kon hij opmaken dat hun relatie minder innig was dan Isma had afgeschilderd. 'Heeft ze je verteld...' begon hij, maar ze onderbrak hem ogenblikkelijk. 'Ik ben erachter gekomen dat de lijst met dingen die Isma me niet heeft verteld veel langer is dan ik ooit had kunnen bedenken,' waarmee verdere gesprekken over dat onderwerp werden afgekapt.

Tijdens de wandeling van het metrostation naar zijn huis keek ze als een toerist om zich heen en hij schaamde zich enigszins dat hij in zo'n rijke buurt woonde, terwijl hij niet eens een baan had. Zijn schroom werd er niet minder op toen ze zijn appartement binnenkwamen, geheel betaald en ingericht door zijn moeder, waar in een zee van ruimte een open keuken, een zithoek en een eetgedeelte waren ondergebracht. Het was er zo groot, dat Aneeka het niet kon laten om te vragen: 'Woon je hier echt alleen?'

Hij knikte en vroeg of ze thee of koffie wilde. Ze vroeg om koffie, liep door het appartement en keek naar de ingelijste foto's in de kast: foto's van familie, van zijn eindexamen, van het verlovingsfeest van zijn vrienden Max en Alice.

'Staat je vriendin op een van deze foto's?' vroeg ze bij de laatste.

Hij bevond zich aan de andere kant van het vertrek, bij het koffieapparaat, maar zijn inschikkelijke antwoord 'Nee, ik ben vrijgezel' was ook in een tweemaal zo groot appartement verstaanbaar geweest. Hij wachtte tot ze terugkwam naar de keuken en plaats had genomen op een barkruk voor hij het aan haar vroeg. 'En jij? Heb je een vriend?'

Ze schudde haar hoofd, stak haar vinger in de schuimlaag op de koffie om te voelen hoe dik die was en vermeed zijn blik. 'Waarom ben je hier?' leek hem geen goede vraag om te stellen, en misschien zou ze dan weggaan, wat hij vermoedelijk niet echt wilde, al kon hij op dat moment moeilijk bepalen wat hij dan wel zou willen van deze zwijgende, mooie vrouw met de hidjab die bij hem thuis koffiedronk.

'Isma droeg altijd een tulband,' zei hij, om iets te zeggen, wijzend naar haar hoofddoek.

Ze trok de spelden uit haar hidjab, vouwde de stof zorgvuldig op en legde die tussen hen tweeën in op het keukenblad. Daarna deed ze het strakke kapje af dat eronder zat. Ze schudde met haar hoofd en haar lange, donkere haar viel als in een shampooreclame om haar schouders. Ze keek naar hem op, haar blik was verwachtingsvol.

Eamonn wist wat het betekende als een vrouw aangaf dat ze met hem mee naar huis wilde en zich begon te ontkleden. Hij was bekend met de situatie. Hij wist alleen niet of dit ook zo'n soort situatie was. Maar als dat het niet was, wat was dit dan wel?

Hij boog zich naar voren, plantte een elleboog op het blad en liet zijn onderarm op de glasplaat zakken, met de handpalm naar boven, zo dicht bij haar hand dat ze het gebaar als uitnodiging kon opvatten, maar ook op voldoende afstand om het te negeren zonder dat het ongemakkelijk werd. Ze dronk haar koffiebeker in één keer leeg, veegde met de rug van haar hand over haar lippen, zodat haar lippenstift enigszins uitsmeerde, en legde haar hand op zijn pols. Koffieschuim en lippenstift op haar huid. Hij was zich bewust van het bonken van zijn hart en besefte dat haar vingers zijn kloppende pols moesten voelen. Eindelijk glimlachte ze. Ze pakte zijn andere hand en drukte die op borsthoogte tegen haar shirt. Nog steeds kon hij haar gebaren niet duiden, totdat hij begreep dat ze zijn hand niet op haar borst, maar tegen haar hart had gedrukt, dat ook als een waanzinnige tekeerging.

'Ik ook,' zei ze, en door de belofte in haar stem werd voor hem de situatie zowel bekend als opwindend nieuw terrein.

De volgende ochtend drukt hij zijn neus in de kussens van de bank. Hij kan haar overal ruiken, haar geur is in alle delen van zijn huis getrokken – in de muur, in het bed, in de bank. Met van haar vervulde zinnen loopt hij van de ene plek naar de andere.

Hij kijkt om zich heen. Hoe is het mogelijk dat de kamer er vandaag exact hetzelfde uitziet als gisteren, en niet alsof er een orkaan heeft gewoed? Waar zijn de gebroken vazen, de gescheurde gordijnen, het omgegooide meubilair, de tekenen die zijn stormachtige gevoelens moeten weerspiegelen, het idee dat alles binnenstebuiten is gekeerd? Hij gaat voor de spiegel staan en raakt de schram op zijn schouder aan alsof het een artefact is. Dat heeft hij tenminste nog. Hij vouwt zijn handen tot een kommetje, brengt ze naar zijn gezicht en haalt diep adem. Zijn eigen wijze van gebed.

In het begin had ze zich aarzelend opgesteld, afwachtend. Bij hun eerste kus had ze hem weggeduwd en aanstalten gemaakt haar hidjab weer om te doen, waarna hij al zijn overredingskracht moest inzetten. Toen draaide ze om als een blad aan een boom, alsof ze hem wilde bewijzen dat ze echt wilde blijven, zoals sommige pubermeisjes die hem vroeger een ongemakkelijk gevoel bezorgden, degenen die dachten dat ze alles moesten geven zonder er iets voor terug te vragen. Hij hield haar tegen door haar te laten zien dat het niet op die manier hoefde en daarna zei ze: 'Je bent lief', alsof het haar verbaasde, en vervolgens gingen ze elkaar ontdekken op die langzame-snelle manier van nieuwe geliefden: tastend, onderzoekend, proberend wat ze fijn zouden vinden.

's Morgens zag hij dat ze niet meer in het bed lag waar ze ten langen leste in waren beland. Hij had al heel vroeg de douche horen stromen en dacht dat ze zonder afscheid wilde weggaan. Maar toen ze de badkamer uit kwam, gingen haar voetstappen niet in de richting van de voordeur. Na een poosje stond hij ook op en toen hij de kamer in kwam, trof hij haar biddend aan op een handdoek die als bidmatje fungeerde en haar hidjab losjes om haar hoofd gewikkeld, zonder de traditionele spelden of het strakke kapje. Ze leek zich niet bewust van zijn aanwezigheid op een lichte beweging van haar schouders na, waarmee ze zich van zijn naaktheid afwendde. Eigenlijk had hij haar direct weer alleen moeten laten, maar hij kon zijn blik niet losmaken van deze vrouw, deze onbekende, die knielde voor een God in dezelfde kamer waar ze een paar uur geleden met een heel ander motief op haar knieën had gezeten. Uiteindelijk kwam het door de intensiteit van haar overgave aan een wereld die ver van lichamen en zintuigen vandaan stond, dat hij naar bed terugging, zich afvragend of ze nog naar hem toe zou komen.

Ze kwam terug. 'Waar heb je om gebeden?' vroeg hij. Ze begon de knoopjes van haar hemd van boven naar beneden los te maken.

'Bidden is geen transactie, meneer de kapitalist. Het gaat erom de dag op de juiste manier te beginnen.'

'Moest je voor God je beha aandoen?' vroeg hij, toen ze haar hemd half had opengeknoopt. 'Denk je dat hij afgeleid zou raken door je... afleiders?'

'Je bent beter in andere dingen dan in praten.'

Daarmee raakte ze een gevoelige snaar, zowel in goede als in slechte zin. Hij had willen pareren dat het ook op haar van toepassing was, maar hij slikte zijn woorden in. Hij keek naar haar terwijl ze zich verder uitkleedde tot ze alleen die witte hoofddoek nog omhad; de ene punt van de gladde stof reikte tot onder haar borst, de andere hing over haar schouder.

'Zal ik hem omhouden?' vroeg ze. Hij wist al dat ze elk nieuw initiatief eerst als vraag poneerde. Niet omdat ze aan zijn begeerte twijfelde, zoals hij eerst dacht, maar omdat het belangrijk voor haar leek te zijn om telkens een bevestigend 'ja' van hem te horen, in alle toonaarden van verlangen en behoefte. Nu aarzelde hij, al sprak de reactie van zijn lichaam boekdelen toen haar tepel scherp onder de witte stof afstak door de contrasterende kleuren. Hij stak zijn hand naar haar uit, maar ze deed een stap terug en herhaalde haar vraag. 'Ja,' antwoordde hij, 'alsjeblieft.'

Nu raapt hij de witte stof van de bank, wikkelt die als een lendendoek om zijn middel en onder het slaken van gorillakreten roffelt hij zich op zijn borst. Vlak voor ze was weggegaan, had ze het strakke kapje, dat ze 'mijn bonnetkapje' noemde, om haar haar gedaan, en ze reageerde niet op zijn commentaar dat het net zo'n overbodige toevoeging was als 'chaithee' of 'naanbrood'. Ze had een blauwe sjaal uit de kast in de hal gepakt en die om haar hoofd gewikkeld. 'Waarom doe je dat eigenlijk?' vroeg hij en ze had met de punt van de sjaal zijn hals gestreeld. 'Ik kies zelf welke delen van mij door onbekenden gezien mogen worden en welke alleen voor jou zijn.' Het beviel hem. Tegen zijn zin in, tegen zijn eigen ik in, vond hij het toch leuk om te horen. Stomme aap.

Na het ontbijt strekten ze zich samen uit op de sofa in een rechthoek van licht, en wellicht kwam het door de grootte van de kussens of door het idee dat ze weldra moest vertrekken dat ze zich eindelijk tegen hem aan vlijde en haar hoofd op zijn borst liet rusten.

'Zeg, even over Isma,' zei hij behoedzaam. 'Ze wekte de indruk dat jullie een erg hechte band hebben.'

Even bleef het stil, en hij vroeg zich af of hij er verkeerd aan had gedaan om Isma ter sprake te brengen. Hij voelde zich op een onbestemde manier schuldig tegenover haar, tegenover de keurige, vrome Isma. Ze zou het niet kunnen waarderen wat hij en haar zus hier hadden gedaan. En als hij dat al vermoedde, dan zou dezelfde gedachte zeker door Aneeka's hoofd spelen. Hij verstrengelde zijn vingers met de hare, vroeg zich af of de afkeuring van haar zus haar bij hem vandaan zou kunnen houden, en drukte haar hand steviger.

'Ooit hadden we een heel hechte band,' zei ze. 'Maar nu wil ik haar absoluut niet meer in mijn leven. Spreek jij haar nog steeds?'

'Niet meer sinds ik ben vertrokken. Maar ik was van plan haar een berichtje te sturen dat ik bij tante Naseem op bezoek was geweest. Hoezo? Had je liever dat ik geen contact meer met haar had?'

'Zou je dat voor me overhebben?'

'Ik denk dat ik wel gekkere dingen voor jou zou doen als je me erom zou vragen,' zei hij, en hij streelde de kleine moedervlek op de rug van haar hand. 'Maar zo nobel is het nu ook weer niet van me, want ze heeft me niet geschreven of zoiets. Ik denk dat we allebei wel aanvoelden dat het een gelegenheidsvriendschap was en dat we na de vakantie geen poging zouden doen om die voort te zetten.' De complicerende factor van de vaders wilde hij niet ter sprake brengen zolang ze naakt naast elkaar lagen.

Opnieuw zweeg ze een poosje. Ten slotte zei ze: 'Als ik wegga, wil je me dan weer terugzien?'

'Ik kan niet geloven dat je me die vraag stelt.'

'Als we hiermee doorgaan, heb ik een uitzonderlijke voorwaarde. Ik zou onze relatie graag geheimhouden.'

'Hoe bedoel je dat?'

Ze legde haar hand tegen zijn wang en trok zijn hoofd naar het hare. 'Ik vertel niemand over jou, jij vertelt niemand over mij. We blijven elkaars geheim.'

'Waarom?'

'Ik vraag bij jouw fantasieën toch ook niet "waarom"?' zei ze, terwijl ze een naakt been tussen de zijne liet glijden.

'Aha, dit is dus een fantasie.' Hij raakte afgeleid door de ritmische bewegingen die ze maakte, door de wrijving van haar huid tegen de zijne.

'Ik wil niet dat mijn vrienden vragen wanneer ik je aan hen voorstel. Ik wil niet dat tante Naseem je vraagt om te komen eten. Ik wil niet dat Isma jou als bruggetje naar mij beschouwt. Ik wil niet dat andere mensen onze relatie gaan duiden. Ik wil dat jij die dingen ook niet wilt. Dat je me alleen hier wilt, zo, bij jou. Zeg ja.'

'Ja.' Ja, ja, ja.

Na een paar dagen merkte hij wat haar versie van geheimhouding inhield. Hij had haar telefoonnummer niet, hij kon online geen contact met haar opnemen (hij kon haar niet eens op internet vinden, al zocht hij naar haar), hij mocht niet weten wanneer ze zou gaan of komen. Ze kwam gewoon opdagen en soms bleef ze zo kort dat ze zich niet eens helemaal ontkleedden; andere keren bleef ze de hele nacht. 'Geheimhouding' was een afrodisiacum dat sterker werd naarmate het langer duurde, nu elk moment vervuld was met de mogelijkheid dat ze zou komen, dus steeds wanneer hij de deur uit ging, wilde hij naar huis, en als hij thuis was, wilde hij elk moment naar de voordeur schieten als hij haar voetstap meende te horen wanneer er ergens op een bel werd gedrukt. Al snel kon hij aan niemand of niets anders meer denken dan aan haar. En dan niet alleen aan de seks, al speelde dat vaak genoeg door zijn hoofd. Ook aan andere dingen: de aandacht waarmee ze haar tanden poetste, haar vingers die het aantal keren telden dat ze de tandenborstel naar links en naar rechts bewoog; haar gewoonte om zijn aftershave over haar lichaam te sprenkelen voor ze ging douchen, omdat die onder de douchegel zou blijven hangen, zo subtiel dat alleen zij het rook; de manier waarop haar gezicht samentrok als in een karikatuur – dichtgeknepen ogen, getuite lippen, opgetrokken neus – als ze 's morgens bij haar thee schijven citroen met zout at; de precisie waarmee ze aanwijzingen van recepten volgde, de tanden die ze in haar onderlip zette als ze ingrediënten afwoog, terwijl ze hem met zijn culinaire improvisaties prees. Aneeka die met een handdoek haar haar droogde, Aneeka die zich met gekruiste benen op een barkruk in evenwicht hield, de blik van intense tevredenheid in Aneeka's ogen als hij haar voeten masseerde.

In het begin was hij bang dat ze op een dag gewoon zou besluiten niet meer naar hem toe te komen. Er was iets onbestemds in haar gedrag – de ene keer was ze gepassioneerd, de andere keer afstandelijk. Ze was zelfs een keer zo abrupt opgestaan dat hij het bijna uitschreeuwde en zij zei: 'Nee, ik kan dit niet', waarna ze zich zonder enige uitleg haastig aankleedde en verdween. Hij dacht dat het haar God en zijn eisen waren die haar wilden ontzeggen wat zij zichzelf duidelijk niet wilde ontzeggen; hij wist dat hij op dat gebied niets in te brengen had, dus er resteerde hem niets anders dan rustig te blijven en te hopen dat haar eigenzinnige geest, waarvan hij een glimp had opgevangen, zou zorgen dat haar leven niet door een abstracte entiteit gereguleerd zou worden.

Soms dacht hij eraan om Isma te bellen, gewoon om iemand te kunnen spreken die Aneeka kende, om iemand haar naam te horen uitspreken. Maar dat zou tegen Aneeka's wens indruisen en hij wilde zich niet mengen in de twist tussen twee zussen die, zo bleek, over een erfelijke kwestie zou gaan. 'Er was iets wat mij toebehoorde. Zij legde er een claim op, maar het was van mij. Van onze moeder. En ze heeft het van me afgenomen.' Alhoewel hij niet kon geloven dat Isma ooit iets zou stelen, kon hij zich voorstellen dat zij een familie-erfstuk zou verkopen om de rekeningen te kunnen betalen zonder dat vooraf met haar zus te bespreken. Ze had immers over Aneeka gesproken alsof ze nog een kind was dat af en toe wat ouderlijke zorg nodig had.

'En wat zegt je broer hiervan?' vroeg hij.

Parvaiz kwam op Eamonn over als een soort ongrijpbare geest, die nu eens een bondgenoot, dan weer een rivaal was. De ongrijpbaarheid was inherent aan de manier waarop Aneeka over hem vertelde. In de verhalen uit hun jeugd waren ze altijd samen als ze kattenkwaad uithaalden, de schaduw die soms vooropliep, soms volgde, maar die altijd onmiskenbaar haar onafscheidelijke tweelingbroer was, een bedachtzame jongen die al haar vriendjes afkeurde ('altijd de oudere jongens, dat spreekt'); maar hij was wel degene die haar altijd hielp om haar buiten het vizier van haar zus en tante Naseem te houden, ook al werd hij zelf om de haverklap verliefd op Aneeka's vriendinnen en zagen zij hem steevast als een broer. (Een kwelling die Eamonn maar al te goed herkende dankzij een vriendin van zijn zus, Tilly; Tilly met de lange benen en de volle lippen. 'Ik wil niets over haar horen,' zei Aneeka, wat de pijn over haar opmerking over de oudere jongens enigszins verzachtte.) Maar na hun school gingen ze steeds meer hun eigen leven leiden. In tegenstelling tot Aneeka kreeg Parvaiz geen beurs, en omdat hij zijn leven niet met wurgende leningen wilde beginnen, wilde hij in navolging van losgezongen Britse jongens ook gaan reizen. En daar houden de verhalen over hem op.

'Ik heb hem niet verteld wat ze heeft gedaan. Dat doe ik wel als hij terugkomt.'

'Wanneer komt hij terug?'

Ze haalde haar schouders op en klikte door de foto's op zijn computer met de beelden vanaf zijn kindertijd tot aan het hier en nu: alle vakanties met het gezin, alle vriendinnen, alle haarstijlen, modetrends en onverwachte momenten.

'Ik weet niet of je met hem op betere voet staat dan met je zus.'

Ze vergrootte een foto van Eamonn waarop hij zijn arm om zijn vaders schouder geslagen had, allebei in eenzelfde T-shirt met de print LONE STAR, in alles elkaars evenbeeld, van glimlach tot houding. In tegenstelling tot haar zus leek Aneeka geen uitgesproken mening over zijn vaders politieke loopbaan te hebben.

Hij vroeg zich af of ze destijds nog te jong was geweest om te weten wat zijn vader over de hare had gezegd.

'Hij wist dat Isma weg zou gaan en toen ging hij ook weg. Niet iets wat ik hem niet zal vergeven als hij terugkomt. Tot die tijd neem ik het hem kwalijk.'

Op de keper beschouwd vond hij het niet eerlijk om het een negentienjarige jongen kwalijk te nemen dat hij de wijde wereld in trok in plaats van thuis te blijven om zijn zus gezelschap te houden. Maar toen Aneeka op de volgende foto klikte, die van pa en ma Lone en hun twee kinderen, uitgedost als de Addams Family voor Halloween, besefte hij dat weeskinderen een veel afhankelijker band met hun broers en zussen hadden, wat hij niet echt kon begrijpen met het oog op zijn weliswaar goede, maar niet zo nauwe band met zijn eigen zus.

In feite kon hij haar in een heleboel opzichten niet peilen. Aanvankelijk droeg dat bij aan haar aantrekkingskracht, maar ongeveer twee weken na hun eerste ontmoeting werd hij op een ochtend toch kregelig wakker. De vorige dag was hij even naar de bakker geweest en hij had bij thuiskomst een briefje van haar gevonden, dat ze beneden bij de entree tussen de deur had gestoken. 'Was hier. Ben weer weggegaan.' Hij had zijn plannen die avond afgezegd in geval ze terug zou komen, maar tevergeefs, en die hele geheimhouding, die zo opwindend was geweest, werd opeens een vermoeiend spel waarbij zij de touwtjes in handen had. In een opwelling pakte hij zijn tas om een week weg te gaan en nam de trein naar een oude schoolvriend die in Norfolk woonde. In eerste instantie verkneukelde hij zich bij de gedachte dat ze keer op keer bij hem voor een dichte deur zou staan. Maar de tweede avond, toen zijn gastheer al naar bed was, belde hij de personal assistent van zijn vader of die snel een taxibedrijf in de buurt kon bellen om hem naar Londen te brengen.

Hij kwam om drie uur 's nachts thuis en toen hij half slapend de trap op strompelde, zag hij een silhouet opgekruld voor zijn deur liggen en was zijn deurmat opgerold tot hoofdkussen. Hij knielde naast haar neer en toen ze haar ogen opendeed, was de opluchting in haar blik zowel gênant als opwindend.

Binnen liep hij rechtstreeks naar een tafel waar een schaal van aardewerk op stond, pakte er een sleutelbos uit en gaf die aan haar met de belofte dat ze die dag en nacht mocht gebruiken. Ze bonkte een paar keer met haar hoofd tegen zijn schouder. 'Je bent veel te lief.' Hij vroeg waarom ze dat zei, en ze beantwoordde zijn vraag met een langzame, intense kus.

Die nacht veranderde er iets tussen hen. Toen hij de volgende ochtend wakker werd en naar de keuken liep, waar ze haar ontbijt klaarmaakte, liet Aneeka hem het schema zien dat ze had opgesteld van de uren dat hij haar niet zou hoeven verwachten: de tijd die ze moest doorbrengen op de campus of bij studiegroepen, de woensdagavond, waarop tante Naseem per se met de hele familie wilde eten, en dagelijks tussen drie en vijf uur 's middags. 'Waar staat dat voor?' vroeg hij. 'Laat iedere vrouw een beetje een mysterie zijn,' zei ze met een licht kneepje in zijn schouder.

'Oké, oké, zet dan de zondagmiddag er ook maar bij,' zei hij.

Ze gaf een kus op de plek op de schouder waar ze hem had geknepen. 'De wekelijkse lunch van de familie Lone in Holland Park. Gaat het er erg deftig aan toe? Zeggen jullie "alstublieft" en "dank u wel" en "excuus", en praten jullie over het weer?'

'Waarom ga je zondag niet mee? Dan zie je het zelf.'

Ze deed een stap terug. Ze droeg niets anders dan zijn T-shirt, en terwijl ze er eerst sexy had uitgezien, leek ze met haar plotseling verkrampte schouders opeens erg kwetsbaar. Dus ze was wel op de hoogte van de kwestie tussen hun vaders. Hij nam haar handen in de zijne en verzekerde haar dat ze het onvermijdelijke gesprek beslist zouden overleven. 'Ik weet dat het moeilijk voor je moet zijn. Isma heeft het me verteld. Over je vader. En ook wat mijn vader over hem heeft gezegd.'

'Was je van mijn vader op de hoogte?'

'Ja.'

'Waarom heeft ze het jou verteld? Wij praten er met niemand over.'

'Je kunt het haar zelf vragen als je haar weer spreekt.'

Ze liep weg, schonk een smoothie in, liet het glas naast de blender staan en liep naar hem terug. Met nog steeds verkrampte schouders keek ze hem aan met iets van de argwaan die hij bij hun eerste ontmoeting ook in haar ogen had gezien.

'Heeft ze je nog andere dingen verteld?'

'Over wie?'

'Nee, niet over wie, ik bedoel andere dingen. Heeft ze nog andere dingen over hem verteld?'

'Het is oké,' zei hij en hij raakte haar hand even aan. 'Het komt goed. Je hebt hem nooit gekend. Niemand zal jou erop aankijken.'

'Zelfs je vader niet?' Ze nam plaats op een barkruk bij het keukenblad en keek hem ernstig aan.

'Vooral hij niet. Hij zegt altijd dat je bent wat je er zelf van maakt.' Hij trok zijn schouders op. 'Tenzij je zijn zoon bent. Dan vindt hij het zelfs nog prima als je er niets van bakt.'

'Knijpt hij een oogje toe als het om jou gaat?'

'Reken maar. Mijn zus is net als hij, ze voldoet aan de verwachtingen. Ik word daarentegen in de watten gelegd en krijg van alles toegeschoven.'

'Vind je dat erg?'

'Ja, heel erg. En je bent de eerste die doorheeft hoe de vork in de steel zit.'

Ze haakte haar voet achter zijn been en trok hem naar zich toe. 'Ik heb je vader nooit verweten wat hij over de mijne heeft gezegd. Hij had gelijk – we zijn beter af zonder Adil Pasha. Maar nu vind ik het wel erg. Als ik erbij stilsta, denk ik dat hij niet vergevingsgezind is. Het idee dat jij een niet-vergevingsgezinde vader hebt, staat me niet aan. Ik wil weten of hij tegen jou anders is.' Ze kuste hem terwijl ze tegen hem sprak, lichte, wat gejaagde kussen op zijn mond, zijn hals, zijn kaak.

Hij trok zich terug en pakte opnieuw haar handen vast. 'Het is goed dat we hierover praten. En ja, hij is niet altijd even vergevingsgezind, vooral niet jegens mensen die zijn land verraden.'

'En als jij degene zou zijn die hem vraagt te vergeven?'

'Wil je dat ik hem vraag of hij iets over je vader te weten kan komen?' Ze schudde haar hoofd. Nee, daar ging het haar niet om. Haar vader betekende niets voor haar, alhoewel haar grootmoeder wel had willen weten wat er met haar zoon was gebeurd; misschien haar moeder ook, en Isma. Maar zij niet, Aneeka niet. Ze wilde wel dingen over hem weten, over Eamonn. Ze wilde zich graag een beeld vormen van wat het betekende om de zoon van Karamat Lone te zijn, buiten de dingen die je in een fotoalbum kon vinden.

'Als politicus heeft hij bepaalde kanten. Als vader heeft hij andere kanten. Hij zou alles voor me doen.'

'Dat is mooi,' zei ze op een toon die hij niet van haar kende en die hij ook niet direct kon plaatsen. 'Zo moet het zijn.' Ze sloeg haar armen om hem heen en hij probeerde niets van zijn opluchting te laten blijken dat hij de kwestie van haar vader niet bij de minister van Binnenlandse Zaken hoefde aan te kaarten. Als hun relatie aanhield – en hij wilde niets liever – dan zou Eamonn te zijner tijd tegen zijn vader moeten zeggen dat hij verkering had met de dochter van een jihadi. Maar zover was het nog niet, nog niet. Aneeka's spel van geheimhouding zou de zaken vooralsnog eenvoudig houden, zolang het duurde.

Een paar weken verstreken. Het leven voegde zich naar de kaders die zij had aangegeven. In de uren waarop hij wist dat Aneeka niet langs zou komen, ging hij naar de sportschool, deed boodschappen en bracht zijn moeder een bezoek om te voorkomen dat ze onverwacht bij hem zou aankloppen. Hij ontsloeg zijn schoonmaakster, die ook voor zijn ouders werkte, en gaf als reden op dat het een tijdelijke oplossing was totdat hij zijn eigen geld weer zou verdienen; daarna nam hij een andere in dienst, de vrouw die een briefje op het raam van de buurtsuper had geplakt. In de uren dat zij er niet was studeerde hij Urdu. Het bleek een hele kluif, maar haar verrukking over zijn groeiende vocabulaire, door haar aangevuld met woorden die hij bij geen enkele online cursus zou leren, maakte het de moeite waard. Ze mailde hem verrassend interessante artikelen over contractenrecht en tot hun wederzijdse genoegen ontdekten ze dat hij tijdens de korte periode waarin hij had gewerkt toch bepaalde inzichten had verkregen die zij niet bij haar studie zou hebben opgedaan. Ze kookten samen en wisselden vlot van rol als chef en souschef. Tegelijkertijd namen de plagerijen van zijn vrienden, die allemaal bij hem in de buurt woonden, over zijn 'dubbelleven' steeds meer af, evenals de uitnodigingen voor een weekendje op het platteland, een vrijdagavond in het café, een picknick in het park of een etentje bij hen thuis. Hij wist dat hij een monumentale vergissing beging door zich compleet onder te dompelen in een relatie en zijn vrienden te verwaarlozen, maar het idee om in hun gezelschap te verkeren voelde als een stap terug in de doelloosheid die zijn leven gekarakteriseerd had voor hij Aneeka kende, voor ze zowel zijn focus als zijn navigatie werd.

'Laat maar horen als je klaar bent voor de herintreding,' had zijn ex-vriendin Alice, nu verloofd met zijn beste vriend Max, vol warmte tegen hem gezegd op een woensdagavond dat de oude vriendenclub zich bij hen thuis had verzameld en het ongemak van het patiomeubilair werd verzacht door Pimm's. Na een paar glazen bleek dat zijn vrienden van mening waren dat hij door zijn werkloosheid in een dip zat, die nog werd versterkt doordat zijn vader furore maakte in de politiek. Deze avond in Brook Green, waar hij per se naartoe moest komen van Alice, bleek een interventie te zijn. Helen kende een arts die zonder al te veel poespas pillen voorschreef, Hari vroeg of hij lid wilde worden van een roeiclub op de Theems, Will zou een date voor hem regelen met een fantastische 'collega' zonder serieuze bijbedoelingen, Alice bood hem een baan in het pr-bedrijf van haar familie aan, Max legde een hand op zijn schouder en herinnerde hem eraan dat hij net zo goed was in luisteren als Eamonn in het opwerpen van rookgordijnen.

'Ik hou van jullie, van jullie allemaal,' zei Eamonn en hij meende wat hij zei. Hij voelde zijn liefde voor alles: voor de Pimm's, voor het meubilair, voor de malle tuinkabouters, voor de rijkgeschakeerde hemel van de zonsondergang. 'Maar het gaat prima met me. Ik doe gewoon mijn eigen ding en blijf onder de radar.'

'Ik weet het nog zo net niet,' zei Max. 'Werkloze twintiger met islamitische achtergrond en een snel veranderend gedragspatroon, die zijn oude vrienden mijdt en onder de radar duikt. Bovendien: is dat de schaduw van de schemering of het begin van een baard op je kin? We moeten de autoriteiten inlichten, denk ik.'

'Neem het direct op met de minister van BiZa,' zei Hari. 'Hij drinkt wel Pimm's, dus hij is nog niet helemaal verloren.'

Hij dronk bijna niet meer. Aneeka had het hem niet verboden, maar toen hij haar een keer wilde kussen en ze de alcohol in zijn adem rook, had ze haar hoofd afgewend. Ook nadat hij zijn tanden had gepoetst, zei ze dat ze het nog steeds kon ruiken. 'Sorry,' zei ze. 'We kunnen andere dingen doen, zolang je me maar niet zoent.' In dat licht bezien was er nog maar één uitkomst mogelijk. Hij liet zich tegen de rugleuning zakken, keek naar zijn vrienden en probeerde zich voor te stellen hoe het zou zijn om deze tuin met Aneeka in te lopen, met haar hoofddoek, haar afkeer van alcohol, Wembley. Ze zouden haar allemaal uitermate beleefd behandelen, maar de volgende dag zou Alice of Max geheid bellen om te zeggen: 'Schat van een meid, ze stoorde zich toch niet aan ons gevoel voor humor, hoop ik?' In zijn vriendenkring was de opmerking 'Ik hoop dat hij of zij zich niet aan ons gevoel voor humor stoorde' dodelijk voor elke nieuwe relatie.

'Wat had je gedaan als ik met een baard aan was komen zetten?' vroeg hij. Hij viste een stukje appel uit zijn Pimm's en wierp het naar Max.

Alice maakte een geluidje waarmee ze, altijd met succes, Max maande niet te reageren. Ze stond op en drukte Eamonns hoofd tegen haar buik alsof hij een kind was.

'We zouden je vastbinden en scheren, schattebout. Vrienden laten elkaar geen hipsters worden.' Het was het soort ontwijkende antwoord dat hij voorheen vermakelijk had gevonden, maar nu werd hij er ongeduldig van, ook jegens haar, jegens de stalen dynamiek van deze vriendenkring. Wat had het voor zin om je uitsluitend te omringen met versies van jezelf?

Hij liet zich een poosje tegen Alice' bijna holle maag aan drukken, zodat zijn vrienden elkaar veelbetekenende blikken konden toewerpen als ze dat nodig vonden, en ondertussen dacht hij bij zichzelf: voor Aneeka kwam, was ik met Alice. Dit lichaam, deze handen, deze geur. Twee maanden nadat ze het hadden uitgemaakt, had hij Max zijn zegen gegeven omdat zijn vriend naar dat alles verlangde, en hij had het gemeend. Hoe had hij ooit kunnen denken dat het echte hartstocht was geweest, laat staan liefde? Vóór Aneeka was er alleen een façade van gevoelens geweest. Nu zat hij er zo diep in, dat iedereen behalve Aneeka wazig en onduidelijk was geworden, deerniswekkend oppervlakkige schepsels met vervagende stemmen.

Om de zoveel tijd zette ze de schakelaar in hun relatie om. Dat was de enige manier waarop hij het voor zichzelf kon omschrijven: de omslag kwam altijd heel plotseling, alsof iemand per ongeluk met zijn elleboog tegen de knop van de radio had gedrukt en de jazzklanken opeens overgingen in ruis. Ze deed koel, of ze werd verdrietig, soms ook boos, en elke poging om op haar in te praten liep op niets uit. Op een wel heel zonderlinge ochtend werd hij vroeg wakker en zag haar aan het voeteneinde van het bed staan, terwijl ze hem weer zo raadselachtig aanstaarde. Toen hij haar naam uitsprak, zei ze: 'Ga slapen en doe alsof je het hebt gedroomd.' In plaats daarvan probeerde hij met haar te praten; hij wilde weten wat er aan de hand was en werd zelfs kwaad omdat hij er niets van begreep. Ze wilde meteen weg, en Eamonn liep in zijn onderbroek en slippers achter haar aan om er zeker van te zijn dat ze veilig in een taxi kon stappen die voorbij kwam rijden.

Een paar dagen daarna was het ernstiger. Het was een lome middag, en languit gelegen op het dikke tapijt lieten ze elkaar hun favoriete jeugdsongs horen en vertelden verhalen over hun jeugd. Aneeka plaagde hem dat hij dacht een normaal leven te leiden, terwijl zijn ouders miljonair waren en altijd in de krant stonden. Het nare voorval van die ene vreemde nacht was vergeven en vergeten, en ze waren allebei opgetogen dat het weer goed was. Ze kregen de slappe lach omdat ze net met haar mond tegen zijn arm trompetgeluidjes maakte op de maat van de muziek, toen haar telefoon het signaal van een inkomend Skype-gesprek gaf. Normaal gesproken negeerde ze dat soort oproepen en haar bozige uitdrukking wees dan op de zoveelste poging van Isma om contact te leggen, maar wel keek ze altijd even op haar scherm.

'Nee, laat nou. Hou op met dat pavlovgedoe,' zei hij, en hij probeerde haar bij haar enkel te grijpen toen ze opstond. Maar hij liet haar gaan en draaide zich lui om toen ze naar haar telefoon liep. De volgende track die werd afgespeeld vond hij zo mooi, dat hij de muziek harder zette, waardoor het even duurde voor hij doorhad dat ze de kamer uit was gegaan. Hij wilde haar zoeken om zich te verontschuldigen dat hij haar met zijn harde muziek had verjaagd.

Ze bevond zich niet in de hal en ook niet in de slaapkamer, wel was de badkamerdeur dicht en hij hoorde haar gedempte stem zonder dat hij haar kon verstaan. Hij drukte zijn oor tegen de deur.

'Ik zet hier de dingen in werking,' hoorde hij haar zeggen.

Ze leek naar de deur te lopen, dus hij haastte zich terug naar de huiskamer. Het duurde een poosje voor ze weer tevoorschijn kwam en toen ze naast hem ging liggen, waren haar ogen bloeddoorlopen, alsof ze had gehuild, maar hij zag er ook een soort opgewonden schittering in, die hij alleen kende van fanatici of mensen in een drugsroes.

'Wie had je aan de lijn?' vroeg hij.

'Op een dag zul je het weten,' antwoordde ze. Ze barstte in lachen uit en sloeg haar armen om hem heen. 'Snel, o mijn hemel, laat het snel zijn.'

Haar gewicht tegen zijn lichaam voelde vreemd en ongewenst. Op dat moment kon hij zich voorstellen hoe het zou zijn om niet van haar te houden, dat hij haar uit zijn leven wilde, deze jonge vrouw met haar geheimen en haar rariteiten, haar onvoorspelbare buien, het ongemak dat ze met zich meebracht. Ze keerde zich even van hem af, legde een hand over haar ogen en toen ze die liet zakken, was ze opeens weer Aneeka.

'Ik doe best raar, vind je ook niet?' zei ze. 'Het spijt me. Hou het alsjeblieft nog even vol met me, toe.' Ze legde de rug van haar hand tegen zijn wang. Niet eerder had ze hem op die manier aangeraakt. Hij boog zijn hoofd en liet het tegen het hare rusten, een moment van liefde tussen hen beiden waarmee alle hindernissen te overwinnen waren, zelfs de hindernissen rondom haar hart.

4

Behaaglijk weggezonken in de witte kussens van zijn bank en met het geluid van de regen tegen het raam keek Eamonn naar een man die dansend boven op een trein verkondigde, in het Urdu met ondertiteling, dat als je hoofd in de schaduw van de liefde zit, je beslist met je voeten in het paradijs staat. Het soort sentiment dat Eamonn had kunnen meezingen om op de juiste uitspraak te oefenen, maar daarvoor lag de wereld vandaag te zwaar op zijn schouders. Hij zette de film uit en klikte op het filmpje van zijn vader die in Bradford een school met voornamelijk islamitische leerlingen toesprak. Karamat Lone was er afgestudeerd, evenals de twee jongens van tweeëntwintig die begin dat jaar bij de Amerikaanse bombardementen op Syrië waren omgekomen. Daar stond hij dan, zonder briefjes in zijn hand, met zijn rug naar het podium, terwijl hij toch alle aandacht trok en zijn oude schooldas benadrukte dat hij nog steeds heel veel leek op de jongen wiens afbeelding op het scherm was geprojecteerd, afgezien van de met grijs doorschoten slapen en het gezicht dat meer karakter had gekregen. 'In dit land kun je alles worden wat je wilt: olympisch kampioen, aanvoerder van het cricketteam, popster, reality-tv-beroemdheid. En als dat allemaal niet lukt, kun je nog altijd minister van Binnenlandse Zaken worden. Jullie zijn, wij zijn, Britten. Groot-Brittannië aanvaardt dat. De meesten van jullie ook. Tegen degenen die hun twijfels hebben wil ik het volgende zeggen: creëer geen status aparte voor jezelf door je anders te kleden, door je andere manier van denken, door je aan gedateerde gedragscodes vast te klampen, door een ideologie die je loyaliteit opeist. Want als je dat doet, zul je ook anders behandeld worden.

Niet uit racisme, alhoewel dat nog steeds bestaat, maar omdat je zelf wilt benadrukken dat je verschilt van dit multi-etnische, multireligieuze, multiculturele Verenigde Koninkrijk van ons. Weet wat je mist als je jezelf buitenspel zet.'

Vierentwintig uur na dit betoog waren de kruitdampen in de media nog steeds niet opgetrokken. In het gehele politieke spectrum, met uitzondering van de extremistische periferie, werd de minister van Binnenlandse Zaken bewierookt om zijn ware woorden, zijn bevlogenheid, de moed waarmee hij beide kanten wist te trotseren: zowel de anti-immigratiegezinde geluiden binnen zijn eigen partij als de geïsoleerde cultuur van zijn eigen gemeenschap. #JullieZijnWijZijnBritten werd trending op de sociale media, evenals #Wolfpack en de Aziatische loot #Wolfpak. Overal dook de term 'de toekomstige minister-president' op.

De Eamonn van een maand geleden zou trots op hem zijn geweest. Nu hoorde hij steeds de meme van zijn vaders woorden 'creëer geen status aparte voor jezelf door je anders te kleden' bij de videobeelden van Aneeka die opstond van haar bidmatje en op hem afliep om hem te omhelzen, terwijl ze zich langzaam ontkleedde tot ze alleen nog haar hoofddoek omhad. De video zou haar verbijsterendste eigenschap niet onthullen: haar intense concentratie die zij van God naar hem kon laten overgaan in het tijdsbestek van de paar stappen die ze in zijn richting zette; hoe ze zich totaal niet bewust was van wat ze deed – liefde en gebed, het bedekte hoofd en het naakte lichaam. Hij hoorde de deur opengaan. Aneeka kwam binnen en riep vanuit de hal dat ze eerst een douche wilde nemen.

Hij voelde zich niet langer ellendig als ze niet kwam als hij haar verwachtte, noch opgelucht als ze wel kwam – hij had leren aanvaarden dat hij degene was met wie ze wilde samen zijn. Zijn vreugde bewoog met hem door de dagen mee, polijstte elk moment, zelfs dit, nu hij languit op de bank lag en naar de variëteit aan klanken van de regen luisterde – striemend langs de ramen, tikkend op de bladeren, opspattend van de stenen. Aan de zijde van Aneeka had hij geleerd naar de wereld te luisteren. 'Hoor eens,' zei ze in het begin dikwijls, wat dan vragend en tegelijk bevelend klonk. Snel maakte hij zich het genoegen eigen om degene te zijn die haar erop wees, hoor eens, het Londen waar we ons nooit samen in begeven: de grasmaaier die tegen de stenen langs de rand van het gazon klettert; het verschillende gewicht van de voertuigen in het verkeer – het suizen van motoren, het ronken van bestelwagens; de stemmen van dronken Engelse geliefden die net zo hoog maar niet zo diep klonken als de op cafeïne gierende Italiaanse toeristen. Hoor eens, het uiteenlopende gekerm en gekraak van het bed; de korte kreet van teleurstelling als je weggaat, het langgerekte genoeglijke gegrom als je terugkomt. Hoor eens, het versnellen van mijn ademhaling, mijn bloed, als je me daar aanraakt. Op haar aanraden begon hij flarden van tijd in haar afwezigheid op te nemen, terug te luisteren en haar te vragen om de geluiden te duiden, die hij aaneen had gesmeed om een narratief te hebben van zijn leven als zij er niet was: stationspoortjes die open- en dichtgaan, de snoeischaar van zijn moeder waarmee ze rozenstelen afknipt, de zware dreun van de deur in de nieuw geïnstalleerde *panic room* in het huis van zijn ouders, een rij mannen op loopbanden in de sportschool die elkaar ongemerkt proberen te overtreffen in snelheid en uithoudingsvermogen, gesprekken met de interactieve leraar Urdu, zijn hand die hem tot een hoogtepunt brengt als hij aan haar denkt. Toen hij haar vroeg waarom zij hem geen geluidsopname van haar dagen gaf, zei ze schouderophalend dat hij zelf een dergelijk spelletje voor haar moest bedenken, hij kon niet zomaar haar intellectuele eigendom overnemen. Maar zijn creatief denkvermogen schoot tekort.

'Ben je natgeregend?' vroeg hij. Ze kwam in een blauw-wit gestreepte kamerjas de kamer in, een stapel doorweekte kleren op haar arm, en hij liep naar haar toe voor een kus. Ze glipte bijna onmiddellijk weer weg en hield de natte boel omhoog bij wijze van uitleg. Toen ze alles in de droger had gestopt, ging ze bij het keukenblad op een kruk zitten. Hij liep naar haar toe met een handdoek om haar haar te drogen.

'Word je weleens lastiggevallen vanwege je hoofddoek?' vroeg hij.

Ze boog haar hoofd naar achteren zodat het tegen zijn borst rustte, en keek naar hem op. 'Als je negentien bent en dan ook nog een meisje, krijg je van alles naar je hoofd geslingerd, wat je ook draagt. Meestal zijn het teksten die je langs je heen laat glijden. Soms gebeuren er dingen waardoor de mensen vijandiger worden. Terreuraanslagen waarbij Europese slachtoffers zijn gevallen. Een minister van BiZa die zegt dat mensen zichzelf apart zetten omdat ze zich anders kleden. Dat soort dingen.' Hij gaf geen antwoord; hij greep alleen een handvol haar en wrong het uit. De druppels vielen tussen hen in op de houten vloer. 'En nee, ik ben niet onder de douche gestapt omdat het plotseling ging regenen. Een of andere knul in de metro heeft me bespuugd.'

'Wat voor knul?'

Ze draaide zich met kruk en al om. 'Wat zeg je tegen je vader als hij zo'n soort betoog afsteekt? Zeg je dan: "Pa, jij zorgt ervoor dat mensen die zich anders kleden gestigmatiseerd worden"? Of: "Wat voor idioot gaat er voor een groep jongeren staan om hun te vertellen dat ze zich moeten aanpassen"? Of: "Waarom zweeg je over wat ze je in dit land als moslim laten bereiken – ik noem marteling, uitlevering, detentie zonder proces, ondervraging op het vliegveld, spionnen in de moskeeën, leraren die je kinderen aangeven omdat ze ijveren voor een wereld zonder Brits onrecht"?'

'Hola. Stop. Mijn vader zou nooit...' Hij had haar nooit meer op deze manier horen spreken sinds haar opmerking over het googelen als moslim, en die hij tot nu toe uit zijn hoofd had weten te zetten. 'Denk je dat hij nooit racisme heeft ondervonden? Hij wil dat mensen als jij juist minder van dat soort lui te lijden hebben, niet meer. Daarom zegt hij die dingen, ook al heeft hij het niet helemaal goed verwoord.'

Een droevig lachje. 'Mensen als ik?'

'Dat kwam er verkeerd uit.'

'Nee, dat denk ik niet. Er zijn mensen als ik en mensen als jij. Ik heb het altijd al geweten. Waarom denk je dat ik onze relatie per se geheim heb willen houden? Ik had het nog geen vijf minuten gered als je je familie en vrienden over mij had moeten inlichten.'

'Ja, ik weet het.' Ze waren allebei verbaasd door zijn vlotte bekentenis. 'Maar dat was toen. Als de wereld zich wil opdelen in Aneeka en de rest, dan twijfel ik geen seconde aan het deel waar ik zal staan. Of knielen, want dat zou ik nu het liefst doen, maar ik weet niet of je daar op afstand al klaar voor bent.'

'Waarvoor?'

'Ik heb net een verzoek voor een aanzoek bij je neergelegd.'

Even dacht hij dat hij een verschrikkelijke fout had begaan. Aneeka keek hem aan alsof hij zijn verstand had verloren. En toen had ze haar lippen al op de zijne gedrukt, lagen zijn handen op haar douchewarme huid – alles wat hij op deze wereld wilde was hier en nu, deze vrouw, dit leven, deze volmaaktheid.

Ze gingen nooit naar de omheinde privétuin. Zijn slaapkamer kwam uit op een soort platje, dat hij in de vier jaar dat hij er woonde nooit had aangepakt. Als het weer het ook maar even toeliet, gingen ze daar zitten. Na een lichte hint van Aneeka had hij allerlei planten gekocht – cactus, chilipeper, kumquat – en die langs de randen van het platje gezet, en alhoewel ze nu de tuinen beneden niet meer konden zien, hadden ze wel een soort afgeschermd dakterras.

De ochtend na het 'aanzoekverzoek', zoals ze het lachend noemde, zaten ze op hun nieuwe terras kersen te ontpitten onder felle zonnestralen die net zo tastbaar leken als de regen de dag ervoor. Het beton voelde warm op hun huid. Hij had een korte kaki broek aan, zij weer de gestreepte kamerjas, die boven haar knieën was opengevallen. Ze zaten allebei in kleermakerszit op vrolijk gekleurde kussens die ze had meegenomen om het ingetogen interieur van Eamonns flat op te fleuren. De blik waarmee ze een paar weken geleden met de kussens kwam aanzetten, daagde hem ertoe uit bezwaar te maken dat ze zich een plek in zijn flat toe-eigende, iets waar hij al vanaf de eerste dag naar had verlangd. Hij stopte een kers in zijn mond, kreeg zin om haar te kussen en het vruchtje zo aan haar door te geven, maar hij nam genoegen met toekijken hoe ze met zichtbaar plezier dezelfde kersentang uit zijn keukenla hanteerde die ze nog geen uur geleden spottend had gekarakteriseerd als een gebruiksvoorwerp voor mensen die niet wisten wat ze met hun geld moesten doen. 'Het is een kersenontpitter. Je haalt er de pit mee uit kersen. Dat is toch niet extravagant?' Haar reactie was om de la open te trekken en er zijn keukengerei stuk voor stuk uit te halen. 'Een kersenontpitter om pitten uit kersen te halen. Een knoflookpers om knoflook te persen. Een aardappelstamper om aardappelen te stampen. Een citroenschilrasp om de schil van citroenen te raspen. Een appelboor om het klokhuis uit appels te boren.' Ze had naar hem gegniffeld. 'Het enige wat je nodig hebt, is een fatsoenlijk mes en een beetje ervaring.' Nu zat ze te knorren van genoegen bij elke pit die ze met behulp van het stukje vernuft in haar handen uit de kers liet glippen. Haar vracht donker haar was nonchalant opgestoken en lag zwaar in haar nek. Hij kwam in de verleiding de speld los te maken en de waterval aan lokken naar beneden te zien vallen.

'Wat je ook denkt: het antwoord is nee, pas als ik met de kersen klaar ben.'

Hij grinnikte, strekte een been uit, dat hij deels over haar knie, deels over haar dij legde, en pakte het mes waarmee hij de pitten uit zijn bakje kersen haalde. 'Dit doet me denken aan een vakantie in Toscane toen ik een jaar of elf was. Kersen en ijs, iets anders hebben mijn zus en ik die zomer niet gegeten. Althans, voor zover ik het me kan herinneren.'

'Wat doen mensen als ze op vakantie gaan afgezien van kersen en ijs eten?'

'Ben je nog nooit...?'

'We zijn ooit, in het jaar voor mijn moeder overleed, een keer naar Rome geweest. Ze werkte voor een reisbureau en had de tickets gratis gekregen, maar het voelde toch meer als een schoolreisje dan als een echte vakantie. Ze vond dat we zo veel mogelijk bezienswaardigheden moesten bekijken en zo min mogelijk geld uitgeven.'

'Wat was je moeder voor vrouw?'

'Gespannen. Altijd. De stress heeft haar uiteindelijk de das omgedaan. Volgens Isma was ze vroeger anders, in de tijd dat mijn grootvader nog leefde en de rekeningen betaalde, toen mijn vader nog geen terrorist was en voordat we elk moment op straat konden worden gezet als we iets verkeerds tegen de verkeerde zeiden.'

'Ik snap niet hoe je zo'n jeugd hebt kunnen overleven.'

'Het voelde niet als overleven; dat kwam pas toen ze doodging. Een mens kan veel hebben, maar de dood is onverbiddelijk. Die moet je zien te overleven.' Ze glimlachte en haalde haar schouders even op. 'Bovendien had ik geen idee dat ik vakanties met hele ladingen kersen en ijs miste. Als ik het wel had geweten, was ik misschien bozer geweest.'

'Oké, laten we dan samen ergens naartoe gaan. Zodra je zomervakantie begint.' Ze wierp hem dezelfde geërgerde blik toe als bij al zijn voorstellen waarvoor ze zijn flat moesten verlaten. 'Kom op, het wordt tijd dat we samen de wereld in trekken. Als je rustig wilt beginnen, kunnen we eerst bij Max en Alice op bezoek gaan, in plaats van bij mijn ouders. En wordt het geen tijd dat je Isma op de hoogte brengt? Of misschien wel die broer van je?'

'Nog niet,' zei ze.

Hij smeet zo geïrriteerd een kersenpitje in de schaal, dat het stuiterde en op haar kamerjas terechtkwam, waar het een dieprode vlek op een witte baan achterliet.

'Laten we weer doen alsof het een spel is,' zei ze en ze gooide de pit op zijn blote been. 'We hebben toch geen andere mensen nodig? Waarom zouden we Londen verlaten om iets te zoeken wat we hier in deze flat al hebben?'

'Ja zeg, ik ga niet de hele zomer binnen zitten. En jij ook niet. Kom met me mee naar Toscane. Of naar Bali. Als je er geen andere mensen bij wilt, prima. Dan vinden we ergens een afgelegen eiland.'

'Als we samen het land uit gaan, zullen degenen die voor je vader werken er direct achter komen.' Toen ze zijn vragende blik zag, voegde ze eraan toe: 'Ik heb het over MI5. Ze tappen mijn telefoon af, houden mijn mails in de gaten, volgen mijn internetgeschiedenis. Denk je dat er geen alarmbellen gaan rinkelen als ik met de zoon van de minister van BiZa een vlucht naar Bali neem?'

Het was een teken van liefde dat haar islamitische paranoia, die ze de vorige dag ook al had laten zien, uitsluitend beschermende gevoelens bij hem wekte. 'Liefje,' zei hij op milde toon, 'ik kan je verzekeren dat MI5 je niet in de gaten houdt vanwege je vader.'

'Dat weet ik. Ze houden me in de gaten vanwege mijn broer. Sinds hij vorig jaar naar Raqqa in Syrië is vertrokken.'

'Waar heb je het over?' zei hij werktuiglijk.

'Dat weet je wel.'

Hij wreef over de kersensapvlek op zijn been om iets te doen te hebben. Zijn hersens zaten machteloos in zijn schedel en boden hem geen enkel aanknopingspunt voor haar woorden.

'Is hij daar aan het vechten?'

'Parvaiz? Vechten? God, nee. Hij zit bij hun afdeling Media.'

Hun. De zwart-met-witte vlag, de mannen met Britse accenten die onder de vlag stonden en andere mannen onthoofdden. En het team van de afdeling Media, dat alles met de camera vastlegde.

Hij stond op en liep naar de rand van het terras. Zo ver mogelijk bij haar vandaan. Hij had dit gevoel van zijn levensdagen nog nooit gehad – woede? Angst? Wat is het? Laat het ophouden. Hij haalde uit met zijn voet en schopte een kumquatboompje omver. De cactus stootte hij ruw met zijn handen om. De pot waar de kumquat in zat, viel recht naar beneden in de ondergelegen tuin en brak daar in duizend stukken uiteen; even behield de gewortelde aarde zijn potvorm, toen kantelde de boom en rolden de oranje vruchten in alle richtingen. De cactus daarentegen wankelde even heen en weer en leek bij het vallen meer dan ooit op een mens, met opgeheven armen en een nek die bij de klap op de grond in tweeën brak.

Hij realiseerde zich dat iedereen in de tuin beneden naar boven keek, naar de gek die op zijn terras tekeerging en de vrouw in de kamerjas die hem bij zijn hand pakte en mee naar het raam trok. Hij liet zich door haar leiden, maar zodra hij binnen was, schudde hij haar van zich af, stampte naar de keuken en trok een flesje bier open, dat in hij twee flinke teugen leegdronk, terwijl hij nadrukkelijk de hele tijd haar blik vermeed.

'Vecht als een man, niet als een jongen,' zei ze.

'Is dat het soort advies dat bij jullie thuis van vader op zoon wordt overgegeven?'

De woorden bleven afschuwelijk in de bierlucht hangen. Hij zette de fles neer, ging op de kruk zitten en keek naar de kersensapvlekken op zijn handen. Door het open raam kon hij de opgewonden stem van zijn buurman horen, die naar buiten was gelopen om het slagveld in zijn tuin te bekijken. Aneeka ging op de kruk tegenover hem zitten en keek hem aan, met haar rug naar zijn smaakvol ingerichte flat, de armaturen aan het plafond, de kostbare kunstvoorwerpen. Het resultaat van zijn moeders inspanningen. Alles paste naadloos bij elkaar en alles was in volmaakte harmonie, met uitzondering van de vrouw die hij in zijn huis had toegelaten.

'Hij wil terugkomen,' zei ze.

'Hij kan creperen in de woestijn waar hij zo nodig naartoe moest.'

'Toe, Eamonn.'

'Wat nou? O mijn god.' Hij drukte tot bloedens toe zijn duim tegen de kroonkurk. 'Waarom stapte je die dag in de metro met de zoon van de minister van Binnenlandse Zaken?'

Ze pakte zijn hand, stak zijn duim in haar mond en likte zijn bloed op. Hij trok zijn vinger terug met een luid: 'NEE!'

'Ik stapte de metro in omdat ik je ontzettend knap vond.'

'Lieg niet tegen me.' Hij sloeg met zijn vlakke hand op het aanrechtblad. De schaal met fruit vloog omhoog. Aneeka vloog omhoog.

Ze praatte nu zo zacht dat ze amper te verstaan was. 'Ik stapte de metro in omdat de zoon van de minister van Binnenlandse Zaken me kon helpen mijn broer naar huis te krijgen zonder berecht te worden.'

Hij had nog nooit zoveel pijn gevoeld als op dat moment. 'Ging het je daar allemaal om?'

'Nee!' Ze probeerde opnieuw zijn hand vast te pakken, maar deze keer duwde hij haar ruw weg. 'Ik weet dat je geen enkele reden hebt om mij te geloven, maar de waarheid is… de waarheid is…'

‘Betoon me tenminste het respect door niet aan te komen met: “Ik werd smoorverliefd op je bij onze eerste zoen.” Als je het kunt opbrengen.’

‘Jij betekende hoop,’ zei ze eenvoudigweg. ‘De wereld was in duisternis gehuld, en daar was jij, een baken van licht. Hoe kan iemand niet verliefd worden op het licht?’

‘Een liefde die toevallig was gebaseerd op wat die hoop voor je broer kon betekenen.’

‘Wat wij de afgelopen weken hebben gehad, had ik niet kunnen opbrengen als mijn gevoelens voor jou niet oprecht waren geweest. Het is aan jou om me te geloven of niet. Ik heb niet de woorden om je te overtuigen.’

‘Eruit.’

Ze ging weg zonder iets te zeggen. Hij kon haar in hun – zijn – slaapkamer horen en zag haar lichaam te duidelijk voor zich terwijl ze het koord om haar middel lostrok en zich over de la met haar ondergoed boog. Hij deed een overhemd aan, liep met een stoffer en blik naar de benedenburen en klopte op de deur. Hij had per ongeluk de planten omgestoten, zei hij met een verbazingwekkend kalme stem tegen mevrouw Rahimi, en ja, gelukkig was hij niet zelf ook gevallen, en ja, ze had hem nog zo gewaarschuwd dat hij een fatsoenlijk terras moest aanleggen om dit soort ongelukken te voorkomen. Ondanks haar protesten wilde hij haar niet-protesterende echtgenoot helpen de rommel op de patio op te ruimen. Zelfs met zijn noeste, methodische geveeg kostte het meer tijd dan hij had verwacht, overal lagen scherven aardewerk en klonten aarde. De kumquat was nog te redden, zei meneer Rahimi, maar de cactus, dat arme ding, kon op de composthoop, gevolgd door een paar opmerkingen over de absurd kleine composthoop die de overheid ter beschikking had gesteld en waar Eamonn dankbaar op inging. Daarna ging het over kumquats; er was een Perzische mandarijnencompote die heel lekker was met kumquat, aldus mevrouw Rahimi. Eamonn zei dat er een oud gezegde was in Notting Hill: ‘Als je een boom op de patio van je buren laat vallen, komen alle gevallen vruchten hun toe – vooral als ze je geen proces zullen aandoen.’ Zelfs meneer Rahimi liet zich lijmen, en Eamonn herinnerde zich prompt hoe gemakkelijk het was om met mensen om te gaan, mensen die je mochten, omgang zonder complexiteiten.

Uiteindelijk zei meneer Rahimi dat hij de cricketwedstrijd wilde zien. Had Eamonn misschien zin om mee te kijken? Dat had hij wel. Hij had nog steeds boven de geluiden niet gehoord die aangaven dat ze de flat had verlaten.

'Toen ik voor het eerst naar Engeland kwam om te studeren, besloot ik dat ik alles van cricket moest weten om de subtiliteiten van de Engelse volksaard te kunnen doorgronden,' zei meneer Rahimi, terwijl hij Eamonn meenam naar de huiskamer. Met zijn wijsvinger tegen zijn lippen gedrukt pakte hij twee flesjes bier uit een minikoelkast en hij gaf er een aan Eamonn. 'Toen zag ik ene Ian Botham en ontdekte ik dat de Engelsen niet half zo subtiel waren als ze de wereld wilden laten geloven. Jullie daarentegen, de Pakistanen, met jullie *leg glances* en *googlies*.'

In de regel luidde Eamonns reactie op dat soort opmerkingen steevast: 'Ik ben nog nooit in Pakistan geweest.' Maar dat liet hij deze keer achterwege.

Mevrouw Rahimi kwam binnen, trok het flesje bier uit de handen van haar man en gaf hem er een glas met een yoghurtachtig drankje voor in de plaats. Meneer Rahimi uitte op milde toon zijn protest in het Farsi. Ze waren al dertig jaar getrouwd, destijds tegen de wil van hun beider families in – klassenverschil, wat in de ogen van zijn familie de zwaarste overtreding was. Je kunt beter een soennitische uit Irak huwen, had meneer Rahimi's moeder gezegd; dezelfde moeder die af en toe een paar maanden bij hen in Londen kwam logeren en dan steen en been klaagde over de schoondochters die niet naar haar omkeken, in tegenstelling tot deze, tegen wie ze aanvankelijk zo onvriendelijk was geweest.

Eamonn stond op en zei dat hij helaas weg moest. Het spijt me, zei hij. Door al die gezelligheid bij zijn buren was hij vergeten dat er iemand bij hem op bezoek zou komen. Toen hij wegging, zat meneer Rahimi voor de tv met Eamonns flesje bier en mevrouw Rahimi dronk van de fles die ze van haar man had afgepakt.

Hij vloog met twee treden tegelijk de trap op en toen hij de deur opendeed, riep hij Aneeka's naam. Hij kreeg geen antwoord en dacht dat ze weg was gegaan, maar hij vond haar zittend op de rand van hun bed, nog steeds in de kamerjas met de vlek.

Hij ging naast haar zitten en voor het eerst raakte hij haar niet aan. Ze stak haar hand uit. Ze hield de telefoon vast, dat het scherm met de gebruikersfuncties van de fabriek vertoonde en waar niemand zonder password op kon zien wie had gebeld of ge-sms't. Ze toetste de code in en zocht naar de foto van een jongen met oortjes in, die met een openhartige glimlach in de lens keek en zijn duim opstak. Hij had dezelfde teint en dezelfde fijne trekken als Aneeka, maar terwijl die haar een krachtig voorkomen gaven, als van een tijger, zag deze jongen er juist breekbaar door uit. Zijn ogen stonden slaperig, zijn schouders waren smal. Als hij met zijn twee zussen in een kamer zou staan, zou de aandacht direct uitgaan naar de schoonheid van Aneeka en naar de loden ernst van Isma. 'Dat is Parvaiz,' zei ze ten overvloede, en ze boog zich naar hem toe. 'Dat is mijn tweelingbroer. Ik heb me de afgelopen zes maanden zo bezorgd over hem gemaakt, dat ik er ziek van werd. Nu wil hij naar huis komen. Maar je vader kent geen genade, zeker niet jegens mensen als hij. Dus ik zal mijn broer niet terug kunnen krijgen. En ik weet echt niet meer wat ik moet doen... Ik ben altijd voor de helft daar; ik vraag me altijd af of hij nog leeft, wat hij doet, wat hij heeft gedaan. Ik ben zo moe. Ik wil weer hier zijn en als een compleet mens door het leven gaan. Met jou.'

Het was wat ze zou zeggen als ze hem nog steeds probeerde te manipuleren. Het was wat ze zou zeggen als ze echt verliefd op hem was geworden.

'Je denkt dat het huwelijk over de grote dingen gaat,' had mevrouw Rahimi ooit gezegd. 'Maar het gaat juist om de kleine dingen. Kun je leven met het gekibbel over het huishouden? Kun je elkaars uiteenlopende tv-gewoonten leren dulden?' Hij dacht aan Aneeka die zijn keukenladen opentrok en de spot dreef met zijn kersenontpitter en de appelboor. Een heel leven van kleinigheden dat bij hen al vaste vormen had gekregen.

'Ik heb ons uit elkaar gedreven, hè?' zei ze.

Hij legde een arm om haar schouders en kuste haar kruin. 'Nee,' zei hij, en hij voelde de opluchting door haar lichaam gaan, en door het zijne. 'Ik wil alles over je broer weten. Vertel maar.'

Zijn moeder had hem gewaarschuwd voor de toenemende veiligheidsmaatregelen vanwege de aandacht na de toespraak in Bradford, maar dat maakte het niet minder vreemd om aan de rand van de tuin, waar eerst bomen hadden gestaan, SO1-agenten te zien. Op die manier kunnen terroristen niet ongemerkt binnensluipen, had zijn moeder aan de telefoon gezegd toen hij haar had gebeld of hij kon komen ontbijten, en ze legde uit dat zijn geliefde boomhut en zijn natuurlijke stut opgeofferd werden – vandaar het kabaal op de achtergrond. Ze had het onbekommerd gezegd, maar er zaten donkere kringen onder haar lichtbruine ogen en ze hield haar armen om haar bovenlichaam met haar handen diep weggestopt onder de oksels, wat ze altijd deed als ze wilde verbergen dat ze haar nagels tot op het vel had afgebeten. Zij was het portret van zijn vaders Dorian Gray: alle commotie die je bij hem zou verwachten, openbaarde zich bij haar.

Terry Lone begreep de ongemakkelijke blik die haar zoon op de veiligheidsagenten wierp verkeerd en stopte heimelijk een cheque in zijn zak. Toen hij zijn hoofd schudde en de cheque teruggaf, keek ze hem verbaasd aan. 'Was dat niet de reden dat je op dit bizarre tijdstip langskomt? O, nu klonk het als een beschuldiging, dat was niet zo bedoeld. Ik help je met alle plezier.'

Hij legde als een teken van genegenheid zijn jasje om de schouders van zijn moeder, niet omdat ze aangaf last te hebben van de ochtendkilte. 'Je bent geweldig. Maar van sommige aandelen die je vorig jaar voor me hebt gekocht, zijn de koersen gestegen. Bovendien ga ik snel weer aan het werk. Alice denkt dat ik het goed zou doen in de pr. Ze heeft een baan voor me.' Hij wist nog niet of hij op Alice' aanbod zou ingaan, maar Aneeka had voorgesteld kennis te maken met tante Naseem en hij wist dat hij zich nooit aan haar zou kunnen vertonen als hij geen baan had.

'Enfin, je weet hoe ik denk over de kwestie van werk als het alleen maar voor de vorm is. Maar je vader zal blij zijn,' zei zijn moeder. Nu ze hem ter sprake had gebracht, kon Eamonn naar hem vragen.

'Hij zit natuurlijk in zijn werkkamer. Kijk maar of het je lukt om hem eruit te slepen, dan ga ik naar mijn rozen.' Hij keek haar na toen ze naar haar bloemenstruiken liep en zich eroverheen boog: Terry Lone *née* O'Flynn uit Amherst, Massachusetts, een van de succesvolste interieurdesigners van Europa, met een winkelketen van Helsinki tot Dubai op haar naam. Op haar zestiende hadden haar ouders haar een paar weken voor het eind van het semester van school gehaald voor een vakantie in Londen, in de hoop dat een stad met 'echte cultuur' haar zou genezen van haar groeiende belangstelling voor een zorgwekkende feministische beweging, die erg actief was op de nabijgelegen Smith College-campus. Ze kwamen aan op 29 april 1978, hadden een kamer in het Savoy gereserveerd, en de volgende ochtend, toen haar ouders hun jetlag wegsliepen, liep ze plichtsgetrouw naar Trafalgar Square voor een bezoek aan de National Gallery. Daar bleken duizenden mensen op de been te zijn voor de Rock Against Racism-mars; ze waren net op weg naar Victoria Park om The Clash en andere popbands te horen, die de racistische leuzen van het National Front wilden overstemmen. 'Kom je nog?' zei een Spaanse jongen met zwart haar tot op zijn schouders en een zwartleren jack vol buttons met teksten als NAZI'S LACHEN NIET en RACISTEN ZIJN RUK IN BED. Ze waren al een poosje aan het lopen toen ze hoorde dat zijn ouders uit Pakistan kwamen, een land waar ze nog nooit van had gehoord. Later kreeg haar gehoorzaamheid de overhand en liet ze hem weten dat ze terug moest naar haar ouders. Hij stond erop haar te vergezellen tot aan het Savoy, zelfs als hij daarvoor The Clash moest missen, en toen ze in tranen uitbarstte bij het idee afscheid te moeten nemen van zo'n inspirerende jongen als hij, beloofde hij haar op een dag ten huwelijk te vragen. In de twee daaropvolgende jaren schreven ze elkaar trouw, tot ze op de Chelsea School of Art werd toegelaten. Op dat moment had hij zijn universitaire studie al afgerond en zijn leren jack ingeruild voor een bankierspak, wat ze zowel een teleurstelling als een opluchting vond.

Terry Lone pakte een geel rozenblaadje van de grond en streek ermee langs het puntje van haar neus om de zachtheid te voelen. Pas toen begreep Eamonn hoe je op basis van één middag kon besluiten met iemand te trouwen zonder dat er drugs in het spel waren, zoals hij en zijn zus Emily jaren geleden hadden bedacht. Zijn ouders hadden geen ongelukkig huwelijk, maar ze leidden allebei wel hun eigen leven. Toen zijn moeder net haar dagelijkse werkzaamheden voor haar bedrijf aan het afbouwen was, kreeg zijn vader het zo druk dat hij geen tijd meer had voor vakanties, niet eens voor het ontbijt – een situatie die mettertijd uitgroeide tot een metafoor voor hun huwelijkse staat. Vooral vandaag had Eamonn graag gezien dat ze meer op de Rahimi's hadden geleken.

Hij keek om zich heen op het terras en probeerde zich voor te stellen hoe hier twee families bijeen zouden zitten op een zoele zomeravond. Karamat, Terry, Emily en Eamonn en Aneeka, Isma, tante Naseem en misschien zelfs Parvaiz. Hij gaf toe dat hij geen idee had hoe hij die gedachte werkelijkheid zou kunnen laten worden, hij wist alleen dat hij een manier moest zien te vinden om het te realiseren.

Hij liep het huis in en begaf zich naar zijn vaders werkkamer, een vertrek dat zijn moeders ingetogen signatuur miste en was ingericht met donker hout en zware lampen. Er zaten geen ramen in. De vele jaren van nachtelijke studie hadden hun sporen achtergelaten, en Karamat Lone was op zijn best als er geen sprankje daglicht in zijn werkruimte kon doordringen.

'Sinds wanneer klopt mijn zoon op de deur voor hij binnenkomt?' zei hij, en hij stond op om Eamonn een kus te geven en te omhelzen, een vorm van begroeten waar Eamonn eerst altijd verlegen van werd, totdat hij het op een dag niet meer zo ervoer.

'Sinds mijn vader topgeheime documenten mee naar huis begon te nemen. Zie ik daar echt TOPGEHEIM DOCUMENT op staan?'

'Nee, er staat: ALS U HIER NIET BELANGRIJK GENOEG VOOR BENT, ZULT U HET NIET LANG MAKEN. In heel kleine lettertjes, anders past het er niet op. Wat ben je vroeg op – nee, wat doe je zo vroeg hier?'

‘Ik wilde iets met je bespreken. Heb je even?’ Hij gebaarde naar de oude leren stoel van zijn vader en ging zelf op de rand van het bureau zitten, met zijn gezicht naar hem toe – een positie vanwaaruit hij dikwijls driftig met zijn vader had geruzied (over zijn schoolrapporten, over backpacken met Max, over de abortusregeling voor zijn vriendin) in de tijd dat Karamat Lone nog een gewoon parlementslid was en hij meer tijd had voor de kinderen dan zijn vrouw. Eamonn en zijn zus wendden zich tot Terry Lone als ze nieuwe gadgets of auto’s wilden en – later – een eigen flat; het was een solide relatie die gebaseerd was op ja of nee, en meestal was het ja. Maar de relatie tussen vader en zoon is abstracter, hun liefdeslijn doorweven met tegenstrijdige emoties, een geval van uitersten, waar de vrouwen in het gezin moe van werden. ‘Wie is dat deftige joch dat mijn gezicht heeft?’ zei zijn vader weleens, soms teleurgesteld, soms vervuld van trots. ‘Jij hebt me gemaakt, dus geef jezelf de schuld,’ zei de zoon dan, en zijn vaders antwoord luidde of: ‘Niemand krijgt de schuld, mijn *jaan*, mijn leven,’ of: ‘Dat heeft je moeder gedaan, niet ik.’

‘Ik heb een relatie,’ zei Eamonn, en hij zag dat zijn vader zijn wenkbrauwen optrok. In de tijd dat hij liep te somberen na de breuk met Alice was Karamat Lone een keer ’s morgens zijn slaapkamer binnengekomen met knikkende knieën door het gewicht van de heilbot die hij in zijn armen droeg, de schubben bedekt met ijssnippers. Hij had de enorme vis op het bed van zijn zoon gelegd en er alleen bij gezegd: ‘Ter vervanging.’ Terry en Emily Lone vonden het afschuwelijk en hadden hem uitgemaakt voor ‘misogyne mannetjesputter’ en ‘botte hork.’ Eamonn deed alsof hij aan hun kant stond, maar hij vond zijn vaders streek grappiger dan hij ooit zou toegeven en het hartzeer vanwege Alice was meteen voorbij. Toch was hij het pas sinds Aneeka met zijn vader eens dat… ja, dat Alice inderdaad een koude vis was geweest.

‘Kijk me niet zo aan,’ zei hij. ‘Ze is anders dan de anderen.’

‘Hoe dan?’

‘Om te beginnen komt ze niet uit deze contreien.’

‘Is ze niet Brits?’

‘Ze komt niet uit West-Londen.’

Zijn vader liet zijn kenmerkende verachtelijke gesnuif horen, wat hij tot verbazing van zijn kinderen nooit en plein public deed. 'Goh, dat is nieuw. Waar komt ze dan vandaan? Cheltenham? Richmond? Lieve help… Ze woont toch niet ten zuiden van de rivier, hè?'

'Wembley.'

Zijn vader keek ervan op, en hij was zichtbaar blij dat hij daarvan opkeek. Eamonn pakte een presse-papier van het bureau waar een leeuw en een eenhoorn in gegraveerd waren, draaide die om in zijn handen, ietwat verlegen, alle andere zorgen weggedrukt toen hij tegen de man van wie hij het meest hield vertelde over de vrouw van wie hij het meest hield. Aneeka, zei hij. Ja, een Pakistaanse. Haar moeder was in Karachi opgegroeid, haar vader was tweede-generatie Brits ingezetene, zijn ouders afkomstig uit Gujranwala. Ze was op haar twaalfde wees geworden en opgevoed door haar zus. Preston Road. Beeldschoon, en o zo slim, pa, met een beurs voor een rechtenstudie aan de LSE. Pas negentien, maar erg volwassen voor haar leeftijd. Ja, uiterst serieus. *Yeh ishq hai.*

Zijn vader pakte zijn hand vast toen hij die woorden in het Urdu uitsprak. Hij straalde.

'Als het ware liefde is, moet je haar maar gauw komen voorstellen. Volgende week zondag?'

'Ik moet je nog iets anders vertellen. Ze is… tja, moslim.'

'Hoe moslim is ze?'

'Ze bidt. Niet vijfmaal per dag, maar wel elke ochtend, zodra ze wakker wordt. Ze drinkt niet en eet geen varkensvlees. Ze vast tijdens de ramadan. Ze draagt een hoofddoek.'

'Aha. Maar heeft ze problemen met…' Hij drukte zijn handen tegen elkaar en spreidde ze weer.

'Waarmee? Een boek openslaan?'

'Seks.'

'Pa! Nee, daar heeft ze geen problemen mee. Daar is geen enkel probleem mee. En als je handgebaren wilt om seks mee uit te drukken, probeer dan deze eens.'

'Die zouden van pas komen in het parlement, dank je. Goed,

dus ze is geen heilbot. Blij om het te horen.' Hij grinnikte op de manier waaraan hij mede de bijnaam Wolf te danken had.

'Je neemt het luchtiger op dan ik had verwacht.'

'O ja? Dacht je dat ik het erg vond als je met een moslim uitging? Ik vind die meisjes met dubbele namen veel erger, met van die vaders die me prompt vertellen hoe lang hun familie al nauwe banden met India onderhoudt – gouverneur van die en die provincie, adjudant voor die en die onderkoning. Meegeholpen de muiterij neer te slaan! En dat allemaal op een uiterst beleefde toon, terwijl het zonneklaar is dat ze hun dochtertje te hoog achten voor mijn zoon.' Eamonn wachtte tot hij De Riedel had afgedraaid. Alice' arme vader zou in een stuip schieten als hij zou weten hoeveel misère hij had veroorzaakt met zijn terloopse opmerking over dat 'meehelpen de muiterij neer te slaan' door zijn naamgenoot. Dat was wat Alice had gezegd en alleen Hari had met zijn ogen gerold, maar Hari had dan ook een klein beetje last van De Riedel. 'Hoe dan ook, als ze nog maar negentien is, kunnen we haar vast nog overhalen die hoofddoek af te doen. Vraag aan je zus of ze haar een keer meeneemt naar de kapper. Grapje. Je weet dat ik als gelovige moslim ben opgegroeid. Heb er nooit iemand kwaad mee gedaan, behalve mezelf.'

'Dat wist ik eigenlijk niet, nee. Ik weet dat je van je ouders naar de moskee moest en ook moest vasten en zo, maar ik wist niet dat je echt gelovig was.'

'O nee? Enfin, ja dus. Zo werd ik grootgebracht. Als ik heel erg gespannen ben, reciteer ik soms als in een reflex *Ayat al-Kursi*.'

'Is dat een gebed?'

'Ja, vraag maar aan je vriendin. Of nee, doe maar niet, ik heb liever dat je dit tegen niemand vertelt.'

'Je zou dat soort dingen niet moeten hoeven verbergen.'

'Ik zou zenuwachtig worden van een minister van BiZa die openlijk voor zijn atheïsme uitkwam, maar heimelijk islamitische gebeden prevelt. Jij niet?'

'Zie ik er nerveus uit?'

'Je ziet er vanaf het begin van dit gesprek al nerveus uit. Luister eens, jongen, ze is je vriendin. Ik zal me zoals altijd van mijn beste kant laten zien. Mijn commentaar op het moment dat je de relatie verbreekt, is een andere zaak.'

'Er is nog iets anders. Ze had nauwe banden met een jongen op school. Hij is naar Syrië gegaan – en dan bedoel ik niet om humanitair werk te doen.'

'Parvaiz Pasha.'

'Hoe weet je dat?'

'Ik ken al hun namen. En waar ze vandaan komen. Wie ze waren voor ze vertrokken. Er is er maar één van Preston Road. Het is de laatste plek in Engeland waar je dat soort dingen verwacht. Maar hij verkeerde in uitzonderlijke omstandigheden. Terrorisme zit bij hen in de familie. Illustreert ten enenmale hoeveel werk er moet worden verzet om dat soort dingen met wortel en tak uit te roeien. Ik bedoel dus letterlijk bij de wortel grijpen en trekken. Trek de kinderen uit die omgeving voordat ze zo oud zijn dat het gif erin kan sijpelen.'

'Nee, zo is het niet gegaan.'

'Wat is zo niet gegaan?'

Eamonn stond op. Het was drukkend warm in de kamer. Het scenario dat hij vooraf had bedacht, begon alleen al door de aanwezigheid van zijn vader te verbrokkelen. *Hij wist dat hij fout zat. Hij was gehersenspoeld, maar dat ziet hij nu in en hij wil weer terugkomen. Hij heeft niet gevochten en hij heeft nooit actief mensen gerekruteerd. Hij is nog maar negentien. Er is geen reden om zijn leven hiervoor te ruïneren. Zijn naam is nooit in de krant opgedoken; je kunt ervoor zorgen dat dat zo blijft. Hij heeft alleen een nieuw paspoort nodig en een stille terugkeer in het land, zonder dat hij wordt aangeklaagd. Zijn vrienden denken dat hij al die tijd in Pakistan is geweest; niemand zal ervan weten. Het is het beste voor iedereen – denk aan het mediaspektakel als iemand ontdekt dat jouw zoon wilde trouwen met de zus van een jongen die naar Raqqa is vertrokken. Het zou het eind van je carrière betekenen.*

Vertrouw maar op mij, had hij tegen Aneeka gezegd. Ik ken mijn vader. Ik weet hoe ik het moet spinnen zodat hij akkoord zal gaan. Maar het was geen spin, het was een dreigement. Hoe kon hij zijn vader dit aandoen, de man die zijn hele leven onvoorwaardelijk van hem had gehouden? En waarom keek zijn vader hem nu zo vreemd aan, alsof hij wist dat zijn zoon met dit verraad in zijn hart naar hem toe was gekomen?

'Op haar twaalfde wees geworden en grootgebracht door haar zus?'

'Ja.'

'Net als Parvaiz Pasha.'

'Oké, goed. Ze is zijn tweelingzus.'

'Eamonn!' Zijn vader legde stevig zijn hand om zijn nek, deels uit liefde, deels uit verbijstering. 'Jij domme, domme jongen. Mijn domme jongen toch...'

Jaan had ze hem genoemd, en ze had zijn ogen, zijn mond, zijn wangen, zijn neus gekust toen hij haar had verteld dat hij met zijn vader zou praten. Jaan, mijn leven. Hetzelfde woord dat zijn vader nu gebruikte terwijl hij zijn armen om zijn zoon heen sloeg. Maar even abrupt maakte Karamat Lone zich los uit de omhelzing en wreef over zijn gezicht. Waar zo-even zijn vader had gestaan, stond nu de minister van Binnenlandse Zaken.

'Je moet elk contact met dat meisje verbreken. Ik zal beveiliging voor je regelen.'

'Pa! Je moet haar gewoon een keer ontmoeten, oké? Dan neem ik haar mee. Vanavond, deze avond, en... Wat is er zo grappig?'

'Het wemelt hier van de lijfwachten en dan zou de nexus van Al Qaida en de Islamitische Staat gewoon aan de arm van mijn zoon naar binnen wandelen.'

'Zo mag je nooit over haar praten. Ze is de vrouw met wie ik wil trouwen.'

Zijn vader vertrok geen spier. 'Blijf zitten.'

'Waarom? Laat je me anders arresteren?' Maar de minister van Binnenlandse Zaken was al weg voor hij was uitgesproken en had de deur met een smak achter zich dichtgetrokken.

Eamonn ging op de stoel van zijn vader zitten en keek naar het computerscherm, waar om een password werd gevraagd. Hij bladerde door het dossier met krantenknipsels uit de dagbladen van die ochtend. Kreeg spijt dat hij zijn telefoon in het jasje had laten zitten dat hij om zijn moeders schouders had gelegd. Aneeka was bij hem thuis, in afwachting van zijn telefoontje hoe het gesprek was gegaan. Ze had hem eindelijk haar nummer gegeven, maar hij had er niet aan gedacht het uit zijn hoofd te leren. Had hij zijn moeders suggestie om een huistelefoon te nemen destijds maar niet weggelachen.

Ik zou gewoon weg kunnen gaan, hield hij zichzelf voor. Ik kan ook opstaan om een hapje te gaan eten.

Even voelde hij een zweem van triomf toen hij besefte dat hij zijn vaders telefoon kon gebruiken om een informatielijn te bellen en het nummer van de Rahimi's op te vragen.

'Met Eamonn,' zei hij toen mevrouw Rahimi opnam. Hij klonk benauwd. 'Wilt u mij een enorm plezier doen? Er zit een vriendin bij mij boven, in mijn flat. Zou u haar willen roepen? Ik moet haar dringend spreken.'

'Die mooie, met die hoofddoek? Sorry, ze is net weggegaan. Ze liep me bijna omver toen ik de vuilniszak buiten wilde zetten. Zo te zien had ze erge haast. Is er iets mis?'

Hij liep naar de bank, liet zich erop vallen en kromp in elkaar als een dier dat zijn kwetsbare delen moet beschermen. Na een paar minuten kwam zijn moeder binnen. Ze ging bij hem zitten. Nee, ze zou hem niet zijn telefoon brengen. Nee, hij moest daar echt blijven zo lang zijn vader dat wilde. Ze zei dat hij zijn ogen dicht moest doen en ze bleef over zijn rug wrijven tot hij wegdommelde. Toen hij wakker werd, had hij het gevoel dat hij een hele tijd had liggen slapen. Zijn vader zat achter zijn bureau en keek naar hem.

'Het is mijn schuld,' zei zijn vader. Eamonn ging rechtop zitten, wreef in zijn ogen en probeerde te bevatten wat hij bedoelde.

'Mijn schuld,' herhaalde zijn vader bedroefd. 'Ik zeg weleens dat het aan je moeder ligt, maar ik was degene die per se wilde dat je nooit zou voelen hoe het was als er deuren voor je gesloten bleven. Als je je ergens naar binnen moest vechten. Ik wist niet dat je er zo zelfverzekerd door zou worden, zo bevoorrecht, dat je je niet eens zou afvragen waarom zo'n soort meisje aandacht zou hebben voor een jongen die op een privéschool heeft gezeten, die op de zak van zijn moeder teert en die geen enkele andere ambitie heeft dan zijn eigen score bij computerspelletjes te verbeteren.'

'Wat heb je gedaan?'

'Ik heb niets gedaan. De agenten die werden gewaarschuwd toen haar broer vertrok, maakten zich zorgen over haar. Ze zeiden dat ze klaarblijkelijk geschokt was door de beslissing van haar broer, maar dat ze het nog erger vond dat hij haar niet op de hoogte had gebracht. Ze dachten dat er een kans in zat dat ze zich bij hem zou voegen. Er waren dus een paar mensen die haar in de gaten hielden, met het oog op haar eigen veiligheid. Maar er werd dus niet gebeld of ge-sms't, er was geen enkele vorm van communicatie die onderschept zou kunnen worden en waaruit zou blijken dat ze contact had met mijn zoon. Niets wat alarmbellen zou doen rinkelen. En nu is er dit.' Hij legde Eamonns telefoon op zijn bureau. 'Drieëntwintig gemiste oproepen van Aneeka Pasha.'

Eamonn stond op. 'Er is iets mis.'

'Eindelijk zijn we het ergens over eens.'

PARVAIZ

5

In de elektronicawinkel in Istanbul liepen de twee mannen allebei rond alsof ze er de dienst uitmaakten, alhoewel ze zich met hun Zuid-Aziatische trekken duidelijk onderscheidden als allochtoon. Door hun witte jurken, schouderlange haar en lange baarden zou iemand hun houding van heer en meester niet snel durven betwisten. De jongste van de twee liep naar de muur met microfoons en scande de lege doosjes in de displays. Zijn compagnon leunde tegen de toonbank, waar de winkelier achter stond, en gooide zijn mobiel van de ene hand over in de andere, terwijl hij strak naar de overige klanten in de winkel staarde. Ze maakten zich snel uit de voeten, tot de twee mannen en de winkelier alleen in de donkere zaak waren achtergebleven.

'Kijk hier eens naar!' zei de jongste. 'De Røde SVMX. De Sennheiser MKH8040. De Neuman U87.'

'Hm. Precies waar Abu Raees om heeft gevraagd. Laten we gaan. Ik barst van de honger.'

De winkelier haalde een doos onder de toonbank vandaan. 'De Sound Device 788T. Heeft Abu Raees mijn bericht net ontvangen? Ik heb hem al twee weken liggen.'

'Zal ik Abu Raees vertellen dat hij in Raqqa moet dansen als jij in Istanbul met je vingers knipt?' De oudere man met zijn gespierde torso draaide zich om naar de winkelier, die prompt wit wegtrok en haperend zijn verontschuldigingen aanbood. De jongere man onderbrak hem met een kreet van vreugde toen hij de doos met de 788T pakte en voelde hoe zwaar die was.

'Sorry, Farooq, het duurt nog een poosje. Abu Raees zei dat ik een aantal combinaties met microfoons moest uitproberen om het beste resultaat te krijgen.' Hij liep terug naar de wand met de microfoons, griste lege dozen van de planken en smeet ze stuk voor stuk naar de winkelier, die begon te jammeren. 'Zeg dan gewoon welke je zoekt! Je vernielt mijn hele opstelling.'

Farooq snoof verachtelijk. 'Ik ga naar het koffiehuis op de hoek. Je hebt een halfuur, dan moeten we naar het vliegveld.'

'Oké. Haal een paar afhaalmaaltijden voor de nieuwe rekruten. Toen ik aankwam, heb ik uren op een hap moeten wachten.'

Farooq grinnikte. 'Wat een kleuter was je toen, Parvaiz. Je vroeg om een sneetje brood.'

'Ik heet geen Parvaiz meer.'

'Ma'ashallah,' zei de oudere man op ironische toon.

'Ma'ashallah,' zei de jongere en hij legde zijn hand op zijn hart.

Het startsein voor zijn reis naar de elektronicawinkel in Istanbul werd in het afgelopen najaar gegeven, op het moment dat Isma de keuken binnenkwam met de mededeling dat ze naar Amerika zou gaan en dat het voor hen alle drie tijd werd om het huis te verlaten.

Op dat tijdstip, vroeg op de avond, was er nog niets te merken van de wending die zijn leven zou krijgen. Aneeka was een paar weken geleden aan haar universitaire studie begonnen en Parvaiz niet, maar de vaste routine uit hun oude leven was al tot het verleden gaan behoren, en daarom had het iets feestelijks gehad dat Aneeka voor de eerste keer die week thuis was om te koken, met haar gebruikelijke concentratie in het beduimelde receptenboek turend, alsof het recept dat ze al negenveertig keer had gemaakt zomaar veranderd kon zijn. Parvaiz was de souschef en had bij het snijden van de uien zijn zwembril opgezet tegen de tranen. De door hun neef uit Karachi samengestelde speellijst golfde uit de luidsprekers – chimta, basgitaar, dholak en drums, overstemd door het mes van Parvaiz dat dwars door de gelaten uien op de harde plank eronder in hakte, de fijne, tingelende armbanden om Aneeka's pols terwijl ze de ingrediënten afpaste, het gonzende geluid van de koelkast, de trein die het station van Preston Road binnenreed terwijl er tegelijkertijd een andere vertrok en het vrolijke sparren van de tweeling. Ze hadden het over een Aziatische trouwsite gehad, waarvoor Aneeka een denkbeeldig profiel van Parvaiz samenstelde: *knappe Londenaar die erg veel van zijn zus houdt* – 'dat klinkt incestueus' – *lelijke Londenaar die erg veel van zijn zus houdt* – 'dat klinkt wanhopig' – *knappe Londenaar met veel familiezin* – 'moet dat meteen in de eerste zin waarom niet broeierig mooie Londenaar met' – *nee broeierig mooi is een eufemisme voor een donkere huid* – 'hoe dat zo' – *Heathcliff* – 'hij was ook gewelddadig en nogal gek aangelegd' – *ja maar we kennen je publiek, donkere huid is het hangijzer.*

Toen kwam Isma binnen, voorafgegaan door een wolk van stomerijchemicaliën, die opmerkte dat een volslagen gebrek aan carrièrekansen het ware struikelblok vormde. Parvaiz schoof de snijplank opzij, zette de zwembril af en pakte zijn telefoon, waar geen enkel bericht van zijn vrienden van Preston Road op stond, nu hun wegen zowel gevoelsmatig alsook in geografische zin uiteen waren gegaan door de eisen van het naschoolse leven. 'Zet de muziek wat zachter en luister naar me,' zei Isma. Ze keek zo ernstig dat hij haar gehoorzaamde, terwijl hij normaal gesproken als reactie het volume zou hebben opgeschroefd. Aneeka zag het ook en ze legde haar hand om de pols van haar zus. 'Vertel eens wat er is,' zei ze.

Isma had een visum voor Amerika gekregen. Ze zou half januari naar Massachusetts vertrekken. Ze kondigde dit alles aan zoals een andere vrouw haar verloving zou hebben aangekondigd: trots, verlegen, bezorgd over de reacties van haar familie omdat niemand het had zien aankomen.

Aneeka deed een stap naar voren en sloeg haar armen om haar zus heen. 'We zullen je missen, maar we vinden het fantastisch voor je. En we zijn trots op je. Hè, P?'

'Amerika,' zei hij. De naam lag vreemd op zijn tong. 'Hebben ze je echt een visum gegeven?'

'Ja, ik had het ook niet verwacht.'

Toen ze de tweeling voor het eerst over de brief van dr. Shah vertelde, met het voorstel – dat bijna als een bevel klonk – om zich in te schrijven voor haar studie, had Parvaiz gezegd: 'Wat heeft het voor zin?' En Isma had het grif toegegeven. Ja, daar had hij gelijk in. Ze hadden geen van beiden letterlijk gezegd waarom het aanvragen van een visum voor hen weinig nut zou hebben, maar dat hoefde ook niet; ze wisten allebei welk aandeel hun vader hierin had. Aneeka stond erop dat ze de sprong zou wagen. 'Je zult versteld staan wat er op deze wereld nog allemaal kan,' zei ze. 'Bovendien zul je je anders altijd blijven afvragen wat er had kunnen gebeuren.' Aneeka bleef aandringen, tot Isma zwichtte. Eigenlijk zou het zelfs onbeleefd zijn tegenover dr. Shah als ze niet eens een poging zou wagen, toch? Parvaiz had destijds met zowel ergernis als spijt geconstateerd dat zijn oudste zus beter opgewassen bleek tegen teleurstellingen dan hij had vermoed.

'Goed,' zei Aneeka. 'En wat doen we met het huis?'

Parvaiz gaf zijn tweelingzus een por tegen haar schouder. 'Ik wil haar slaapkamer. Ik heb een werkruimte nodig en jij bent veel minder thuis dan ik.'

De zussen wierpen elkaar een zijdelingse blik toe en keken toen weer naar hem. Isma noemde een bedrag. Het waren de maandelijkse kosten voor dit huishouden. Ze noemde het bedrag elke keer als ze hem eraan wilde herinneren dat zijn salaris als hulpje bij de kruidenier niet toereikend was en dat hij zijn tijd verdeed met het knutselen aan zijn geluidsband in plaats van een fatsoenlijke baan te zoeken. Ze achtte hem nog niet oud genoeg om zich te beperken tot het soort werk waar zijn hele ziel en zaligheid in lag en in haar ogen was het samenstellen van een geluidsband niet vergelijkbaar met Aneeka's rechtenstudie als investering voor de toekomst. 'Ze vindt dat we niet zijn voorbestemd om te dromen,' zei Aneeka altijd, wat in zijn ogen zowel een veroordeling als een rechtvaardiging van Isma's standpunt was.

Tot dusver hadden ze het goed weten te redden, vervolgde Isma. Maar in Amerika zou ze alleen genoeg geld van de universiteit krijgen om zichzelf te bedruipen, zoals Aneeka net genoeg had aan haar eigen beurs om haar primaire levensbehoeften te dekken. Maar het lukte niet meer om de hypotheek te betalen.

'Ga dan niet,' zei hij. Aneeka gooide een blokje geschilde aardappel naar hem toe en hij kopte het eerder instinctief dan speels terug.

Isma deed de servieskast open en pakte de borden en de glazen voor het avondeten. Ze kwam net bij tante Naseem vandaan, zei ze, die nu echt oud werd; ze had hulp in de huishouding nodig en ondanks de behulpzaamheid van haar dochters en kleinkinderen redde ze het niet echt meer in haar eentje. Ze zou enorm geholpen zijn met een paar extra handen. Zo had tante Naseem de optie voor haar omkleed.

'Welke optie?' vroeg Parvaiz.

'We trekken bij tante Naseem in en verkopen dit huis.' Aneeka zei het als terloops, alsof het de verkoop van een stapeltje handdoeken betrof. Nu was het Isma's beurt om ontsteld op te kijken en ze zei dat ze in eerste instantie het huis liever zou willen verhuren. Het jaar daarop zou de opening van een Franse school in Wembley de prijzen voor vastgoed flink opstuwen en het zou niet verstandig zijn het pand nu al te verkopen. Bovendien zouden ze het over een paar jaar weer kunnen betrekken als zij klaar was met haar studie en Aneeka inmiddels jurist zou zijn. Normaal gesproken zou Parvaiz zich er pijnlijk van bewust zijn geweest dat hij niet aan het gesprek deelnam. Maar Aneeka had haar schouders opgehaald en hij had de verschrikking ervaren dat degene die je dacht te kennen opeens een heel nieuwe kant van zichzelf liet zien, een die zich geheel buiten jouw medeweten om had ontwikkeld.

Aneeka zou hen alleen laten. Dat was de betekenis van haar schouderophalen. Na haar universitaire studie was ze niet van plan terug te keren naar het ouderlijk huis om daar met haar familie te wonen. Zodra ze haar bul had behaald, zou ze andere mogelijkheden hebben.

'Dat kun jij niet zomaar voor ons bepalen,' zei Parvaiz tegen Isma. Maar zijn 'ons' had geen overwicht, omdat zijn tweelingzus haar oudere zus met het dekken van de tafel hielp en zijn blikken ontweek.

'Verraadster,' zei hij, en hij zette zich fel tegen het aanrechtblad af. Hij deed er tergend lang over om zijn sleutels, mobiel en microfoon te pakken, en ze hadden hem met gemak kunnen tegenhouden, maar toen ze geen van beiden sjoege gaven, restte hem niets anders dan naar buiten te gaan, al zag de avond er allesbehalve uitnodigend uit.

De herfst die al in de lucht hing had meer weg van een winterse voorbode dan van een nazomers gevoel. Het jasje dat hij had aangeschoten was niet bestand tegen de kou en hij kreeg kippenvel. De door het wolkendek gevangen straatverlichting kleurde de hemel roze. De geluiden van de wereld klonken verscherpt. Hij had voor het eerst ontdekt dat hij een absoluut gehoor had toen hij de leraar had gevraagd waarom vliegtuigen op bewolkte dagen meer lawaai maakten. De leraar had zijn opmerking in eerste instantie weggewuifd en de hele klas had dubbel gelegen, maar de volgende dag had de leraar hem gelijk gegeven.

Een oudere vriendin van zijn moeder, Gladys, hield hem halverwege de straat aan om hem het laatste nieuws over het bibliotheekproject te vertellen, en ze vroeg of ook bij hen het geluid van de bel van de voordeur vandaag anders was. Want die van haar, nou, de windklokken klonken als een gong. En toen ze naar de deur was gelopen, bleek er niemand op de stoep te staan dus ze was weer naar binnen gegaan, had de tv aangezet voor dat ene medium dat ze zo goed vond, en die had gezegd dat de duivel voor de deur staat als de bel anders klinkt, dus dat je dan beslist niet mocht opendoen.

'Denk je dat de duivel nu bij jou in huis zit, Glad?' vroeg hij lachend. 'Isma kent vast wel een paar gebeden om hem uit te drijven.'

'Dat hoop ik te ontdekken als ik straks naar bed ga – hou die zus van je bij me uit de buurt!' Hij stak drie vingers op voor de padvindersgroet en zag de lijnen om Gladys' ogen zich verdiepen toen ze lachte. Ze had qua leeftijd maar een paar maanden gescheeld met zijn moeder.

Hij liet Gladys achter met haar duivel en liep Preston Road uit. Het was stil op straat en de meeste luiken waren dicht. Hij boog zoals altijd even licht zijn hoofd voor de gewelfde ruggengraat van het stadion en trommelde liefdevol met zijn knokkels op de deur van het notariskantoor, waar een tijdelijke bibliotheek mocht worden ondergebracht in het kader van het bibliotheekproject, en liep toen door naar het sportterrein. Het had bijna de hele dag geregend en misschien kon hij de 'schoenen op nat gras' voor zijn geluidsband bijschaven, die hij over de opname van een bekroond videospel monteerde. Begin volgend jaar zou hij zijn werk naar zowel de grote als de kleine gameproducenten opsturen en dan kreeg hij misschien – toe, God! – zijn eerste betaalde opdrachten.

Hij stak het parkeerterrein over, bevestigde de microfoon en zijn zelfgefabriceerde windscherm aan zijn mobiel en sloeg geen acht op de drie jongens in de auto die hij van voetbalwedstrijden bij hem in de buurt kende, tot ze de portieren openden en uitstapten. Designersneakers, spierwitte jurken, ecosysteembaarden (dat had Aneeka verzonnen: lang genoeg om een ecosysteem in stand te houden, had ze gezegd). Ze hingen altijd met norse gezichten in de buurt rond en begrepen niet dat hun zelfverkozen naam hun geen goed deed: US THUGZ. Het was de verkorting van het Arabische *Astaghfirullah*. 'Waarvoor vragen jullie precies om vergiffenis?' had Isma hun ooit gevraagd toen ze haar op straat hadden benaderd en opmerkten dat 'zusters zich beter dienden te bedekken'. Uit hun antwoord was duidelijk op te maken dat ze geen flauw benul hadden wat Astaghfirullah betekende.

'Geef op,' zei hij van een afstandje en hij stak zijn hand uit naar Parvaiz' microfoon en mobiel.

'Ik vertel het tegen je moeder,' zei Parvaiz.

De jongen – Abdul, een jeugdvriend van hem – liet zijn hand zakken en mompelde dat Parvaiz' mobiel toch een oud model was, of iets in die geest, maar de andere jongen die naast hem stond en die uit een andere buurt kwam, deed een stap naar voren, gaf Parvaiz een knietje, en toen die dubbelklapte van de pijn, griste hij de mobiel uit zijn hand en wierp, als om zijn eigen domheid te bevestigen, de kostbare microfoon op de grond.

Parvaiz lag op de grond van het parkeerterrein te wachten tot de pijn zou wegtrekken, toen de auto rakelings langs hem heen scheurde. Het geluidsspectrum: langzame aanval, korte kramp, lange naweeën. Niets wat hij niet eerder had gehoord. Wat haatte hij zijn leven, zijn buurt, de onontkoombaarheid van alles.

Farooq trof hem de volgende morgen aan bij de lege kratten achter de winkel van de groenteman, waar hij bezig was een splinter uit zijn handpalm te trekken.

'*Asalaamu Alaikum*,' zei hij met het overdreven Arabische accent van een moslim die zijn niet-Arabische afkomst probeerde te compenseren. Parvaiz keek op en zag een gedrongen, krachtig gebouwde man staan, met spierbundels die zijn te krappe bomberjack vervormden. Hij was ergens rond de dertig, zijn haar viel in krullen op zijn schouders en zijn baard was niet hipster of ecosysteem, maar gewoon stoer. Hij straalde een elan uit dat zijn accent prompt deed vergeten. Met een verrassend vloeiende beweging trok hij het pincet uit zijn Zwitserse zakmes. Parvaiz pakte het van hem aan en probeerde de splinter eruit te wippen, maar het mes lag onhandig in zijn linkerhand en hij kneep alleen maar zijn huid fijn. Zonder iets te zeggen pakte de man het zakmes weer van hem aan, legde zijn hand onder die van Parvaiz om hem stil te houden en trok de splinter er moeiteloos en met een knipoog uit. Hij zette zijn duim op de bloeddruppel die opwelde en drukte het wondje dicht.

'Mijn neef heeft iets van je gestolen. Mijn excuus. Hij realiseerde zich niet wie je was.' Hij stak zijn hand in zijn broekzak en gaf hem de gestolen telefoon terug. Wie ben ik dan, wilde Parvaiz vragen, maar hij wist het antwoord al. Hij was de broer van Aneeka. De oudere jongens, het soort waar je dolgraag mee bevriend wilde zijn, besteedden alleen aandacht aan hem vanwege zijn zus. Aneeka moest niets van de jongens hebben die hij haar wilde aansmeren; ze viel meer op het stillere type waar ze de baas over kon spelen.

'Ken je mijn zus?'

Hij fronste. 'Wat heb ik met zussen te maken? Ik ken alleen Abu Parvaiz.'

'Ik ben Parvaiz. Ik ken geen Abu Parvaiz.'

'Ken je de naam van je eigen vader niet?'

Parvaiz probeerde zijn gezicht in de plooi te houden, maar hij was geschrokken. Wie was deze man – was het soms MI5? De veiligheidsdienst? Ze hadden zich destijds ook zo vriendelijk tegenover hem opgesteld toen ze bij hen thuis kwamen. Hij was toen nog maar een kind geweest. Een van de mannen was met hem meegegaan naar zijn kamer en had raceautootje met hem gespeeld op het parcours dat de ruimte tussen zijn en Aneeka's bed volledig in beslag nam. Toen had hij een fotoalbum gepakt dat Parvaiz' vader hem had gestuurd en was ermee de deur uit gelopen. De meeste spullen waren later teruggekomen, maar niet de foto's van Adil Pasha die een berg beklom, naast een kampvuur zat, door een rivierstroom waadde – soms alleen, soms in het gezelschap van andere mannen, altijd met een glimlach, altijd met een geweer tegen zijn schouder of op zijn schoot. *Als je oud genoeg bent, mijn zoon,* had zijn vader erin geschreven, tot grote woede van zijn moeder, en hij had niet begrepen waarom ze kwaad was. Zijn grootmoeder was weliswaar tussenbeide gekomen toen haar schoondochter het net bezorgde album van hem probeerde af te pakken, maar hij had altijd een vermoeden gehad dat ze deze vriendelijke man had ingeseind, zodat hij elke beeltenis van Adil Pasha uit het leven van haar zoon zou weghalen. Het was geen fijne herinnering, en mede hierdoor was hij al op jonge leeftijd van zijn immer gestreste moeder gaan denken: geen wonder dat hij de benen heeft genomen.

'Ik heb mijn vader nooit gekend.' Zijn moeder had hem geleerd om dit overal en te allen tijde te zeggen. Hij wist dat er bij hem in de buurt over Adil Pasha werd gefluisterd, en op een dag werd hij op het schoolplein ingesloten door een groepje leerlingen dat hem vroeg of zijn vader de jihadi was die in Guantánamo was gedood. 'Ik heb mijn vader nooit gekend,' had hij zwakjes geantwoord. De jongens waren doorgelopen naar Aneeka en hadden haar dezelfde vraag gesteld. Aneeka, die op achtjarige leeftijd de minachting al had geperfectioneerd, had zich schouderophalend omgedraaid, maar tegen de meest loslippige van het stel had ze later gefluisterd: 'Nu lijkt hij wel iemand uit een film, vind je ook niet? Interessanter dan een vader die in Karachi aan malaria is overleden.'

'Hij vond het heel erg,' zei de onbekende man tegen Parvaiz, 'dat je hem nooit goed hebt leren kennen. Hij heeft samen met mijn vader gevochten; ik heb veel verhalen gehoord over Abu Parvaiz, de grote strijder.'

'Zo heette mijn vader niet. Hij heette Adil Pasha.'

'Dat was zijn...' De man zei iets wat leek op *nomdzja*. 'Dat is Frans voor "jihadi-naam". Ik vind het een benaming voor een superheld, als je het mij vraagt, maar niet al mijn broeders kunnen dat waarderen. Maar ja, je vader dus. Toen hij ten strijde trok voor de rechtvaardigheid, noemde hij zich Vader van Parvaiz. Op die manier hield hij je bij zich. Dus als iemand zijn naam uitsprak – zijn vijanden met angst, zijn broeders met liefde, zijn kameraden eervol – dan zei die meteen jouw naam.'

Tot zijn afgrijzen voelde Parvaiz zijn ogen vochtig worden in het gezelschap van deze man, die zelf waarschijnlijk nog geen traan zou laten als je met een vrachtwagen over zijn benen zou rijden. Maar de man leek het hem niet aan te rekenen. Integendeel, hij omhelsde hem in een wolk van aftershave en zei: 'Ik ben blij dat ik je heb gevonden, broeder.'

Parvaiz ging die avond naar huis met het gloeiende gevoel van een dierbaar geheim in zijn hart. Hij kookte voor hen alle drie, nam zijn bord niet mee naar de tv terwijl zijn zussen aan de keukentafel bleven zitten en plaagde Isma dat ze in Massachusetts een Amerikaans accent zou opdoen.

'Wat is er met je aan de hand?' had Aneeka gevraagd, en hij had met enige voldoening bedacht dat hij in zijn leven een verborgen plekje had waar zijn zussen niets van wisten.

Later die avond belde Farooq hem op.

'Ik moest de hele dag aan je denken,' zei hij. 'Ik vroeg me af hoe het kwam dat de zoon van Abu Parvaiz zo weinig van zijn vader wist.'

Parvaiz had daar geen antwoord op. De vraag was hem nooit eerder gesteld. Hij was opgegroeid met het idee van zijn vader als een schandelijk geheim dat ze voor de buitenwereld verborgen moesten houden, anders zouden er overal affiches op Preston Road verschijnen met de tekst: WEET WIE UW BUREN ZIJN, en zouden er stenen bij hen door de ramen worden gegooid, mochten hij en zijn zussen niet meer bij hun klasgenoten over de vloer komen en zou geen enkel meisje ooit nog ja tegen hem zeggen. De heimelijkheid had zich ook binnenshuis gemanifesteerd. Zijn moeder en Isma koesterden allebei een enorme wrok jegens Adil Parvaiz, groter dan woorden konden uitdrukken, en wat Aneeka betreft – haar volslagen gebrek aan gevoelens voor en nieuwsgierigheid naar haar vader was het eerste aanwijsbare signaal dat de tweeling uit twee aparte individuen bestond, niet uit één. Alleen zijn grootmoeder wilde zijn afwezigheid bespreekbaar maken; hun hechte band was deels ontstaan door alle keren dat ze hem bij zich had geroepen in haar kamer en hem dan verhalen influisterde over die temperamentvolle, knappe jongen met de lachende ogen die ze had grootgebracht. Maar de verhalen gingen altijd over hem als jongen, nooit over de man die hij later was geworden. 'O, er is iets gebeurd, ik weet het niet,' zei ze altijd als Parvaiz probeerde te ontdekken wat zijn vader voor man was tegen de tijd dat zijn zoon ter wereld kwam.

'Omdat niemand me dat ooit heeft verteld,' zei hij.

'Wil je het weten?'

'Natuurlijk.'

'Je was te snel met je antwoord. Zodra je er kennis van neemt, moet je beseffen wat het inhoudt om de zoon van zo'n vader te zijn. Misschien is het gemakkelijker om nooit aan hem te denken.'

Hij had andere jongens en hun vaders altijd bekeken met een gretigheid die vooral uit zijn eigen hunkering voortkwam. Als hij zo'n vader een bepaald gebaar zag maken naar zijn zoon – een hand in zijn nek, het woord 'zoon', samen naar een voetbalwedstrijd – trok hij zich terug, enerzijds beschaamd, anderzijds op een onverklaarbare manier bang, een angst die sterker werd naarmate de jaren verstreken en de werelden van jongens en meisjes steeds verder uiteen werden gedreven, waardoor er tijden waren dat hij geen tweeling meer met een ander vormde, maar de man in huis werd, de man die van de geheimen af wist die de vrouwen met elkaar deelden, maar die zelf niet één geheim had dat vaders met hun zonen delen.

'Ik denk elke dag aan hem,' zei hij op een fluistertoon.

'Goed. Goed gedaan. Hoe laat ben je morgen klaar met je werk?'

En zo begon het. Elke ochtend gaf Farooq hem op een bepaald tijdstip per sms de locatie door: soms in een kebabzaak, soms op een straathoek, meestal in een wedkantoortje aan High Road. Daar zat hij dan te wachten tot Parvaiz klaar was met werken. Ze praatten en praatten, eindeloos. Of Farooq was aan het woord en Parvaiz luisterde naar de verhalen over zijn vader waarnaar hij altijd had verlangd – niet over de jeugdige losbol of de waardeloze echtgenoot, maar over de heldhaftige man die tegen onrechtvaardigheid streed, die voorbij de leugen van nationale grenzen kon kijken, die zijn kameraden opbeurde als ze de moed dreigden te verliezen. Ziehier Abu Parvaiz, de eerste die na een aardbeving de brug over een ravijn overstak, ondanks de naschokken, om proviand te brengen naar degenen die aan de overkant gestrand waren; ziehier Abu Parvaiz, die de kolf van een kalasjnikov gebruikte als de kogels op waren; zie hier Abu Parvaiz, die zijn hoofd in een bergstroom stak voor de rituele wassing en er met een baard van ijspegels uit kwam, waarna hij op de oever danste alsof hij in een discotheek stond in plaats van in Tsjetsjenië en schuddend met zijn hoofd een geluid als windklokken voortbracht. Van alle verhalen over de vader die hij nooit had gekend sprak dit het meest tot zijn verbeelding: het stromende water, de klingelende ijspegels, de overige mannen die ook het ijskoude water trotseerden, zodat ze een begeleidend orkest voor strijder annex pias Abu Parvaiz vormden.

'Een vader die iedere zoon zich zou wensen,' zei Farooq.

'Maar hij heeft nooit mijn vader kunnen zijn,' antwoordde Parvaiz, terwijl hij de levenslijnen in zijn hand natrok met de pin van een granaat – zou het een echte zijn? – die Farooq had meegenomen naar de kebabzaak.

'Denk je dat hij een wereld als deze had gewenst? Zeker niet. Maar hij nam haar voor wat ze was. En nadat hij haar had gezien, begreep hij dat een man een grotere plicht heeft dan de ketenen die zijn vrouw en moeder voor hem in gedachten hebben.'

Als toelichting op die grotere plichten vertelde Farooq hem over de geschiedenis: hoe de christelijke wereld met afgrijzen naar de opstanding van de islam keek, de duizend jaar van islamitische heerschappij, die uiteindelijk werd verkwanseld door eunuchachtige Ottomanen en de mogoldynastie, die van het ware pad waren afgeweken, en de bloeddorst waarmee de christenen zich hadden gewroken voor eeuwen van vernedering: het imperialisme met zijn racistische ondertoon van het 'beschavingsoffensief', gevolgd door de wrede grap van het zogenaamde 'schenken' van onafhankelijkheid, terwijl ze in feite de economische modellen veranderden door cliëntenstaten te creëren, met onzinnige grenzen die speciaal waren getrokken om instabiliteit te veroorzaken. Farooq kende de islamitische wereld als zijn broekzak: Pakistan, India, Afghanistan, Algerije, Egypte, Jordanië, Palestina, Turkije, Tsjetsjenië, Kasjmir, Oezbekistan. En als Parvaiz' interesse dreigde te tanen, stuwde Farooq het gesprek in de richting van voetbal (hij was fan van Real Madrid, Parvaiz van Arsenal, maar ze waren het eens over de grootheid van Özil), kleine dingen uit Parvaiz' dagelijkse leven ('Wat heb je vandaag gegeten? Waren er nog interessante mensen in de groentewinkel? Laat me nog eens een opname van je horen – deze keer zal ik proberen te raden wat het is'), of van een Amerikaanse reality-tvshow die Farooq trouw volgde en Parvaiz inmiddels ook, zodat ze er samen over konden praten. Maar wat er ook werd besproken, het kwam altijd neer op het kernpunt in Farooqs leven, het hart van al zijn lessen: wat het betekende om een echte man te zijn.

'Het is de schuld van je zussen,' zei Farooq op een middag. Ze zaten naast elkaar op de groene rotan stoelen in het wedkantoortje en keken op een paar schermen naar de windhondenrennen, zwetende mannen in een andere tijdzone die cricketballen in de richting van de sponsorvakken mepten. Het geluid stond uit, wat voor een aantal vermakelijke synchrone momenten zorgde, zoals toen de honden werden losgelaten op hetzelfde moment dat de voordeur door een zuipschuit werd opengesmeten, of het bovenste lichtbalkje net begon te sputteren toen de scheidsrechter naar muggen begon te meppen. Farooq had drie telefoons op Parvaiz' bovenbeen gelegd en steeds als er een bericht binnenkwam, keek hij op het schermpje en liep dan naar de toonbank om een nieuwe weddenschap af te sluiten. Het was een goede oefening voor Parvaiz om niet zo met zijn benen te wippen, zei Farooq. De eerste paar keer was Parvaiz zo gespannen geweest, dat hij met spierpijn het wedkantoor uit strompelde. 'Ze willen dat je thuisblijft, hun boodschappen doet, het gazon maait; zo houden ze je klein, als een jongetje dat zijn moeder nodig heeft. Vooral die oudste heeft er een handje van, snap je wat ik bedoel? Degene die beweert een deugdelijke moslima te zijn en het recht meent te hebben om te bepalen of jij wel of niet in je eigen huis mag wonen. Zeg tegen haar wat er in de Koran staat: "Mannen zijn de baas over vrouwen omdat Allah heeft bepaald dat de een de ander overtreft." En volgens de wet van Allah moet jij, en niet jouw vrouwen, over je eigendom beschikken.'

Jouw vrouwen. Parvaiz liet de uitspraak over zijn tong rollen terwijl Farooq wegging om opnieuw in te zetten. Het voelde prettig. Al betekende het niet dat hij zo stom zou zijn om ten overstaan van Isma de Koran te citeren, zeker niet waar het de rol van de man en de vrouw betrof. Hij was een moslim, uiteraard; hij geloofde in God en ging naar de moskee om te bidden, hij legde tweeënhalf procent van zijn inkomen opzij voor de *zakaat*, dat hij verdeelde tussen Islamic Relief en het bibliotheekproject, maar daarbuiten was religie voor hem, in de schaduw van Isma's dominantie, meer een ruimte die hij openliet dan dat hij erin leefde. Maar in gezelschap van Farooq ontdekte hij dat er zoiets bestond als 'een ontmande versie van de islam, door de Britse overheid opgedrongen aan moskeeën om de schapen mak te houden', en hij vond het erg spannend dat hij van dit feit op de hoogte was.

'Waar hang je toch uit de laatste tijd?' vroeg Aneeka hem op een avond. Ze klom op de ladder die hij tegen de tuinschuur had gezet om op het dak te kunnen zitten met zijn mobiel en zijn grote trots, een tweedehands shotgun-microfoon. Het was zijn favoriete plek, waar hij vanaf zijn kindertijd de treinen van en naar Preston Road had zien vertrekken. De wagons leken op schaduwen in de duisternis, maar de verlichte vensters boden snapshots van het leven dat aan hem voorbijsnelde. Soms was er een vertekening in de gewoontes van het stamgedrag: een man haalde uit met zijn vuist, een kus zo gepassioneerd dat een treinwagon, gondelvaartocht of slaapkamer irrelevante details werden, iemand die zijn hand tegen de ruit drukte, zich vooroverbuigend naar het joch op het dak van de tuinschuur alsof het lot ze met elkaar wilde verbinden, maar de wielen van de machinerie tegenwerkten. Bijna twee jaar geleden was hij aan een project begonnen: een collage van 1440 minuten die zijn ideale luisteraar van middernacht tot middernacht zou afspelen – een geluidsspanne van elke minuut van een dag vanaf die plek op het dak, verdeeld over 1440 dagen.

Hij zette de opname stop, deed zijn headset af en maakte een aantekening in zijn schrijfblokje. Het zou leuk zijn om de opname tussen 20.13 en 20.14 uur af te ronden met: 'Waar hang je toch uit de laatste tijd?' Aneeka was de enige menselijke stem die af en toe voorkwam op zijn audiofile *Geluiden Preston Road Station vanaf de tuinschuur*.

'Ik ben hier. Jij bent degene die altijd weg is.'

'Waar zit je met je gedachten?' Ze stak haar hand uit en tikte even tegen zijn hoofd. 'En hier?' Ze liet haar hand op zijn pols rusten om zijn hartslag te voelen, zoals ze als kind al deed, maar hij beantwoordde haar gebaar niet. 'Heeft het te maken met dat we bij tante Naseem gaan wonen? Ik weet dat je het moeilijk vindt om dit huis achter te laten, maar we kunnen tenminste wel in ons oude buurtje blijven wonen.'

'We', had ze gezegd, maar hij vroeg zich af hoe vaak ze er zou zijn. Elke week bracht ze wel een avond bij Gita door. Hij kende Aneeka goed genoeg om te weten dat ze zich erop voorbereidde om vaker weg te blijven, en niet alleen op de avonden bij Gita.

'Dit is ons huis,' zei hij.

Ze klakte met haar tong tegen haar verhemelte. 'Altijd zo senti. Help me liever om Isma te overtuigen te verkopen. Met de opbrengst zou je naar de universiteit kunnen gaan. Dat is toch een aardige compensatie voor het verlies van *Nog meer dezelfde geluiden vanaf de tuinschuur*?'

'Ze hebben je alleen een beurs gegeven omdat je in hun "inclusieve" en "diverse" beleid past,' zei hij. Hij was gekrenkt en citeerde een van Farooqs uitspraken, die diep verborgen gevoelens bij hem hadden opgeroepen.

'Sinds wanneer ben je zo wit?' Ze kneep zachtjes in zijn oorlelletje.

'Moslimvrouwen, vooral de mooie, moeten behoed worden voor moslimmannen. Moslimmannen moeten worden opgesloten, lastiggevallen en met een hiel op onze keel tegen de grond worden gedrukt.'

'Alsof jou ooit zoiets is overkomen.'

'Hoe vaak ben ik al aangehouden en gefouilleerd door de politie? In vergelijking met jou?'

'Twee keer, dat is alles, P. En je zei zelf dat het niks voorstelde, dus ga nu niet achteraf zitten jammeren.' Ze sprong van de ladder met de zelfverzekerde lenigheid die hem altijd naar adem deed happen. 'Isma heeft gelijk, weet je dat? Het wordt tijd dat je volwassen wordt.'

Vroeger was hij achter haar aan gegaan en hadden ze ruziegemaakt tot ze moe genoeg waren om het weer bij te leggen. Maar nu bleef hij zitten, starend naar alle ingelijste levens die door de duisternis over het spoor gleden, en hij liet de wond etteren opdat hij het morgen tegen Farooq kon vertellen en zwelgen in de helende uitwerking van de verontwaardiging van zijn nieuwe vriend.

Farooq stuurde een sms dat hij naar zijn flat in Wembley moest komen, die hij met twee van zijn neven bewoonde (niet degene die Parvaiz had beroofd). Voor Parvaiz was de uitnodiging belangrijk genoeg om na zijn werk eerst langs huis te gaan, het vuil onder zijn vingernagels vandaan te schrobben en een schoon overhemd aan te trekken.

Toen hij de niet-afgesloten deur op het opgegeven adres opende, rook hij het kippenvet van de snackbar eronder en een bekende aftershave. Het raam rammelde in de kozijnen, niet vanwege de tocht, maar vanwege het drukke verkeer beneden op straat. Hij hoorde Farooqs galmende bariton dat hij moest doorlopen en niet moest wachten op een goudgerande uitnodiging.

Het interieur bestond uit drie opeengestapelde matrassen tegen de muur en twee plastic stoelen tegenover een breedbeeld-tv, die was aangesloten op een videogameconsole. In de keuken zag hij een magnetron en een elektrische waterkoker, en in de kastruimte achter een openstaand deurtje lagen opgerolde zwarte T-shirts en zwarte sokken. Er hing een boksbal aan een zware haak in het plafond, die licht krakend nauwelijks merkbaar bewoog. Er zat eenzelfde haak in de vloer, die kennelijk verder geen nut had. Hij herinnerde zich wat Farooq had gezegd over de vrouwen van de Amerikaanse reality-tv-serie, die hij aan de ketting wilde leggen. Parvaiz wist nooit wat hij dan moest zeggen en bij de aanblik van de haak wendde hij snel zijn gezicht af. Er stond een strijkplank die dienstdeed als tafelblad voor een lamp en een paar bokshandschoenen, en op de vloer ernaast lag een strijkijzer zo groot als een broodtrommel.

'Het is de Ferrari onder de strijkijzers,' zei Farooq trots toen hij Parvaiz naar het apparaat zag kijken. 'Met maar één stand, zodat je nooit je kleding schroeit. Als je ooit iets gestreken wilt hebben, mag je het lenen. Ga zitten, doe alsof je thuis bent. Je bent thuis. Daar, op de stoel.'

Parvaiz nam plaats en probeerde de kreukels uit zijn overhemd te strijken. Farooq glimlachte, klopte even tegen de zijkant van zijn hoofd en reikte hem een beker thee aan.

'Wacht hier even, ik ben zo weer terug,' zei hij, en hij liep de deur uit.

Parvaiz nipte van zijn thee – te slap – en keek om zich heen of hij iets kon vinden wat inzicht bood in het leven van zijn *yaar*. Dat woord in het Urdu kwam beter in de buurt van hoe hij over Farooq dacht dan 'vriend'. Of nog beter: *jigari dost* – een vriendschap die zo diep ging dat ze een deel van jezelf werd, en die kon niet worden verbroken zonder dat het een hevige, bijna fatale wond achterliet.

Vlak boven de strijkplank was een foto tegen de muur geplakt. Drie mannen met hun armen om elkaars schouders stonden op een vliegveld onder het bord VERTREK. Adil Pasha, Ahmed uit de stoffenwinkel, die Parvaiz' vader had overgehaald om in 1995 mee te gaan naar Bosnië, en een derde man, met een gedrongen gestalte. Dat moest Farooqs vader zijn, de man die na nog geen week van gevechten in Bosnië al naar huis terugkeerde, dusdanig gebroken en gekweld door nachtmerries dat hij zijn jonge zoon te schande had gezet. Farooq had hem een paar dagen geleden verteld: 'Ahmed van de stoffenwinkel kwam telkens op bezoek en had het steeds vaker over de held Abu Parvaiz – verhalen die mijn vader liever niet wilde horen, maar ik des te meer.' Ahmed was een paar jaar geleden verhuisd, en Parvaiz kende hem alleen als de man voor wie zijn moeder een straatje om liep.

Hij stak zijn hand uit om zijn vaders arm op de foto aan te raken en speurde zijn gezicht af naar gelijkenissen. Maar hij en Aneeka leken te veel op hun moeder; het was helaas Isma die zijn vaders brede gezicht en smalle mond had geërfd. Hij merkte de bleke streep op zijn huid rond zijn pols op. Waar was zijn horloge? Had hij het afgedaan voor de metaaldetector op de luchthaven? Misschien realiseerde hij zich niet dat hij zijn horloge bij de beveiliging had laten liggen op het moment dat de foto werd genomen. Zodra hij het zou hebben ontdekt, zou hij zijn teruggegaan, misschien wel met die ietwat onthutste blik die Parvaiz kende van de Suikerfeest-foto waarop hij opzijkeek. Hij dacht aan alle foto's die hij van zijn vader had gezien, die van vóór Bosnië en de spaarzame foto's uit de periode erna. Ja, daarna had hij het horloge met het zilveren bandje om zijn pols gehad. Hij voelde een zekere triomf dat hij het zich herinnerde en dat hij dit stukje van de puzzel had ingevuld.

Hij wist niet hoe lang hij voor de foto had gestaan, peinzend over zijn vader, toen de deur openging en er twee vreemde mannen binnenkwamen, die qua uiterlijk op Farooq leken. Dat moesten de neven zijn.

Zijn begroeting werd niet beantwoord. In plaats daarvan liepen ze naar de haak in de vloer en regen er een ketting doorheen.

‘Kom eens,’ zei de ene ongeduldig. Parvaiz liep naar hem toe in de veronderstelling dat ze zijn hulp nodig hadden. Het volgende moment lag hij op de grond; de ene neef was op zijn benen gaan zitten, de andere op zijn borst. Degene die op zijn benen zat wikkelde de ketting om zijn enkels, de voorste sloeg hem omdat hij tegenstribbelde. Ze dwongen hem op zijn hurken te zitten en ketenden zijn polsen aan zijn enkels vast. Toen hij om Farooq riep, schoten ze in de lach. Hij hield direct op.

‘Wat gaan jullie met me doen?’

‘We hebben het al gedaan,’ zei de ene neef.

Ze stonden op, liepen naar de tv en speelden een videospel. Het geluid stond zo hard, dat niemand hem zou horen roepen. Het duurde niet lang voor hij begreep wat de neef bedoelde. De ketting was zo kort, dat hij niet overeind kon komen of voorover-rollen, hij kon alleen maar in deze gehurkte positie blijven zitten. De spanning die op zijn rug stond, nam met de minuut toe. Wat begon als ongemak ging al snel over in een krampende pijn, die vanuit zijn rug naar zijn benen doorschoot. Toen hij zich wilde bewegen om te kijken of hij zich op zijn zij kon laten rollen, sneden de ketenen in zijn huid. Zijn beproeving werd nog erger omdat hij geen idee had waaraan hij dit had verdiend en hoe hij het kon laten ophouden. Hij hoorde zichzelf smeken, maar de twee keken niet eens in zijn richting. Het ontwerp van het videospel was niet berekend op slechte speakers en het gekraak en de ruis waren ondraaglijker dan het mitrailleurvuur en de doodskreten. Hij probeerde te bidden, maar ook dat haalde niets uit.

Het zonlicht verdween. Hij wist niet of de avond was gevallen of dat het door een wolkendek kwam. Zelfs de verlichting van flauwvallen was hem niet gegund. Gloeiende schorpioenen kropen onder zijn huid door, verwilderd op zoek naar een uitgang, met zwiepende steekstaarten racend van zijn schouders naar zijn kuiten. Elke hapering in de luidsprekers werd uitvergroot tot het een fysieke macht werd die zijn oren belaagde. Hij schreeuwde het uit van de pijn – hij was al heel lang aan het schreeuwen van de pijn.

Een van de neven drukte op de pauzeknop.

Het geluid van het dagelijkse leven vloog op hem af: rammelende ramen, het verkeer, zijn ademhaling. De twee mannen liepen op hem af en maakten zijn ketenen los. Heel even was er verlichting en zijn lichaam sloeg tegen de grond, maar ze tilden hem direct op en droegen hem naar de keuken, waar ze zijn hoofd in de met water volgelopen gootsteen duwden.

Hij zou dus doodgaan. Hier, boven een snackbar waar kip werd verkocht, op anderhalve kilometer afstand van zijn huis. Hoe zouden zijn zussen dit ook kunnen verdragen? Ze hadden al zoveel moeten doorstaan. De mannen trokken hem uit het water, lieten hem één keer diep ademhalen en duwden hem toen weer de gootsteen in. Zo ging het maar door. Hij probeerde op te houden met ademhalen, maar zijn lichaam hing aan het leven. Op het moment dat ze hem voor de zoveelste keer naar lucht lieten happen, rook hij Farooqs aftershave; Parvaiz zette zich schrap voor de volgende onderdompeling, maar ze sleurden hem naar de stapel matrassen en drukten hem er met zijn gezicht bovenop.

Hij voelde een hand teder over zijn hoofd gaan. 'Nu zul je het begrijpen,' hoorde hij Farooq zeggen, en zijn stem was vol droefenis. Als reactie kon Parvaiz alleen maar huilen, en toen Farooq hem op zijn rug keerde, zag hij dat de man zijn tranen ook niet kon bedwingen.

'Dit hebben ze je vader maandenlang laten doorstaan,' zei Farooq.

De twee neven waren weggegaan. Hij was nu alleen met Farooq, die Parvaiz' arm streelde en hem overeind hielp. Toen Farooq opstond, stak Parvaiz zijn hand uit om hem aan zijn been tegen te houden.

'Nee, ik ga niet meer weg,' zei Farooq. 'Ik moet alleen even iets uit de keuken pakken.'

Als hij zich had omgedraaid, had hij kunnen zien wat Farooq deed, maar het enige waartoe hij in staat was, was blijven zitten, diep ademhalen en voelen hoe de pijnscheuten zich van zijn longen naar zijn rug en zijn benen verplaatsten. Farooq kwam terug, drukte een warme kruik tegen zijn rug en gaf hem een choco-ijsje. Parvaiz hapte erin, voelde hoe de zoetheid zich door zijn mondholte verspreidde en herinnerde zich weer wat genot was.

Toen hij het op had, likte hij gulzig het stokje af tot er geen spatje ijs meer op zat. Farooq haalde de foto van de muur en drukte die in zijn handen.

'Weet je wat ze de gevangenen in Bagram hebben aangedaan?'

Parvaiz schudde zijn hoofd. Hij kon geen woord uitbrengen.

'Heb je ooit een poging gedaan om te achterhalen wat er is gebeurd?'

Hij schudde kort zijn hoofd. Hij schaamde zich. Het besef was altijd aanwezig geweest, alsof het ergens in zijn ooghoek had gezeten – het besef van wat ze als 'verbeterde verhoortechnieken' omschreven, maar hij had zich er nooit in verdiept. Omdat hij had willen voorkomen dat iemand hem zou vragen waarom het hem interesseerde. Althans, dat had hij zichzelf altijd voorgehouden.

Farooq legde een hand op zijn schouder. 'Het is niet erg. Je was nog maar een kind, en je was alleen. Je was er nog niet klaar voor. Maar dat is nu zeker wel veranderd?'

Een kind, en alleen. Hij had er nooit alleen voor gestaan. Aneeka was er altijd voor hem geweest. Zelfs toen ze anders werd, was ze er nog voor hem. Hij keek naar de ijzeren haak in de vloer en dacht aan Aneeka, die zei dat ze het huis moesten verkopen. Ze maakte de kettingen los die hen bijeen hadden gehouden en wierp hem de duisternis in, voor het eerst zonder het begeleidende geluid van haar hartslag sinds zijn hart voor het eerst ineen was gekrompen van doodsangst, zich in kamers opdeelde en een orgaan werd met het vermogen om te voelen, en pas ontspande in de wetenschap dat er een ander hart was dat hetzelfde moment van angst ervoer, en elke seconde van verwondering ernaast.

Nog steeds onvast op zijn benen stond hij op. 'Ik moet gaan.'

Farooq kwam ook overeind en sloeg zijn armen om hem heen. 'Je bent sterk genoeg om dit te dragen. Per slot van rekening ben je zijn zoon.'

Parvaiz maakte zich los uit zijn omhelzing en liep zonder iets te zeggen de deur uit. Hij liep de trap af en stuurde ondertussen zijn tweelingzus een sms'je: KOM ALSJEBLIEFT NAAR HUIS.

Even later zat hij in lijn 79 naar huis. Haar sms kwam een paar minuten later: DRINGEND? SCHOOL OVER 20 MIN KLAAR.

Hij leunde met zijn hoofd tegen het raam en zag buiten de wereld aan zich voorbijtrekken. Zieke ellendeling, griezel – dat soort woorden zou ze gebruiken om Farooq te beschrijven, en ze zou hem op het graf van haar moeder laten zweren hem nooit meer te zien. Maar hoe verder de bus zich van Farooqs flat verwijderde, des te minder hij zich op zijn plek voelde. De pijn in zijn rug begon weg te trekken en hij herinnerde zich dat hij, voor de pijn te ondraaglijk werd om een andere gedachte dan zijn eigen kwelling toe te laten, zijn hoofd in de richting van de muur had gedraaid waar de foto van zijn vader hing, en dat er sprake was van een verstandhouding: *Ik ben net als jij, voor de eerste keer.*

Hij sms'te terug: HAHA, TESTJE VAN JE LOYALITEIT. SVP NIET NOG EEN AVOND MET AFHAAL EN ISMA.

IDIOOT, IK WAS EVEN BANG. PAPER MOET MORGEN AF DUS IK BLIJF IN BIEB. GA BIJ GITA SLAPEN.

Hij liet de telefoon weer in zijn zak glijden. Voor in de bus zat een man met zijn trouwring tegen een gele handsteun te tikken. Het geluid van metaal op metaal klonk als ketenen die werden verbroken.

Parvaiz zat op de kruk bij de kassa van de groentewinkel en wreef met de rug van zijn hand over zijn mond. Hij was omringd door kratten. Asperges, weegbree, okra, madame-jeanette, rawit, zeekraal, kool, balsempeer. Nat, de groenteman, zei dat de wereld in twee soorten mensen was opgedeeld: zij die regelmatig verse groenten aten en zij die dat niet deden. Met elke nieuwe lichting migranten in de buurt keek hij wat ze aten en hij breidde zijn aanbod navenant uit. Pakistanen, West-Indiërs, Albanezen – Nat vond het allemaal best. Bij hem puilden de schappen uit van verse producten en kleuren, de belofte van familiemaaltijden en gastvrije buren.

Parvaiz legde Nats telefoon op de weegschaal en verbaasde zich over het lichte gewicht. Het toestel voelde als lood in zijn handen. Hij had het in de achterkamer uit Nats winterjas gepakt die daar hing, toen Nat naar de belendende cafetaria was gegaan voor zijn ontbijt van thee met toast. Hij had de browser op 'privé' gezet en 'Bagram marteling' ingetoetst. Hij had de stukken gelezen en de beelden bekeken tot hij naar buiten was gerend om over te geven in een krat dat naar kool rook.

Hij had zichzelf altijd voorgehouden, om schimmige redenen, dat de echt erge dingen alleen in Guantánamo gebeurden en dat die zijn vader gelukkig bespaard waren gebleven. Het was een keurige leugen, evenals de keurige stapels groente en fruit die hij die ochtend zo ijverig had opgetast, alsof het schikken van een peer van groot belang was.

Nat kwam terug, keek hem even aan en vroeg: 'Wat is er aan de hand?'

Parvaiz stond op. 'Ik voel me niet zo lekker. Mag ik naar huis?'

'Natuurlijk. Zal ik Isma even bellen? Heb je iets van de apotheek nodig?'

Hij schudde zijn hoofd. Nats vriendelijkheid werd hem te veel.

Kort daarop kwam hij bij Farooqs flat aan. Hij liep naar de kettingen en woog ze in zijn handen. Het koele staal, schakel aan schakel geklonken, lag kalm in zijn hand.

'Maak me weer vast. Ik wil mijn vaders pijn voelen.'

'Mijn dappere strijder,' zei Farooq. Paraiz knielde en wachtte tot de kwelling opnieuw zou beginnen.

'Ga je me eindelijk iets over haar vertellen?' vroeg Aneeka. Ze liet haar arm op de bankleuning rusten en tikte vragend met haar voet tegen Parvaiz' enkel. Hij lag onder zijn favoriete blauwe deken met een warmwaterkruik tegen zijn rug.

'Wat bedoel je?'

'Wat ik bedoel? Je ligt met een gekwelde blik op de bank, omdat je elke middag naar weet ik veel wie toe gaat en tot diep in de nacht sms'jes stuurt. Dat is nu al een paar weken aan de gang. Of zelfs langer. Wie is ze? Waarom doe je zo geheimzinnig?'

‘Waarom rechten?’
‘Hè?’
‘Waarom heb je besloten om rechten te studeren? Wat heb je eraan? Wat had mijn vader eraan?’
Ze trok onbekommerd haar wenkbrauwen op. ‘Je kunt ook gewoon zeggen dat je er nog niet aan toe bent om me te vertellen wie ze is. Is ze soms getrouwd? O lieve help, ze komt toch niet uit zo’n knettergek eerwraakgezin, hè?’
‘Waarom doe je alsof ik je geen doodnormale vraag stelde?’
‘Omdat het niet zo is. Wat heeft Adil Pasha ooit voor ons gedaan?’
Hij wendde zich van haar af en drukte zijn gezicht in de kussens van de bank. ‘Je bent maar een meisje. Jij snapt dat soort dingen niet.’
Ze legde haar handen om zijn voeten en drukte haar duimen tegen zijn zolen. ‘Zorg ervoor dat ze je hart niet breekt.’
‘Hou je mond. Laat me met rust. Wat weet jij nou?’

Een paar dagen later vond de fondsenwerving voor de bibliotheek plaats. Parvaiz was al jaren actief bij het project betrokken, vanaf het moment dat hij hoorde dat de gemeente de lokale bibliotheek, waar zijn moeder hem en Aneeka minstens eenmaal per week na schooltijd mee naartoe nam, wilde sluiten. Hij had folders rondgebracht, brieven aan de regionale krant gezonden en met Gladys tal van vergaderingen bezocht waar diverse strategieën werden besproken; toen duidelijk werd dat de gemeente haar plannen zou doorzetten, was hij direct overgestapt naar de volgende fase in de campagne: het opzetten van een door vrijwilligers gerunde bibliotheek. Om het benodigde geld op te halen, had hij kerstliedjes gezongen voor de metro, met boeken gesjouwd die mensen uit de buurt hadden gedoneerd en elke zondag als vrijwilliger in de bibliotheek gewerkt. Maar nu de dag van de fondsenwerving met rasse schreden naderde, begon hij zich zorgen te maken dat de jongens van US THUGZ hem zouden zien als hij samen met Gladys de brownies van Aneeka, de sponscake van tante Naseem en de appeltaart van Nat zou verkopen, en dat ze tegen Farooq zouden vertellen dat Parvaiz Pasha zijn tijd zo nodig moest verdoen met geklungel voor de bibliotheek terwijl de wereld in brand stond. Hij kon beter de schade beperken door er als eerste mee te komen.

Toen hij binnenkwam, stond Farooq in zijn ondergoed zijn kleren te strijken. Het raam stond wijd open om zo veel mogelijk zonlicht binnen te laten op deze uitzonderlijk warme dag, en het rook er weer sterk naar kippenvet. Er stond een mand met gestreken wasgoed naast hem op de grond. Zonnestralen tekenden epauletten op zijn gebronsde schouders. Hij was in een opperbest humeur en legde Parvaiz uit hoe hij het best het gestreken goed kon oprollen om kreukels te vermijden en maakte zich vrolijk over de 'idioten' die hun kleren opvouwden in plaats van oprolden. Parvaiz kreeg een visioen van Farooq en Isma die samen een stomerij bestierden en tips uitwisselden over het verwijderen van vlekken.

Parvaiz maakte een behoedzame opmerking over de bibliotheekcampagne, die hij omschreef als een 'gewoonte' die uit zijn puberteit stamde. Farooq tilde het strijkijzer op en wees op een punt op de strijkplank.

'Leg je hand daar neer, met de palm naar boven. Ik ga het strijkijzer erop zetten.'

Parvaiz keek van het sissende apparaat naar Farooqs gezicht, maar het was duidelijk dat zijn vriend geen grapje maakte. Hij keek afwachtend, alsof hij een oordeel moest vellen. Parvaiz deed een stap naar voren, legde beide handen op de strijkplank en dwong zichzelf niet te bewegen toen Farooq het strijkijzer optilde, aanstalten maakte, lachte toen Parvaiz zich niet bewoog en vervolgens het driehoekige apparaat licht op zijn handen zette. Het voelde heet, maar het was niet ondraaglijk.

'Het apparaat maakt meer gebruik van de stoomdruk dan van de hitte. Zelfs de fijnste zijde zal niet schroeien.' Farooq klonk als een verkoper. Hij legde zijn hand om Parvaiz' hals en gaf hem een kus op zijn voorhoofd. 'Mijn trouwe krijger.' Hij hervatte zijn strijkwerk en Parvaiz stopte snel zijn handen in zijn zakken.

'De bibliotheek,' zei Farooq. 'Natuurlijk is die belangrijk. Hetzelfde gebeurt met de medische zorg, de uitkeringen, al dat soort dingen. Weet je dat dit land daar ooit geweldig in was?'

'Wanneer was dat?'

'Nog niet zo heel lang geleden. Toen ze nog wisten dat ze een verzorgingsstaat moesten opbouwen in plaats van afbreken, toen migranten nog welkom waren in plaats van werden afgewezen. Stel je voor hoe het moest zijn om in zo'n soort land te wonen. Nee, lach niet. Ik vraag je gewoon om je in te denken hoe het is.'

Parvaiz schudde onzeker zijn hoofd; hij begreep de vraag niet precies.

'Er bestaat tegenwoordig een gelijksoortig oord waar je naartoe kunt gaan. Een plek waar migranten als vorsten worden onthaald en meer uitkering krijgen dan de autochtonen, omdat zij zoveel hebben moeten opgeven om er te komen. Een plek waar het niet uitmaakt welke huidskleur je hebt. Waar scholen en ziekenhuizen gratis zijn en waar rijken en armen dezelfde zorg krijgen. Waar mannen nog mannen mogen zijn. Waar niemand naar een haram wedkantoor hoeft te gaan om een inkomen te verdienen, maar waar hij met trots zijn familie kan onderhouden. Waar iemand als jij in een state-of-the-artstudio kan werken en een leven kan leiden als een prins. Je eigen villa, je eigen auto. Waar je openlijk over je vader mag praten, met trots in plaats van met schaamte.'

Parvaiz schoot in de lach. Hij had Farooq nog nooit zo luchthartig, zo speels meegemaakt. 'Wat doen we hier dan nog? Laten we het met goud geplaveide pad opzoeken, of kom je er alleen per eenhoorn?'

'Eenhoorn? Waarom heb je het over eenhoorns als ik je serieus iets probeer te vertellen?'

'Sorry. Bestaat er echt zo'n plek?'

'Je weet best waar ik het over heb. Het Kalifaat.'

Parvaiz hief afwerend zijn handen. 'Kom op, baas. Je neemt me in de maling.'

Farooq schakelde het strijkijzer uit, trok de cargobroek aan en pakte een T-shirt. 'Ik ben er geweest. Ik was net terug toen ik jou voor het eerst ontmoette. Wie wil je geloven? De mensen die zeiden dat Irak massavernietigingswapens had, degenen die je vader hebben gemarteld in de naam van de vrijheid, of mij?'

Parvaiz' hart ging als een razende tekeer; het bonsde zo hard dat hij even dacht dat zijn overhemd mee zou trillen. Farooq keek hem kalm aan.

'Vertrouw alleen op je eigen ogen. Wacht.' Hij liep naar de keuken om een tablet te halen. 'Maak je geen zorgen, niemand ziet waar je naar kijkt, want het is allemaal offline. Ik ga door met strijken. Als je vragen hebt, hoor ik het wel.'

Parvaiz ging op de stapel matrassen zitten en liet de tablet op zijn knie rusten. Farooq had de fotobrowser geopend met de zwart-witte vlag die hij een paar maanden eerder voor het eerst had gezien. Hij had zichzelf inmiddels aangeleerd zo snel mogelijk zijn hoofd af te wenden zodra hij er onverhoopt een in de gratis krant in de metro zag, zodat niemand zou denken dat die moslimjongen al te geïnteresseerd was. Hij keek naar Farooq, die een swipegebaar met zijn vinger maakte. Parvaiz bladerde door de afbeeldingen. Mannen die samen aan het vissen waren met een schitterende zonsopkomst als decor; kinderen op schommels in de speeltuin; een man die op een prachtige hengst door een stad reed, waar karretjes vol verse groenten en fruit langs de weg stonden; een oudere, maar krachtig uitziende man onder een pergola van druivenranken, die zijn hand hief om een tros te plukken; jonge mannen van verschillende etnische afkomst die gezamenlijk op een tapijt zaten dat op een grasveld was neergelegd; staande mannen die hun geweer op geknielde mannen gericht hielden; een luchtfoto van een stad bij nacht met bruisende straten, koplampen en felle lichtbundels; mannen en jongens in grote zwembaden; jongens en meisjes die in de rij stonden voor een luchtkussenkasteel in een pretpark; een kliniek voor bloeddonatie; mannen die glimlachend een al schone straat veegden; een vogelreservaat; het bloederige lijk van een kind.

Parvaiz kreeg pas door dat hij iets hardop had gezegd toen hij Farooq 'Wat?' hoorde zeggen en die naar hem toe kwam. 'Dat hebben de Koerden gedaan, die helden van het Westen. Ze heette Laila, ze was nog maar drie.'

'Wie waren de mannen die geëxecuteerd werden?'

'De mannen die haar dood op hun geweten hadden, of vergelijkbare mannen.'

'Zijn al die foto's echt? Die andere ook?'

'Natuurlijk zijn ze echt. Kijk maar.' Hij bladerde terug naar de beeltenis van de vissers en Parvaiz herkende Farooq in de man die zijn spieren spande om het gewicht van de gevangen vis naar binnen te halen.

'Oké, het is niet helemaal waar, want het was geen vis die we aan de haak hadden, maar een kleddernatte jas. We zijn daar in de Eufraat. Wil je niet mee naar de Eufraat om daar te gaan vissen? Met mij en je andere broeders? Deze man hier is Abu Omar, dat is Ilyas al-Russ, en dit hier is mijn lieve Abu Bakr, die martelaar werd door de FSA.'

'Dus al die verhalen over het geweld en zo zijn niet waar? Het gebeurt alleen bij vijandelijke soldaten?'

Farooq ging met een diepe zucht naast hem zitten en legde een arm om Parvaiz' schouders. 'Wat leren ze je op school?'

De Franse Revolutie. Dat werd Farooqs les van de dag. De wieg, de bakermat, het fundament van de Verlichting, het liberalisme en de democratie waardoor de westerse wereld zich pedant superieur acht aan de rest van de wereld. 'Laten we voor nu even aannemen dat de idealen die hieruit voortkwamen echt goed waren. Vrijheid, gelijkheid, broederschap – wie kan daar iets op tegen hebben?' Nou, Farooq dus, maar dat was lesstof voor een andere dag. Laten we voor nu aannemen dat de idealen ideaal zijn. Maar waar zouden de idealen zijn als er geen schrikbewind aan voorafging, dat ze voedde en beschermde met bloed, dat zowel de interne als de externe vijand uitroeide, omdat zij het nieuwe Utopia bedreigden, en nog wel en plein public? Hoe tragisch het ook was – een man gaat per slot van rekening liever vissen met zijn vrienden dan dat hij de hoofden van zijn vijanden moet afhakken – het was pure noodzaak. Uiteindelijk kwam er een eind aan de gruwel, die zijn nut had om het nieuwe, revolutionaire bewind te kunnen vestigen, het bewind dat door de omringende vijand wordt gevreesd om zijn morele overwicht.

‘Daarom stel ik jou de volgende vraag: zou jij de nieuwe revolutie willen verdedigen? Wil je het werk doen dat je vader ook had gedaan als hij nog had geleefd?’

Parvaiz keek van Farooq naar het scherm en bekeek de foto’s opnieuw. Een land waar orde heerste, een land van schoonheid, leven en jeugd. Een kalasjnikov over je ene schouder, de arm van een broeder om je andere. Het was een andere planeet, waar hij altijd de jongen van de aarde zou blijven wiens longen niet wisten hoe ze in deze wonderlijke, angstaanjagende atmosfeer moesten ademen.

Maar gaandeweg wisten zijn longen ook geen raad meer met de lucht in Londen. De MI5-agenten waren present in Bagram, zei Farooq tegen hem, en hij liet hem allerlei bewijsmateriaal zien om zijn bewering te staven. Jouw overheid, die belasting int van jouw familie en die beweert het volk te vertegenwoordigen, wist wat er aan de hand was. Hoe kun je op deze plek leven en het aanvaarden nu je van alles op de hoogte bent? Hoe kun je in deze luchtspiegeling van vermeende democratie en vrijheid leven? Wat voor man ben je eigenlijk? Wat voor zoon ben je eigenlijk?

Hij werd de hele dag door deze vragen bestookt. Overal zag hij het bewijs van de rot, de corruptie, de leugens, de doofpotten. Zijn twee zussen waren er ook deel van gaan uitmaken; de ene ging naar Amerika, het land dat zijn vader en duizenden andere moslimvaders had vermoord; de andere hield zich vast aan de leugen dat ze in een land woonde waar burgers rechten en een hof van beroep hadden.

’s Nachts dook hij via de proxyservers die volgens Farooq betrouwbaar waren dieper en dieper het web in. Hij kwam verhalen tegen van honden die gevangenen in Bagram verkrachtten, foto’s van gefolterde mensen, medische verslagen van wat verschillende vormen van ‘verbeterde verhoortechnieken’ in iemands lichaam en geest konden aanrichten. Op een van die nachten lag hij in zijn bed terwijl hij zijn bureaulamp recht in zijn ogen liet schijnen en met zijn sterkste koptelefoon heavy metal in zijn oren liet schetteren – hij hield het niet langer dan twintig minuten vol en moest een hele poos kermend bijkomen in een donkere, doodstille kamer.

Naarmate de tijd verstreek, overkwam het hem steeds vaker dat hij bij doodgewone dingen opeens leek te verstenen, zoals bij het overhandigen van een zak selderij aan een klant, het wachten op de bus, het nemen van een slok thee. Dan werd hij overmand door de zinloosheid van de dingen, de gekunsteldheid van zijn leven.

'Je moet het met haar uitmaken, ze is niet goed voor je,' bleef Aneeka volhouden, die zich kennelijk geen erger zielenleed kon voorstellen dan een gestrande relatie. Hij betrapte haar er ettelijke keren op dat ze het password op zijn telefoon probeerde te kraken – op de dag dat hij Farooq ontmoette, had hij hun gedeelde password, hun geboortedatum, direct veranderd.

Op een dag liet Farooq hem een foto zien die hij herkende. Hij zag een blanke man geknield in het zand zitten, enkele momenten voor zijn executie. Het was het beeld dat de barbaarsheid van het Kalifaat voor de hele wereld samenvatte. Toen hij het voor het eerst zag, had hij medelijden met de man, die ondanks het mes tegen zijn keel dapper probeerde te blijven en die geen andere misdaad had begaan dan in een bepaald land te zijn geboren. Maar wat hem ditmaal als een bliksemslag trof, waren de kleren die de man droeg: dezelfde oranje overall die zijn vader in zijn stervensuur had gedragen. De schellen vielen hem van zijn ogen en voorbij het in het woestijnzand geknielde individu zag hij de boodschap die het Kalifaat de wereld in stuurde: wat u met de onzen doet, doen wij met de uwen.

Dus zo voelde het om een land te hebben dat zijn zwaard omwille van jou hief en je vertelde dat berusting niet de enige optie was. Mijn god, het inzicht joeg zijn bloed bruisend van genot door zijn aderen.

En toen verklaarde hij zich bereid om te gaan.

Hoe het gebeurde, kon hij niet precies nagaan. Hij was veel te druk bezig geweest met veranderen om pas op de plaats te maken en over de verandering na te denken. Het was een hele tijd geleden dat hij en Farooq het over voetbal, reality-tv en de gang van zaken in de groentewinkel hadden gehad. Hun gesprek ging steeds over dat ene onderwerp, en uiteindelijk zag hij in dat het zijn bestemming was.

'Weet je zeker dat ik weer terug kan komen als het me niet bevalt?'

'Natuurlijk. Ik ben toch ook hier?'

'Waarom eigenlijk? Dat heb je me nooit verteld.'

'Familieomstandigheden. En toen kwam ik jou tegen.'

'Hoe bedoel je?'

'Ik had al weken geleden moeten vertrekken. Maar ik dacht dat jij misschien mee wilde komen, dus ik wachtte.'

'Ben je voor mij gebleven?'

'Ja.'

'En beloof je me te helpen om daar de mensen te vinden die mijn vader gekend hebben?'

'Ja.'

'Ik heb nog nooit zo'n goede vriend gehad als jij.'

'We zijn broeders.'

'Ja, dat weet ik. Dank je.'

Hij belde zijn neef in Karachi die gitaar speelde en die hij vroeger haatte, omdat hij op de enige keer dat ze elkaar hadden ontmoet, gezegd had: 'Ik ben een Pakistaan en jij bent een paki.' Parvaiz zei tegen hem dat hij op het aanbod van zijn moeder in wilde gaan om een paar maanden naar Karachi te komen en bij een populair muziekprogramma professionele ervaring op te doen. Hij zocht zijn papieren uit, half in de overtuiging dat hij ook echt naar Karachi zou gaan, en boekte een vlucht met een overstap in Istanbul; iets eerder op dezelfde dag zou het vliegtuig van Farooq in de oude Ottomaanse hoofdstad landen. Toen Aneeka zei dat ze hem met Pasen in Karachi kon opzoeken, maakten ze zelfs samen plannen terwijl ze genoeglijk over de kaart van Pakistan gebogen zaten. De Badshahi-moskee, het kanon van Zamzama, de ruïne van Taxila, het Peshawar-museum met 's werelds grootste Gandhara-collectie, en, in Karachi, de studio van het muziekprogramma waar ze al sinds de oprichting een paar jaar geleden naar luisterden en waar Parvaiz binnenkort zou gaan werken.

'Als het me bevalt, blijf ik misschien wel langer en kun je ook overkomen,' zei hij tegen Isma op de vooravond van zijn vertrek in december, toen hij de masala-omelet rook die ze voor hem had gemaakt.

Het eerste weekend na het overlijden van zijn moeder was Parvaiz opgehouden met eten. Hij weigerde elk gerecht dat tante Naseem of een van haar dochters hem voorzette, en zelfs Aneeka kon hem niet overhalen. Uiteindelijk wist Isma hem op andere gedachten te brengen, terwijl ze nog wel zo'n hekel aan koken had: ze bereidde dezelfde masala-omelet die hun moeder vroeger altijd als ontbijt maakte en bracht het gerecht naar zijn kamer. Ze had de omelet in stukjes gesneden en haar broer hapje voor hapje gevoerd.

Nu keek ze verrast op en ze glimlachte op de manier die normaal gesproken alleen was voorbehouden aan Aneeka. 'Dat zou ik leuk vinden,' zei ze.

Haar glimlach zond hem de koude decemberavond in, waar hij met zijn hoofd in zijn nek de sterren telde om geen tranen te vergieten. Daar vond Aneeka hem na een poosje.

'Ik zou me maar zorgvuldig scheren als ik jou was,' zei ze, en misschien, maar misschien ook niet, zag ze dat hij snel zijn ogen afveegde toen ze dichterbij kwam. 'De douane op Heathrow haalt de fashionista's en de fundi's nogal eens door elkaar en voor je het weet mag je niet naar Pakistan. Vooral niet als je via Istanbul vliegt. Jihadi-alarm!'

Hij lachte te hard, en zijn tweelingzus legde haar hand op zijn arm. 'Heb je wel echt zin om te gaan? Je weet dat ik je alleen laat gaan omdat je klaarblijkelijk ver bij háár vandaan wilt zijn. Ga je me nog vertellen wie ze is? Ik beloof je dat ik haar niet te hard zal slaan.'

'Ik ga ernaartoe om mijn carrièremogelijkheden te vergroten voor die Aziatische datingsite. Maar de bio blijft *Knappe Londenaar die erg veel van zijn zus houdt*.'

Ze ging vlak voor hem staan en legde haar voorhoofd tegen

zijn schouder. ‘Isma en jij zijn straks allebei weg. Wat moet ik hier nog in mijn eentje?’

Hij kneep zacht in haar oorlelletje. Hij wist dat ze dit op haar hart had sinds hij zijn besluit had aangekondigd. Voor de levenden zou hij haar nooit in de steek hebben gelaten, niet enkele weken voordat haar oudere zus, die haar – hen allebei – als een moeder had opgevoed, ook weg zou gaan. Maar de doden stelden hun eigen eisen, en die waren onmogelijk te weigeren.

Terwijl het vliegtuig over de startbaan taxiede, negeerde hij de oproep via de intercom om zijn telefoon uit te zetten en luisterde naar de audiotrack van *Tweeling gehoord vanaf tuinschuur*.

Dit hoorde hij haar zeggen:

Het wordt laat; zelfs de vogels zijn al naar huis.
O mijn god, ik stoor je al weer.
Had je geen minder eenzame obsessie kunnen vinden?
Waar hang je toch uit de laatste tijd?
Hoe dan ook, het eten is klaar. Kom maar naar binnen.

De wielen lieten het asfalt los. Hij laadde de track op haar account in de cloud en wiste haar uit zijn telefoon.

6

Parvaiz betaalde de eigenaar van de elektronicawinkel met de Turkse lires die hij in zijn plunjezak had zitten en vroeg toen langs zijn neus weg of hij ook telefoons verkocht met simkaarten voor internationale gesprekken.

'De nieuwelingen moeten naar huis kunnen bellen, er is er altijd een die moet janken en mijn telefoon volsnottert. Ze krijgen de mijne niet meer,' zei hij.

'Ik hoef niet te weten waarom je iets nodig hebt,' zei de winkelier, en hij liep naar een display met een glasplaat waar mobiele telefoons onder lagen. 'Hier.' Hij pakte er een baksteen van een telefoon uit, zo een uit de tijd waarin bellen en sms'en de enige eisen waren. Volgens Parvaiz waren ze nog steeds in de handel omdat de mensen die in gevaarlijke buurten woonden zoiets op zak wilden hebben om snel te kunnen overhandigen bij een roofoveral.

'*Jazakallah khayr*,' zei Parvaiz en hij pakte de stapel elektronica waarvoor hij net een klein fortuin had neergeteld. 'Heb je een achterdeur? Mijn auto staat daar.'

'Kun je dat allemaal dragen? Wil je je vriend roepen of hij je komt helpen? Ik wil ook wel, maar mijn rug…'

'Vergeleken bij onze militaire training is dit een peulenschil,' zei hij.

'Ben je een strijder? Ik dacht dat je bij de studio van Abu Raees zat.'

'Klopt. Maar dat neemt niet weg dat ze me leren vechten op de manier van Allah, zodat ik me ook op die manier nuttig kan maken, mocht het nodig zijn. Hoe komt het trouwens dat je nog steeds in Turkije woont, vriend?'

De man verbleekte. 'Ik draag vanuit hier mijn steentje bij. Daar is de achterdeur. Ik doe hem voor je open.'

Parvaiz stapte de felle zon in en liep in de richting van de geparkeerde auto's tot hij de deur dicht hoorde vallen. Hij wierp een blik over zijn schouder om er zeker van te zijn dat de man naar binnen was gegaan, zette toen de stapel dozen langs de kant van de weg, legde zijn traceerbare mobiel erbovenop en zette het op een lopen.

Zes maanden daarvoor was hij laat in de middag in Raqqa aangekomen, met kramp in zijn maag van opwinding en angst. De uitlaat van een motor knalde toen hij langs een pick-up met luchtafweergeschut op de laadbak reed; de soldaat liet het wapen direct in de richting van de motorrijder zwenken. 'Een grapje!' zei Farooq tegen hem. 'Rustig maar.' De bladeren van de palmbomen zwiepten langs elkaar door een wind die je op straatniveau niet voelde. De bestuurder van hun auto, dezelfde die hem en Farooq op de luchthaven van Istanbul had afgehaald, hield vol dat je de bomen 'Allah!' kon horen fluisteren als je gehoor goed genoeg was. Zijn gehoor was het beste van alle inzittenden, zei Parvaiz; hij bedoelt 'goed' als in 'heilig', lichtte Farooq toe. De kleuren van de gebouwen waren verbleekt door de zon, maar de vogelzang was prachtig helder. De polyethyleen zak die in de boven de weg gespannen elektriciteitsdraden gevangenzat, maakte knisperende geluiden. Hij watertandde bij de aanblik van een man die een plat brood zo lang als zijn arm optilde en de *pets* toen het ovenhete brood op een tafel op de stoep werd gegooid. Bebaarde mannen stonden bij elkaar rondom een stel motoren in het Arabisch te ruziën; twee van hen waren gekleed in lange jurken en een bomberjack, de rest in truien en broeken. Minaretten staken hoog de lucht in – als het gebedstijd was, weergalmde de *azan* tussen de ranke torens. Een tank reed ronkend langs twee standbeelden zonder hoofd. Een heel jong meisje in een groen-met-gele jurk liep achter twee vrouwen in zwarte nikabs, die zelfs hun ogen achter sluiers hadden verborgen; Farooq neuriede de muziek van een populaire ninja-videogame, tot iemand hem waarschuwde dat hij zijn zusters moest respecteren, anders zou hij hem bij de Hisba aangeven. Het was voor het eerst dat Parvaiz van de zedenpolitie hoorde en hij zag Farooq verstrakken toen hun naam viel.

Het geluidsspectrum veranderde op het centrale plein, of misschien was Parvaiz acuut opgehouden te luisteren vanwege de hoofden van vijandelijke soldaten die op de spijlen van hekken waren gespietst. Ze boden een bevreemdende starre aanblik, als dingen die je op tv ziet. Op een dag, insjallah, zouden er geen vijanden meer zijn en konden de kinderen op het plein spelen, zei Farooq. In het gezelschap van de twee anderen lardeerde hij zijn Engels met Arabisch, en misschien klonken zijn woorden daarom zo vals. Ze bereikten een ander, rijker deel van de stad, met kasten van huizen en hoge, in helderwit en geel geschilderde appartementencomplexen. De auto bleef voor een villa staan en Farooq zei: 'Hier moeten we zijn.'

'Wie woont hier dan?' vroeg Parvaiz. Bij het uitstappen nam hij de omvang van de villa op. Het huis van twee verdiepingen was minstens even groot als drie hele panden in zijn oude buurt.

'Het heeft zijn voordelen om bij de afdeling Media te werken,' zei Farooq, die hem een por gaf en in de lach schoot om zijn verbijsterde blik.

Twee jonge mannen, die slechts een paar jaar ouder waren dan Parvaiz, verschenen in de deuropening. De een was een Schot, de ander een Amerikaan. Ze stelden zich voor met hun nom de guerre, omhelsden hem formeel en begroetten Farooq als een vriend. Ze waren allebei cameramannen, en ja, die suv's op de oprit waren van hen – nog meer voordelen van de afdeling Media.

Binnen waren de vloeren van marmer en op de verbleekte rechthoeken aan de muur moesten foto's of kunst hebben gehangen. Er was een enorme kamer met stoelen met harde rugleuningen, bankstellen met een bloemenpatroon en een aparte eetkamer met een lange tafel. De gang stond vol met dozen – 'Onze uitrusting,' zei een van de twee, wiens naam hij al vergeten was; in gedachten noemde hij hen Abu Twee Namen en Abu Drie Namen. Het was er ijskoud en de gesloten luiken droegen bij aan de sfeer van een mortuarium. Toen leidden de twee hem naar boven en zeiden dat ze die verdieping eigenlijk als woning gebruikten. Het was er licht, fris en verrassend huiselijk.

De Amerikaan – Abu Twee Namen – nam hem mee naar het balkon. Het liep om het hele huis en bood uitzicht op een tuin met een fenomenale kleurenpracht. Het was nog steeds middag, maar hij nam dankbaar de omslagdoek van de Schot aan – Abu Drie Namen – tegen het frisse windje – 'Dat komt van de Eufraat' – dat hij voelde toen hij zich op een knalblauwe zitzak liet zinken. Er verscheen een man uit het niets – 'Dat is Ismael, hij hoort bij het huis' – die hem een zilveren dienblad met thee en koekjes voorhield. Vanaf hier kon je de geluiden van motoren, auto's, gehamer en vogels horen, de wind die door de boomkruinen waaide en het geritsel van de gevallen bougainvillekelken langs de balustrade van het balkon. Alhoewel hij nog zwaar aangeslagen was door de hoofden op de spijlen en de gesluierde vrouwen, leken de blauwe lucht en de camaraderie van de mannen op de zitzakken de beoogde belofte van een betere wereld in te houden.

'Op een dag zul je ons het verhaal achter je naam vertellen,' zei de Amerikaan. Hij was zwart, lang en grijnsde breed. Zijn vriend was stiller, bebrild en van Pakistaans-Schotse komaf. De naam waarop hij doelde was Parvaiz' strijdnaam: Mohammad bin Bagram. Farooq had hem op Parvaiz' registratieformulier bij het eerste checkpoint ingevuld, trots dat hij deze naam voor zijn vriend had gekozen. De naam herinnerde Parvaiz aan de kwellingen die zijn vader had moeten doorstaan en gaf tevens aan dat de nieuwe Parvaiz uit wraakzucht en rechtvaardigheidsgevoel was geboren, zei Farooq, waardoor hij met geen mogelijkheid kon zeggen dat hij de naam haatte. Hij kon er hoe dan ook niet al te lang bij stilstaan, want Farooq had zijn paspoort uit zijn tas gehaald en aan de man bij de registratiedienst gegeven, die dezelfde zielloze blik in zijn ogen had als alle bureaucraten overal ter wereld. 'Rustig maar,' zei Farooq. 'Als je het ooit nodig hebt, krijg je het via mij terug. Nu ben je een ingezetene van al-Dawla – de Staat.'

Parvaiz probeerde niet meer aan zijn paspoort te denken en vroeg aan de cameramannen hoe lang ze al in dit huis woonden. Sinds twee maanden, zeiden ze, en dat ze vrijwel onmiddellijk een hechte vriendschap hadden ontwikkeld, was voor hen een teken dat hun zielen elkaar in Jannah ontmoet moesten hebben voordat de wil van Allah hen in Raqqa samenbracht. Ze raakten vol onbewuste genegenheid elkaars arm en schouder aan, waardoor ze geen malle, maar juist een ontroerende aanblik boden.

'Hetzelfde had ik met deze jonge krijger hier,' zei Farooq, en hij woelde even door Parvaiz' haar. 'Het zal me zwaar vallen om hem niet meer dagelijks te zien.'

'Waar ga je dan naartoe?'

'Ik moet naar het front. Ik ben een strijder.'

'Blijf je niet in Raqqa?' Hij zag dat de Amerikaan zijn hoofd schudde op de manier waarop jongens op school elkaar duidelijk maken dat ze te weekhartig werden – meestal was dat in de buurt van een meisje – en hij probeerde zijn smekende toon in te tomen door met geheven kin te vragen: 'Goh, had je dat niet wat eerder kunnen zeggen?'

'Ik ben bijna altijd aan het front om die smerige *kafir* te bestrijden, zodat jullie hier ongestoord in je airconditioned studio's kunnen werken.'

'Grote woorden. Als de strijders zo belangrijk zijn, waarom krijgen wij dan veel meer betaald?' vroeg de Amerikaan.

De Schot stak zijn hand op om het gesprek te onderbreken. 'Alhamdulillah, we spelen allen een rol op de weg van Allah. Wie beter of slechter is, is alleen af te meten aan de kwaliteit van zijn geloof.'

'Broeder, jij bent altijd degene die ons erop wijst wat belangrijk is, Ma'ashallah,' zei Farooq op een toon die hij zowaar oprecht kon laten klinken. 'Nee, man. Ik zal veel weg zijn. En als ik hier ben, zijn mijn vrouw en kind er ook nog, weet je wel?'

'O ja?'

'Ja, natuurlijk. Ze hebben me vrijwel direct een vrouw gegeven, terwijl deze twee duurbetaalde krachten nog steeds op toestemming van het huwelijksbureau wachten.'

'Jij was hier gewoon veel eerder dan wij, vandaar,' zei de Amerikaan. 'De wachttijd is inmiddels opgelopen tot zes maanden. Hoe dan ook, ik ben momenteel in gesprek met een meisje uit Frankrijk. Ze is al bijna zover dat ze wil overkomen.'

'Ja, maar…' Parvaiz hoorde de jankerige ondertoon in zijn stem, maar hij kon zich niet inhouden. 'Je zei dat je me zou helpen om de mensen te vinden die mijn vader hebben gekend.'

Farooq haalde zijn schouders op. 'Je ontmoet in het trainingskamp nog wel een oude jihadi. Als je hem laat weten wiens zoon je bent, dan zal hij je aan bekenden van je vader voorstellen.'

'Welk trainingskamp?'

'Heb je hem dan helemaal niets verteld?' vroeg de Schot.

Farooq had verzwegen dat iedere nieuweling tien dagen in een shariakamp moest doorbrengen ('Dat moest eigenlijk langer, maar ik heb op je formulier ingevuld dat je een redelijke kennis van de sharia had'), gevolgd door zes weken militaire training. En dan, vooropgesteld dat hij bij de afdeling Media te werk werd gesteld ('Maar dat staat vast,' zei Farooq, al werd dat door de andere twee niet beaamd), kreeg hij nog een maand mediatraining. Het was wel veel informatie ineens, zei Farooq, maar hij zou binnen de kortste keren in een studio werken, een salaris verdienen, een SUV krijgen en een villa kunnen betrekken – misschien wel dit huis, als het vrijkwam zodra het huwelijksbureau of het Franse meisje over de brug zou komen.

Het zou stom zijn om te zeggen dat hij dacht dat ze hem naar dit huis hadden gebracht omdat hij hier direct zijn intrek zou nemen; het zou niet islamitisch zijn om te zeggen dat hij niet naar een shariakamp wilde; het zou onmannelijk zijn om te zeggen dat hij geen militaire training wilde, en het zou dreinerig klinken om Farooq ergens van te beschuldigen, terwijl hij zelf niet eens had bedacht om praktische vragen te stellen over het leven waar hij in zou stappen. Hij haalde zijn schouders op en zei dat hij het prima vond, al werd er niet naar zijn mening gevraagd.

'Zodra je je hebt geïnstalleerd, kun je zelf ook een verzoek bij het huwelijksbureau indienen,' zei de Amerikaan. 'Maar ik kan je adviseren om online naar een Europees meisje te zoeken. Zij weten beter hoe ze de dingen moeten regelen dan de Arabieren, als je begrijpt wat ik bedoel, alhoewel mijn kiltvriend hier dat soort uitspraken niet op prijs stelt.'

'Over meisjes gesproken: moeten we je zussen laten weten waar je bent?' De zitzak kraakte luid toen Farooq zich omdraaide en zijn mobiel uit zijn achterzak haalde.

Parvaiz had Aneeka een reeks sms'jes gestuurd sinds hij de vorige middag in Istanbul was aangekomen. Montere leugens over zijn tocht door de stad met alle bezienswaardigheden tijdens zijn lange overstap op weg naar Karachi. Vlak bij de Turks-Syrische grens zei hij dat hij zijn batterij was vergeten op te laden, dus ze zou een poosje niets van hem horen. Toen rukte Farooq het toestel uit zijn handen en wierp het uit het autoraam. Hij kende de beproevingen van Farooq inmiddels goed genoeg om er schouderophalend om te kunnen lachen. Hij zou in Raqqa wel een nieuwe telefoon kopen met het geld dat hij als geluidstechnicus zou verdienen.

Hij pakte Farooqs telefoon en zag tot zijn verbazing dat het veel later was dan hij had gedacht. De vlucht van Istanbul naar Karachi zou inmiddels vertrokken zijn; weldra zou zijn neef naar Aneeka bellen om te zeggen dat hij op het vliegveld stond en dat alle passagiers al waren uitgestapt, maar dat Parvaiz in geen velden of wegen te bekennen was.

'Blijf zitten als je met haar praat,' zei Farooq op het moment dat Parvaiz aanstalten maakte op te staan.

Hij logde in op Skype en belde Aneeka. In gedachten hoorde hij het borrelende geluid van het binnenkomende gesprek, het toestel darrend in de bruine handtas die ze altijd aan de deurklink bij de huiskamer hing. Hij veegde zijn handen aan zijn broek af en wachtte.

Toen Aneeka opnam, dacht hij eerst dat ze zo'n vreemde vraag stelde omdat ze ervan uitging dat hij aan boord van het vliegtuig zat. 'Waar ben je?' zei ze toen ze haar stem had hervonden.

'Hoi. Voor ik daar antwoord op geef, wil ik je eerst beloven dat...'

'Wie is Farooq?'

Hij wierp een zijdelingse blik op Farooq, die direct zijn pols vastpakte en de telefoon naar zich toe leek te willen trekken, maar de Schot hield hem tegen. 'Niet als ze ongesluierd is,' zei hij.

'Met wie ben je, P? Waar ben je?' vroeg ze.

'Waarom vroeg je naar Farooq?'

'Je zou op het vliegtuig moeten zitten. Het is op tijd vertrokken. Ik heb het nagekeken. Waarom zit je niet in het vliegtuig?'

'Rustig aan, alles is oké. Waarom vroeg je naar Farooq?'

'Abdul heeft tegen zijn moeder verteld dat je met de neef van zijn vriend, ene Farooq, bent meegegaan. Waar zit je?'

'Je kunt zelfs je eigen familie geen geheimen meer toevertrouwen,' zei Farooq, maar hij keek niet echt verontwaardigd.

'Ik zou nooit naar de plek gaan zoals jij denkt dat Raqqa eruitziet. Het is niet zo'n soort plek.'

Zijn stembanden leken te knellen en de woorden kwamen er vreemd verwrongen uit. De Amerikaan wierp hem opnieuw die blik toe; opnieuw schudde hij zijn hoofd. Voor het eerst van zijn leven herkende Parvaiz het gezicht van Aneeka niet meer en hij kon het ook niet plaatsen. Haar mond had een vreemde vorm gekregen en was helemaal scheefgetrokken, alsof ze iets afschuwelijks had gegeten dat ze niet kon uitspugen of doorslikken. Toen verdween ze uit beeld en kwam Isma tevoorschijn.

'Egoïstisch stuk vreten,' zei ze. Hier kon hij beter mee om gaan; hij rolde met zijn ogen naar Farooq en zette twee vingers tegen zijn slaap, alsof hij een pistool tegen zijn hoofd hield. 'Gedraag je, broer. We hebben bezoek.' Ze draaide de telefoon en hij zag twee mannen in de huiskamer staan, waar alles hem even bekend voorkwam als zijn eigen hartslag. 'Zeg je de politie even gedag?' vervolgde Isma op vlakke toon. 'Ze zullen ons huis en ons leven binnenstebuiten keren. Opnieuw. Wil je ze nog iets zeggen?'

Hij was zich bewust van de drie mannen die hem op het balkon aan zaten te kijken en afwachtten hoe hij zou reageren nu de politie wist waar hij was en er geen weg terug meer was.

'Mijn zussen wisten nergens van,' zei hij tegen de mannen van de politie, die hem met houten gezichten aanstaarden.

Farooq pakte de telefoon van hem af. 'Ik zal persoonlijk de vlag van het Kalifaat op Buckingham Palace planten,' zei hij, en hij verbrak abrupt de verbinding. 'Wat is er?' zei hij toen Parvaiz een kreet van woede slaakte. 'Had ik Downing Street moeten zeggen?'

De Schot boog zich naar voren en klopte Parvaiz geruststellend op zijn knie. 'Het komt allemaal goed. Allah zal hen beschermen terwijl jij hier Zijn werk doet. Insjallah.'

Parvaiz keek naar hem en zag zijn glinsterende ogen, zijn overtuiging, en hij boog snel zijn hoofd alsof hij bad, zodat de anderen zijn paniek niet konden zien.

Maanden later was de paniek een vaste gezel van de man die achter in het café zat, waar het felle junilicht niet bij kon. Om de zoveel tijd herinnerde hij zich eraan dat hij in zijn toeristengids moest kijken en hij nipte van zijn thee met appelsmaak.

Het café was open aan de voorkant, zodat hij alles en iedereen op de smalle straat in Istanbul kon gadeslaan. Toeristen en bewoners liepen heen en weer tussen de Galatatoren en de Gouden Hoorn. De kleinste dingen waren al opmerkelijk, zoals het zilveren kettinkje om de pols van een vrouw dat het zonlicht weerkaatste; de pols van de vrouw zelf. Stemmen die de azan van de moskeeën overstemden, het geluid van het handeldrijven dat ongestoord doorging, terwijl de stemmen van de muezzins net zo weinig aandacht trokken als de claxonnerende auto's.

Het dienblad op zijn tafel had een spiegelend oppervlak, zodat hij de tengere, onopvallende jongen van Preston Road erin kon zien, die de barbier een paar straten verderop weer tot leven had gebracht. Zijn gezicht was bedrieglijk geworden door de belofte van herkenning voor degenen die hem hadden meegemaakt toen hij nog die jongen was. Hij wreef over zijn gladgeschoren kin, ietwat bezorgd over het verschil in teint met de rest van zijn gezicht, zette zijn kraag op en trok het petje dieper over zijn ogen. 'Kunt u me naar een plek hier ver vandaan brengen waar ik kleren kan kopen?' had hij aan de taxichauffeur gevraagd, die hij kort nadat hij bij de elektronicawinkel was weggerend in blinde paniek had aangehouden. Toen had hij Aneeka gebeld.

Iemand aan een tafel op het terras verhief zijn stem en sprak opgewonden over 'deze plek, waar Azië en Europa elkaar ontmoeten'. Zulke gedateerde opvattingen... Waarom dachten mensen nog steeds dat het betekenis had? De taal van het geweld, die door de machtigste aller naties gesproken werd, gumde onder het oppervlak elk onderscheid weg. Twee meisjes liepen voorbij, giechelend, onbekommerd. De almaar galmende lach, als een geluid dat tussen hun middenrif en hun keel op en neer bewoog, kwam nog opmerkelijker op hem over dan armbanden of polsen. Misschien was er niets anders dan het oppervlak om voor te vechten. Hij herinnerde zich hoe het voelde om op een oppervlak van vrijheid en veiligheid rond te dobberen, alsof hij op een vlot had gezeten, en het verlangen kroop in zijn hart.

Hij keek opnieuw in zijn boek. De woorden op de bladzijden, zwak verlicht door het lampje boven de tafel, zeiden hem niets. Laat Nizam Caddesi achter en ga langs de kust via Hamlacı Sokağı tot u het huis van Leon Trotski bereikt, een ruïne in een verwilderde tuin. Hoe bestond het dat mensen werden uitgenodigd om een hele middag langs de kust te reizen en een kijkje te nemen in een huis waar een historische figuur had gewoond? Nee, niet uitgenodigd: gezien de tekst bevonden de bezoekers zich al in die wereld – je kon van daaruit ook nog naar Trotski's huis. Die belofte, die zekerheid. Was er ooit een tijd dat hij zelf ook zo leefde? Dat hij een goedkope vlucht kon boeken met een kamer in een hostel? Jazeker. Hij had met Aneeka vanuit Nizam Caddesi langs de kust kunnen afzakken. O nee, Isma zou hen hebben tegengehouden. 'Ik heb mijn leven opgeofferd en in de stomerij gewerkt om brood op de plank te krijgen; nu zijn jullie aan de beurt. Als je geen beurs kunt krijgen, betaal dan op z'n minst een paar rekeningen.' Hij had zoveel heimwee dat hij zelfs uitzag naar het weerzien met Isma, naar hun oeverloze gekibbel. Dat wil zeggen, als hij terug mocht komen, als hij niet werd uitgeleverd aan een bondgenoot en daar in een gevangenis werd gezet die buiten de wetgeving viel. Misschien waren ze er beter in geworden om de gevangenen in leven te houden, of waren leven en dood niet meer van belang. Alleen informatie was nog van belang, en ze zouden niet eens willen geloven hoe weinig belangwekkend de informatie was die hij kon geven. Of ze wilden hem alleen nog maar pijn doen. 'Het enige wat geweldenaren respecteren, is nog meer geweld,' had Farooq afgelopen najaar gezegd – de weken waarin zijn uitspraken parels van schoonheid en wijsheid waren geweest. Parvaiz drukte zijn zolen in het tapijt onder zijn voeten. Stilzitten – uiterlijke stilheid – was ook een van Farooqs lessen geweest.

Net toen hij het wilde uitschreeuwen om de druk op zijn borst te verlichten, kwam er een bericht van Aneeka op zijn telefoon binnen.

HEB PASPOORT EN TICKET. MIJN VLUCHT IS OVER DRIE UUR. IK GA GAUW NAAR VLIEGVELD.

ZET JE CAPSLOCK UIT, SCHREEUWLELIJK.

NIET METEEN WEER DE BAAS GAAN SPELEN, MAFKEES.

HOU OOK VAN JOU.

TOT GAUW, WATJE.

TOT GAUW, MALLOOT.

Hij bestelde koffie en een broodje. Als ze straks aankwam, hadden ze misschien de tijd om die ruïne in de verwilderde tuin op te zoeken. Er verscheen een bebaarde, breedgeschouderde man op de drempel, wiens gestalte een lange schaduw in het café wierp. Iemand die de ober de weg vroeg. Er waren huizen en tuinen genoeg in Londen. Het Britse consulaat, het vliegveld: meer hoefde hij van Istanbul niet te zien. Morgen om deze tijd zou hij weer in Preston Road zijn. Insjallah.

Opnieuw klonk het signaal van een sms-berichtje. Wat had hij toch een bangelijke zus. Hij stond op, pakte zijn telefoon uit zijn achterzak en las: JE BENT ER GEWEEST, KLEINE KRIJGER.

De man zat op zijn knieën in het zand en bewoog niet; alleen zijn lippen prevelden iets.

'Zoek iets om een prop in zijn mond te doen,' zei Abu Raees, die leidinggaf aan de geluidsstudio in Raqqa. 'We mogen geen storing hebben.'

Parvaiz rende terug naar de SUV waarin hij een paar minuten

daarvoor met Abu Raees naar deze filmscène was gereden. Blauwe, winterse hemel, een bladstille dag waarop nog geen zandkorreltje in het woestijnlandschap bewoog. Geen ander teken van leven dan de knielende man en zijn beul op geringe afstand, die de zonnestralen als een bliksemschicht op zijn zwaard liet weerkaatsen. Parvaiz trok het portier bij de bijrijdersstoel open en dook in het lederen interieur van de cabine, waar hij onttrokken aan het zicht kon proberen zijn handen stil te laten houden, die al beefden sinds het moment dat ze de SUV uit stapten en hij begreep wat er ging gebeuren.

Het was eind maart. Hij had de verveling en de beledigingen van de shariaklassen doorstaan, waar hem werd geleerd dat eenieder van wie hij ooit had gehouden een ongelovige of een afvallige was en dat beide categorieën verdienden te sterven, dat het tegen de wil van Allah was om T-shirts met slogans te dragen, mensen de verkeerde weg te wijzen of je vrouwen toestemming te geven in het openbaar te gaan zitten. Hij had de militaire training doorstaan, waar hem werd geleerd dat de angst het lichaam tot ongelooflijke prestaties kon aanzetten en dat de mannen van zijn vaders generatie, die in Bosnië, Tsjetsjenië en Kasjmir hadden gevochten, tijdens de wintermaanden allemaal thuis bij hun gezin zaten. Daar had hij 's nachts bittere tranen om vergoten in zijn kussen, en dan niet omdat het hem deed inzien dat zijn vader nooit van hem had gehouden (al was dat wel zijn conclusie), maar omdat hij eindelijk inzag dat hij een zoon van zijn vader was; ook hij had zijn familie in de steek gelaten, een familie die beter verdiende dan iemand als hij. Hij had dat alles overleefd, en al had hij inmiddels door dat hij zijn leven had opgegeven voor dit vreugdeloze, harteloze, genadeloze helleoord, hij geloofde toch dat hij het ergste achter de rug had. De afdeling Media had hem aangenomen en opgeleid (een periode die hij als plezierig had ervaren), en nu bekleedde hij een functie bij de geluidsstudio van Raqqa. Tevens had hij de plaats van de Schot in de villa ingenomen (het huwelijksbureau had een vrouw voor hem gevonden, het Franse meisje daarentegen had afgehaakt – het enige goede bericht dat Parvaiz in drie maanden had gehoord). Die eerste twee weken in de studio hoefde hij slechts hand-en-spandiensten te verlenen, zoals het wegwerken van storingen in een redevoering of orde aanbrengen in de wirwar van Abu Raees' geluidsarchief. Maar vandaag moest hij in verband met een opdracht op pad met Abu Raees, de man die erom bekendstond het liefst alleen te werken. Hij voelde trots, alhoewel hij door Farooq – die hij niet meer had gezien sinds zijn aankomst in Raqqa – zijn eigen behoefte aan de waardering van een vaderfiguur was gaan wantrouwen.

Hij hoorde Abu Raees de naam roepen waarop hij geleerd had te reageren en haalde een doek uit het dashboardkastje. Het rulle zand verschoof onder zijn voeten toen hij met zijn handen diep in zijn broekzakken terugslofte. De beul hief zijn zwaard en liet het tot vlak boven de nek van de man zakken. Kokhalzend klapte Parvaiz dubbel. Toen hij zich oprichtte en zijn mond afveegde, hief de beul het zwaard opnieuw en bracht het weer tot een paar centimeter boven de nek van de man. Abu Raees had zijn koptelefoon op en controleerde DAT-gegevens. De beul wees ergens naar en Parvaiz liep ernaartoe; het was de vermoedelijke richting waar het hoofd naartoe zou rollen als het van de hals werd gescheiden. Berekenen waar ze de microfoon het best konden houden.

Hij liep naar de knielende man en boog zich naar voren om de prop in zijn mond te doen. De lippen van de man bewogen nog steeds, hij kon de woorden onderscheiden. Het was een gebed, het Ayat al-Kursi voor tijden van wanhoop dat Parvaiz van zijn grootmoeder had geleerd. Hetzelfde gebed dat hij had uitgesproken toen hij vanaf de SUV naar de knielende man was gelopen. De man keek op. Parvaiz zou zich achteraf niets meer van zijn gezicht kunnen herinneren, alleen zijn expressieve blik.

'Kom eens luisteren,' zei Abu Raees, en hij hield zijn koptelefoon omhoog. Parvaiz pakte hem aan en liet hem prompt vallen. 'Is er wat met je handen?'

Parvaiz schudde zijn hoofd, raapte het apparaat op en slaagde erin het op zijn hoofd te zetten. Abu Raees reikte hem met toegeknepen ogen de microfoon aan. Hij hoorde de trilling van de microfoon in zijn handen in de koptelefoon. De bevingen reikten nu tot aan zijn ellebogen.

'Ik kan ze niet stilhouden,' zei hij, en hij voegde eraan toe: 'Ik voel me niet al te best.'

'Ga naar de auto, ga daar maar in liggen,' zei Abu Raees terwijl hij zich omdraaide.

Hij gehoorzaamde, ging ineengedoken op de achterbank liggen en zag keer op keer in gedachten hoe het zwaard naar beneden kwam, vlees en botten kliefde, het neerstortende lichaam, het hoofd dat in het zand viel en wegrolde tot het stil bleef liggen. De ogen open, niet bang, wel beschuldigend.

Hoe lang duurt het om iemands hoofd af te hakken?

Toen Abu Raees eindelijk terugkwam, zei Parvaiz: 'Ik weet niet waarom Allah dat veroorzaakte. Mijn wil ging de juiste kant op, maar mijn handen konden mij niet volgen. Ik moet Hem op de een of andere manier hebben teleurgesteld.'

Abu Raees keek hem een poosje onderzoekend aan toen hij de wil van Allah erbij haalde om zijn falen te verklaren. Bij haperende loyaliteit kon een man al zijn privileges kwijtraken en naar de loopgraven worden gezonden, als kanonnenvoer voor de bombardementen. 'Je moet de hele nacht opblijven om te bidden om vergiffenis,' zei Abu Raees.

'Ja, dat zal ik doen,' antwoordde hij. Hij wist niet zeker of de zwijgzame Irakees hem geloofde, of dat hij zijn efficiënte hulpje niet wilde verliezen. Het was onmogelijk te zeggen wie de ware gelovige was en wie met de terroristen heulde om redenen als inhaligheid of doodsangst. Het risico was te groot om je masker te laten zakken, daar betaalde je een veel te hoge prijs voor.

In de daaropvolgende dagen moest hij in de studio aan de geluidseffecten van onthoofdingen, kruisigingen en geselingen werken. Het was zowel een test als een straf. In de studio had hij zichzelf onder controle. Hij abstraheerde zijn taak tot puur technisch werk, waarbij het zuivere geluid het enige was wat telde en hij het fascinerende verschil in toonhoogtes van een spijker door vlees en een lemmet door vlees waarnam. Sommige mannen waren mannen tijdens hun doodskreten, andere werden dieren.

Hij, Mohammad bin Bangram, was zichzelf tot de dieren gaan rekenen.

En daarom had hij haar nog niet gebeld, al had hij zijn eigen telefoon gekregen toen hij voor de studio ging werken en er geen 'verzorger' binnen gehoorsafstand was. Hij logde elke dag in op de chat om haar te laten weten dat hij nog steeds in leven was; daarna logde hij weer uit. Hij kon zich niet voorstellen een gesprek met haar te voeren. Hoe gaat het met je? Wat heb je gedaan vandaag? Wat doe je zoal?

Maar begin april, toen hij voor zijn dagelijkse tijding inlogde op Skype, was er een bericht van haar: BEL ME. IK HEB EEN PLAN OM JE NAAR HUIS TE KRIJGEN.

Thuis. Een plek uit het verleden die hij de rug had toegekeerd en die hij nooit meer zou zien als het aan MI5 lag.

HET GAAT HIER GOED, typte hij terug.

En ze antwoordde: LEUGENAAR.

Hij verliet met gebogen hoofd het café en nam een andere route. Terwijl hij in de gaten hield of hij de witte SUV van Farooq ergens zag, slenterde hij van de Galata-toren over de brede voetgangerslaan van İstiklal Caddesi, waar hij een kledingzaak zag die hij uit Londen kende. Het bood hem enige troost. Hij ging er naar binnen en kocht er een spijkerbroek, een grijs T-shirt en een zwarte baseballpet met de naam van de winkel erop geborduurd. Hij trok de nieuwe kleren direct aan, liet de kleren die hij een paar uur geleden had gekocht in de paskamer hangen en verliet de winkel.

Vervolgens ging hij op zoek naar een nieuwe mobiele telefoon. Hij had de simkaart van de oude baksteen vernietigd voor het geval ze hem zouden opsporen, maar voor een nieuwe simkaart had hij een identiteitsbewijs nodig. Of, zoals hij ontdekte, een flink pak van de Turkse lires die hij nog overhad van zijn aankopen in de elektronicawinkel. Hij stopte de simkaart in de baksteen en stuurde Aneeka een sms'je om haar te laten weten hoe ze contact met hem kon opnemen. Haar vlucht kon elk moment vertrekken.

Dat hij nu iets anders kon doen dan in het café wachten tot

Farooq hem zou hebben opgespoord, gaf hem even het gevoel dat hij de regie over zijn eigen leven weer terug had, en hij liep een poosje onbekommerd en beschut door de mensenmassa langs de gebouwen in de straat. De boekwinkels lonkten, evenals de bioscoop, maar het voelde veiliger als hij buiten tussen de mensen zou blijven, waar hij alle kanten op kon rennen als hij een vluchtweg nodig had. Vanuit zijn ooghoek zag hij een witte mouw en even knikten zijn knieën, maar het gezicht dat erbij hoorde kwam hem niet bekend voor.

Bij een trap die naar een winkel leidde, liet hij zich op de treden zakken. Hij sloot zijn ogen en dwong zichzelf aan het lied te denken dat in de keuken had geklonken op de dag dat hij en Aneeka zich vrolijk maakten over Aziatische datingsites. Chimta, basgitaar, dholak en drums, een mannenstem die het lied droeg, dat uit een diepgelegen plek kwam, veel dieper dan zijn huidige toestand. Hij trok zijn knieën op tot aan zijn borst. Aan de overkant was een steeg. Als hij die uit zou lopen, zou hij bij het Britse consulaat uitkomen. Misschien moest hij het maar doen. Waarom zou hij op Aneeka wachten? Waarom zou hij haar hierin betrekken? Hij kon zich gewoon melden: Ik heb een fout gemaakt. Ik ben bereid de juridische consequenties onder ogen te zien als ik de wet heb overtreden. Als u me maar naar Londen laat gaan. Maar hij was een terrorist en zijn vader was een terrorist. Hij liet zijn voorhoofd op zijn knieën rusten. Hij wist niet hoe hij uit zijn huidige toestand moest geraken, hoe hij zich moest bevrijden van de demonen die hij eigenhandig aan zijn enkels had gebonden.

De MiG dropte zijn lading zo dichtbij, dat de ramen in de sponningen en de borden op de tafel in de gemeenschappelijke kantine rammelden.

'Ga nu,' zei Abu Raees. 'Snel. Neem dit mee.' Hij wilde de Zoom H2 uit zijn zak pakken, maar Parvaiz stond al op en stak zijn hand in zijn zak om te laten zien dat hij de basisles niet was vergeten: te allen tijde een opnameapparaat bij je hebben. 'Goed zo. Ga nu.'

Hij reed in de richting van de rookpluimen en hield zijn hand op de claxon om de overige weggebruikers opzij te laten gaan. Voor hij op de plek was waar de rookontwikkeling het dikst was – op de markt – remde hij langzaam af, schakelde de airco uit en draaide het raam naar beneden om de smorende hitte van de maand mei en de stadse geluiden binnen te laten. Door heel Raqqa kon je aan de hand van de herrie van de aggregaten bepalen waar de leden van de Staat woonden en werkten, maar hij was al te zeer gewend aan de ongelijkwaardige positie van de autochtonen ten opzichte van hun heersers om er nog op te letten. Na korte tijd hoorde hij aanhoudend geschreeuw in een heel smalle straat. Hij moest zijn SUV parkeren en te voet verder gaan. Er stond een aantal mannen met afgewende gezichten op de hoek. Allen autochtonen, die hem aan zijn buitenlandse gezicht en zijn witte kleding herkenden als ingezetene van de Staat. Ze keken hem aan; een paar wilden hem aanspreken, maar hij liep hun voorbij. Inmiddels kon hij uit het geschreeuw het woord 'help' opmaken.

De smalle straat was verlaten, zelfs de winkels waren leeg. Parvaiz begon te rennen toen hij zag dat er een muur was omgevallen, al kon hij niet zien wat eronder bekneld lag.

Iemand riep hem met schelle stem iets toe. Het portier van een bestelbus werd opengedaan, die hij aan de belettering op de zijkant herkende als de Hisba, de zedenpolitie. Er stapte een jongeman uit, niet veel ouder dan Parvaiz, die hem eerst in het Arabisch toesprak, dat hij niet verstond, en toen in het Engels.

'Ze heeft haar sluier afgedaan. Je mag niet naar haar toe. We hebben de vrouwenbrigade al ingeseind.' Hij hield zijn hand tegen de zijkant van zijn hoofd, voor het geval zijn oogspier een onverhoedse beweging zou maken en zijn blik op een ongesluierde vrouw viel.

'Help, help me toch!' riep ze. O mijn god, een Londens accent. Een jonge vrouw, misschien van zijn leeftijd, van Aneeka's leeftijd.

'Als we haar niet helpen is dat toch een grotere zonde dan een zuster laten lijden?'

'Ze moet lijden omdat ze haar sluier heeft afgedaan.'

'Misschien kon ze anders niet goed ademhalen.' Zou ze hem

kunnen horen nu hij zijn stem verhief? Kon ze Londen in zijn stem horen? 'Alsjeblieft!' Ze hield niet op met schreeuwen. 'Toe, ik heb pijn!' En wat ze eraan toevoegde sneed door zijn ziel: 'Mama! Mama! Het spijt me zo!'

Het riep herinneringen bij hem op aan armen die hem optilden toen hij in de tuin was gevallen, aan een wang die tegen de zijne werd gedrukt. Zijn moeder. Of Isma. En vlak bij hem was een vrouw zonder gezichtsbedekking. Het gezicht van een vrouw, de zachte ronding van de wang. Ook al had ze een slecht gebit, een scheve neus of een pokdalige huid, ze was nog altijd het opmerkelijkste, het gevaarlijkste wezen ter wereld.

'Pas op jij, broeder.'

Hij had op dat moment een heleboel willen zeggen, maar ze zouden hem allemaal de kop kosten, behalve deze: '*Jazakallah khayr*, broeder, bedankt voor deze terechtwijzing. En dat je de kuisheid van onze zuster beschermt tegen de blikken van vreemden.'

De jongeman pakte zijn hand vast en kneep er even in. 'Ben je getrouwd? Nee? Je zou moeten trouwen. We vinden een vrouw voor je. Alhamdulillah.'

'Alhamdulillah,' antwoordde hij en zodra het kon, zodra het niet meer als belediging kon worden opgevat, trok hij zijn hand weg.

'Ga niet weg!' schreeuwde de vrouw hem na. 'Toe, broeder. Waarom help je me niet?'

Ach, was hij maar doof. Allah, ontneem me mijn gehoor. Neem me de herinnering aan die stem af.

Hoe kwam het dat de mannen op straat bang terugdeinsden toen ze de uitdrukking op zijn gezicht zagen? Hij was nog maar negentien en toch stonden volwassen mannen doodsangsten voor hem uit. Hij was De Staat.

Hij liep linea recta naar zijn SUV. Zodra hij achter het stuur had plaatsgenomen, deed hij zijn ramen dicht. Hij had ze open laten staan omdat toch niemand het zou wagen iets van een man als hij te stelen. Dat waren de dingen die hij had geleerd als vanzelfsprekend te beschouwen, de kleine privileges die hij genoot. Zachtjes een gebed prevelend logde hij in op Skype. Haar status zei NIET STOREN, maar dat was nooit voor hem bedoeld. Hij moest haar gewoon bellen, geen videogesprek, want stel dat iemand door het raam keek en hem met een ongesluierde vrouw zag praten.

'P! Goddank. O, goddank.'

Haar stem, die hij zo lang niet had gehoord, brak door zijn pantser. Hij leunde met zijn voorhoofd tegen het stuur, zodat niemand zijn tranen zou zien. Hij wist niet dat hij nog in staat was om te huilen.

'Wat is er gebeurd? Zit je in de nesten?'

De dingen die je vergeet... Hoe het voelt om iemand te horen die je met liefde toespreekt.

'Nee... Ik kan... Ik kan hier niet langer blijven. Ik kan het niet. Ze hebben mijn paspoort afgepakt zodat ik wel móét blijven, maar ik kan niet meer. Ik dacht dat ik me de regels eigen had gemaakt, maar ik kan dit niet. Echt niet. Ik wil naar huis.'

Hij hoorde dat ze aan de andere kant van de lijn naar adem hapte, dat ze sinds zijn vertrek op deze bekentenis had gewacht en dat hij haar pijn had gedaan omdat hij die bekentenis zo lang had uitgesteld. Hij wilde zich verontschuldigen, maar ze onderbrak hem. Haar stem kreeg die pragmatische doortastendheid van de vrouwen in zijn familie van wie hij zoveel hield, die hij zo miste, die hij nooit had moeten achterlaten.

'Je moet kijken of je naar Istanbul kunt gaan. Zou dat lukken?'

'Dat weet ik niet. Misschien. Uiteindelijk wel, denk ik. Als ze genoeg vertrouwen in me hebben, kan ik een pasje krijgen als ik een goede reden heb.'

'Zorg dat je een reden krijgt. Ga daar direct naar het Britse consulaat en zeg dat je een paspoort nodig hebt.'

'Aneeka, ik ben tot vijand van de staat verklaard. En je weet wat ze met vijanden doen. Weet je dat eigenlijk wel? Je zei dat je een plan had – vertel me alsjeblieft wat je plan is.'

'Wat er met vader is gebeurd, zal niet met jou gebeuren.'

'Dat weet je niet.'

'Ik regel het hier wel.'

'Wat bedoel je daarmee?'

'Dat vertel ik je wel als ik je zie. Sommige dingen moet je pas uitleggen als je tegenover elkaar zit. Vertrouw me maar.'

'Wat ben je aan het doen?'

'Het is grappig. Ik dacht dat ik iets alleen voor jou deed. Maar het bleek ook heel fijn voor mezelf te zijn. Denk daaraan als ik het je vertel, oké?'

'Lieve help, ga je soms met de grote baas van MI5 van bil?'

Wat heerlijk om haar te kunnen plagen, wat heerlijk dat hij dat nog steeds in zich had.

'Hou je kop. Kom naar huis.'

'Oké.'

Mensen begonnen te kijken naar de jongeman met de bevende handen die stil op de trap zat terwijl iedereen op İstiklal Caddesi in beweging was. Hij stond op, liep een stukje en stak de straat over naar een winkel met boeken en oude kaarten in de etalage. De man die binnen achter de toonbank zat, keek even op, knikte en dook weer in zijn krant. De rust in de winkel zouden de meeste mensen als 'sfeervol' omschrijven, en hij wist maar al te goed hoe de gedempte voetstappen op de tapijten klonken, hoe de deur het lawaai op straat tegenhield, het gonzen van de airco. Hij liep naar het houten kabinet, waar in elk van de vier laden tientallen oude kaarten zaten. *Het Ottomaanse Rijk*, *Constantinopel*, *Le Turkie en Asie*, *Asia Minor*, *Egypte en Carthago*, *De Dardanellen*, *Het Kalifaat van de Abbasiden in de negende eeuw*.

Hij ging met zijn ene hand door de kaarten en hield de baksteen stijf in zijn andere geklemd. Aneeka zou inmiddels een sms'je gestuurd moeten hebben. Er was iets misgegaan aan haar kant; hij wist niet wat, maar toen hij haar had gebeld terwijl de taxi in volle vaart wegreed van de elektronicawinkel en zei dat hij in Istanbul was, had ze eerst vol ongeloof, en toen ziedend van woede gereageerd.

'Waarom heb je me niet op tijd gewaarschuwd?'

'Ik wilde je geen valse hoop geven voor het geval het verkeerd zou aflopen.'

'Uitgerekend vandaag!'

'Hoezo? Wat is er vandaag?'

'Niets, laat maar. Het lukt wel. Vandaag is prima. Het komt allemaal op zijn pootjes terecht. Het gaat lukken.'

'Wie probeer je te overtuigen? Wat is er aan de hand?'

'Luister eens, ik moet nu iemand bellen. Je hoort van mij.'

Maar toen ze een paar minuten later terugbelde, was ze erg ontdaan en ze gaf geen direct antwoord op zijn vraag hoe ze de dingen had geregeld, wat ze ook mochten zijn. Hij zei dat het misschien beter was om terug te gaan naar Farooq en het op een andere dag opnieuw te proberen.

'Nee,' had ze gezegd, 'je moet naar het consulaat gaan.'

'Dat durf ik niet. Ik ben bang voor wat ze met me gaan doen.'

'Nee, wacht, geef me vijf minuten. Ik bel je terug.'

'Dat kan niet! Als ik terugga, moet ik nu gaan, voor ze beseffen dat ik 'm ben gesmeerd.'

'Nee, niet doen. Niet doen. Ik kom naar je toe. Ik pak de eerstvolgende vlucht. Zoek een plek waar hij je niet kan vinden en blijf daar tot ik bij je ben. Dan gaan we samen naar het consulaat.'

Hij had alleen maar bedacht dat hij haar op die manier op z'n minst zou zien. Wat ze op het consulaat ook met hem zouden doen, hij zou haar in elk geval hebben gezien. Hij kon alles aan, zolang hij haar maar even had gezien.

Ergens in zijn hersens ging een klein luikje open. Natuurlijk zouden ze haar niet aan boord laten gaan van een vliegtuig dat naar de plek vloog waar haar tweelingbroer naar het domein van de vijand was overgelopen. Waarschijnlijk was ze ruzie aan het maken, weigerde ze het vliegveld te verlaten totdat ze haar een instapkaart hadden gegeven. Hij dacht aan Isma, die hem een egoïstisch stuk vreten had genoemd. Terecht.

Hij sms'te: JE HOEFT NIET TE KOMEN OM MIJN HANDJE VAST TE HOUDEN. HET LUKT WEL. IK GA NU NAAR HET CONSULAAT. IK BEN GAUW THUIS – BIRYANI ALS IK AANKOM? PAGINA 131 VAN HET RECEPTENBOEK.

Hij drukte op 'verzenden'. Zijn handen beefden niet meer.

Uiteindelijk kon hij dankzij Farooq een manier vinden om te ontsnappen. Farooq kwam op een middag naar de villa annex studio, nam Parvaiz in een stevige houdgreep toen hij aan de rand van de overdekte veranda van zijn bidmatje opstond na het Zuhr-gebed, en drukte een kus op zijn slaap.

'Mijn kleine krijger wordt groot,' zei hij. 'Heb je al lunchpauze gehad?'

Abu Raees, die naast Parvaiz had gebeden, tikte Farooq op zijn arm. 'Wie ben je? Wat doe je hier?'

'Ik ben een strijder,' zei Farooq, die zijn schouders naar achteren trok en zijn borst opzette op een manier die Parvaiz ooit heel indrukwekkend had gevonden. Nu vond hij het belachelijk. 'En ik ben zijn sponsor.'

Abu Raees had geen enkele belangstelling voor gesprekken die erop wezen dat zijn personeel buiten de studio nog een leven had en de desinteresse droop van hem af. 'Het is te vroeg voor het middagmaal,' zei hij alleen.

'Ik ga zo op pad,' zei Farooq gewichtig. 'Ik moet morgen nieuwe rekruten in Istanbul ophalen.' Loerend naar Parvaiz zei hij: 'De neven beginnen er bedreven in te raken.'

Parvaiz dwong zichzelf tot een tevreden blik. Een paar weken daarvoor, toen hij met de anderen in een restaurant had gezeten dat uitkeek op de Eufraat, had de Schot zijn vermoeden bevestigd: op het moment dat hij Farooq tegenkwam, was die al bezig zijn neven tot ronselaars op te kweken. Parvaiz was precies op het juiste moment ten tonele verschenen om als proefkonijn te dienen. De Schot had het anders geformuleerd en gezegd dat Parvaiz een instrument van Allahs wil was. Uit Farooqs manier van doen begreep hij dat er van hem werd verwacht dat hij het inmiddels ook zo zag. Parvaiz sneed in gedachten de keel van Farooq door en hoorde het bloederige gegorgel.

'Neem hem maar mee,' zei Abu Raees, en hij wees naar Parvaiz. 'Ik heb nieuwe apparatuur voor de studio nodig.'

'Als je op zo'n korte termijn nog een pasje voor hem kunt regelen,' zei Farooq vertwijfeld en hij keek op zijn horloge.

'Natuurlijk wel,' zei Abu Raees.

Zo gemakkelijk ging het dus.

Hij stond op de stoep van Meşrutiyet Caddesi naar de stenen muur met de zwarte spiesen te staren, die de gevel van het consulaat deels aan het oog onttrok. Maar het zicht op de vlag met rood, wit en blauw die op het dak wapperde, als een uitnodigend kleurenpalet, was onbelemmerd. Mo Farah bij de Olympische Spelen, tante Naseems herdenkingstrommeltje van het gouden jubileum van de Queen.

Londen. Thuis.

ANEEKA

7

I

Het was geen mogelijkheid die haar geest kon bevatten. Ieder ander: ja. Ieder ander op de wereld, een onontkoombaar feit. Sommigen gingen in fases: hun grootvader was wekenlang half verlamd, niet bij machte te spreken, zelfs zijn ademhaling herkende ze niet meer. Anderen als een donderslag bij heldere hemel: hun moeder viel dood neer op de vloer van het reisbureau waar ze werkte en liet het theekopje staan waar een veeg lippenstift op zat, dat ze koesterden tot op de dag dat de ene tweelinghelft in razernij ontstak (Aneeka wist zeker dat zij het had gedaan, Parvaiz hield vol dat hij de boosdoener was). Of ze trokken een slechte kaart: hun grootmoeder, bijvoorbeeld, wachtte net de resultaten van een onderzoek af waarvan ze zeker wisten dat het haar doodvonnis zou worden, toen ze werd geschept door een dronken automobilist die te snel de bocht nam; de dokter belde twee weken later met het goede nieuws dat de tumor goedaardig was. Of als een abstractie: hun vader, nooit een aanwezigheid van vlees en bloed in hun leven, was al jaren dood voor ze dat begrip op hem konden toepassen. Iedereen ging door, iedereen behalve de tweeling, die altijd naar elkaar keek om hun eigen verdriet te kunnen begrijpen.

Het verdriet openbaarde zich op manieren die niet als verdriet voelden: het verdriet vernietigde alle gevoelens behalve het verdriet; verdriet liet de tweeling dagenlang in hetzelfde shirt lopen om die ene ochtend vast te houden waarop de doden nog onder de levenden waren; het verdriet liet de tweeling de sterren van het plafond schrapen en in bed liggen met oplichtende stippen op hun vingertoppen; het verdriet was slechtgehumeurd, het verdriet was welwillend; het verdriet zag niets anders dan zichzelf, het verdriet zag alle pijn van de wereld; het verdriet spreidde zijn vleugels als een grootse arend, het verdriet rolde zich op als een egeltje; het verdriet hunkerde naar gezelschap, het verdriet verlangde naar afzondering; het verdriet wilde de herinnering, het verdriet zocht de vergetelheid; het verdriet ziedde, het verdriet kermde; het verdriet maakte dat de tijd ineenkromp en uitzette; het verdriet proefde als honger, voelde als afstompen, klonk als stilte; het verdriet smaakte als gal, voelde als messen, klonk als alle lawaai op de wereld. Het verdriet veranderde telkens van gedaante en was ook onzichtbaar; het verdriet kon als spiegeling in het oog van de tweeling gevangen worden. Het verdriet hoorde zijn doodvonnis in de ochtend dat je ontwaakte en de een zong terwijl de ander het lied hoorde.

Toen ze het vernam, de woorden die haar voor het eerst van haar leven de enige maakten, verdrong ze het. Het was niet waar, ze bedoelden iemand anders, het was hem niet. Waar was het bewijs? Breng hem naar me toe. Nee, ze konden dat niet doen omdat hij het niet was. Als hij het was geweest, zou het niet deze man zijn geweest die bij tante Naseem in de huiskamer zat om hen op de hoogte te brengen, de man met de plastic kam in zijn borstzakje. 'Hij was niet een van jullie,' zei ze tegen de man; 'wij zijn niet van jullie.' Toen liet ze hem daar beneden zitten en ging naar boven, om de leerstof in te halen die daar lag vanaf het moment dat haar broer eerder op de dag had gebeld. En nu zat hij te mokken omdat ze niet was gekomen, zoals ze had beloofd. Ze had haar deur op slot gedaan, zodat tante Naseem niet naar binnen kon komen. Het was haar schuld niet, ze hadden haar niet laten gaan. 'Het is voor uw eigen bestwil,' hadden ze gezegd toen ze haar paspoort innamen en weigerden door te geven wanneer ze het terugkreeg. O nee, hij was niet aan het mokken, hij was op weg naar haar toe, de sms'jes waren in het buitenlandse netwerk verloren geraakt; dat gebeurde vaak genoeg – een wirwar van communicatie die uren of dagen bij de grens bleef steken en dan het onophoudelijke getingel als ze opeens achter elkaar in drievoud doorkwamen. Net als bij haar tante, die zes maanden geleden vanuit Karachi sms'te: WAAR IS HIJ? WANNEER KOMT HIJ AAN? HIJ HAD BEST EVEN KUNNEN BELLEN VAN HOE OF WAT, LEREN ZE GEEN MANIEREN IN ENGELAND? Hij was op weg naar haar toe, hoog in de lucht keek hij vanuit zijn vliegtuigstoel naar de sterren – Castor en Pollux hielden tijdens de koude, donkere nacht elkaars hand vast.

Ze viel in slaap, en op een zeker moment voelde ze armen om zich heen, net als in haar kindertijd. Een vertrouwd gevoel. Het was geen verrassing, maar dat maakte het niet minder fijn om tegen de warmte van de tweeling aan te kunnen kruipen en dieper af te dalen in de slaapzone waar nachtmerries niet bij konden komen, vastgehouden door liefde, een voorbode van de hemel.

II

Het zonlicht viel op haar gezicht. Het was laat in de ochtend. Ze draaide zich om in haar bed, haar lichaam zwaar van de slaap en de voorgevoelens. Er was niemand bij haar, behalve een kuil in het kussen. Daar ging ze, haar bed uit en de trap af, naar de stemmen van tante Naseem, haar twee dochters en schoonzoons, die allemaal vrij hadden genomen om de terugkeer te vieren van de jongen wiens afwezigheid ze het afgelopen halfjaar als een geheim bij zich hadden gedragen; iedereen dacht dat hij in Karachi zat. Kaleem Bhai, tante Naseems oudste schoonzoon, had Aneeka zelfs de telefoon cadeau gedaan die hij tijdens zijn reizen naar Pakistan gebruikte, zodat ze zogenaamde sms'jes van Parvaiz naar zijn vrienden kon sturen: IK HEB HEIMWEE IK MIS HET WEER NIET KAMELEN KIJKEN ZO NIJDIG OMDAT ZE NIET AAN HUN EIGEN STANK KUNNEN ONTSNAPPEN SORRY IK HOUD ME AFZIJDIG – MIJN ASCETISCHE ZELF AAN HET ONTDEKKEN. 'Ooit komen ze erachter,' had Kaleem Bhai gezegd, maar zij had altijd geweten dat haar broer nooit lang weg zou blijven.

Hoe kwam het toch dat Isma op haar afliep – de leugenaarster, de verraadster, maar nu Parvaiz thuiskwam, zou haar dat vergeven worden. Dan nog, waarom gaf Isma haar deze familiale, familiaire omhelzing en waarom dat gezicht dat ze maar al te goed kende, de blik die zei Ama is dood, Dadi is dood, waarom was haar stem dik van de tranen toen ze zei: 'Ik heb het eerste vliegtuig gepakt toen tante Naseem belde', en: 'We hebben altijd elkaar nog', terwijl Isma nooit van het 'altijd' was geweest; 'altijd' reikte tegelijk naar het verleden en naar de toekomst, van wieg tot graf, 'altijd' gold alleen Parvaiz.

En waarom was hij er ook weer, de man met de plastic kam in zijn borstzakje, de afgevaardigde van de Pakistaanse Hoge Commissie, die zijn handen uitstak toen ze de kamer binnenkwam, zich verontschuldigde voor de vorige dag, wat een verontschuldiging voor het brengen van andermans verdriet had moeten zijn maar in plaats daarvan betekende dat het hem speet dat hij niet met geheven handen *Inna lillahi wa inna ilayhi raji'un* had geciteerd – wij behoren Allah toe en tot hem zullen we wederkeren.

'Nee,' zei ze tegen de man. 'U verwart hem met een ander. Hij heeft de Britse nationaliteit; hij heeft niets met u te maken.'

'Het spijt me,' zei de man bedroefd, en hij keek naar Isma, die Aneeka's hand in de hare hield alsof ze een kind was dat hulp nodig had bij het oversteken. 'Uw familie is duidelijk goed en vroom. U verdient een betere behandeling van uw overheid. Wat moslims aangaat heeft de minister van Binnenlandse Zaken een punt te bewijzen.'

Ze was zo volledig in beslag genomen door Parvaiz' berichten dat ze niet eens had gemerkt dat Eamonn haar niet had teruggebeld.

III

[ondertiteling]
De Turkse regering heeft bevestigd dat de man die gisteren voor het Britse consulaat in Istanbul vanuit een auto is neergeschoten, de in Wembley geboren Pervys Pasha is, een recent geval in de reeks Britse moslims die zich bij ISIS hadden aangesloten. De veiligheidsdienst was ervan op de hoogte dat Pasha afgelopen december de grens bij Syrië was overgestoken, maar het is niet bekend wat hij voor het gebouw van het Britse consulaat deed. Een terreuraanslag wordt niet uitgesloten. De man die Pasha vanuit een witte SUV heeft neergeschoten, is nog niet geïdentificeerd, maar volgens veiligheidsexperts behoort hij mogelijk tot een rivaliserende jihadgroepering.

De minister van Binnenlandse Zaken was zo-even in gesprek met onze politiek correspondent, Nick Rippons, over Pervys Pasha:

– Al weer iemand met de Britse nationaliteit die...
– Als ik je hier mag onderbreken, Nick. Zoals je weet, heb ik op de dag van mijn aantreden iedereen met de dubbele nationaliteit de Britse afgepakt zodra ze uitreisden om zich bij vijandelijke strijdkrachten aan te sluiten. Mijn voorganger heeft die volmacht slechts sporadisch toegepast, hetgeen ik een grote fout vond, zoals ik herhaaldelijk heb gezegd.
– En Pervys Pasha had de dubbele nationaliteit?
– Dat klopt. De Britse en de Pakistaanse.
– Heeft dit praktische consequenties?

– Zijn lichaam zal naar zijn thuisland Pakistan worden gerepatrieerd.
– Hij wordt niet hier begraven?
– Nee. Wie zich tegen het Britse grondgebied keert, zal dat grondgebied niet bezoedelen met een graf.
– Is zijn familie in Londen op de hoogte gebracht?
– Dat is een zaak voor de Pakistaanse Hoge Commissie. Hier wilde ik het bij laten, Nick.

IV

#WOLFPACK
  wordt nu trending

#PERVYPASHA
  wordt nu trending

#GEENBEZOEDELINGGROND
  wordt nu trending

#GATERUGNAARJEEIGENLAND
  wordt nu trending

V

De keuken werd gevuld met eten voor de rouwenden, die niet zouden komen.

Alleen Gladys belde op. Haar dochter was 's middags gekomen om haar met de auto naar Hastings te brengen, waar ze binnenshuis moest blijven tot de beelden van de vrouw met de uitgelopen mascara niet meer werden uitgezonden, die had gezegd: 'Hij was een mooie, lieve jongen. Ze hoeven mij niet te vertellen hoe hij was. Ik ken hem vanaf zijn geboorte. Schande, minister van Binnenlandse Zaken. Schande! Geef ons die jongen terug, laat hem bij zijn moeder begraven worden.'

VI

@gladysinraqqa
Tweets 2 Volgend 0 Volgers 2.452

Oooo zulke mooie jongens, laat ik mijn sluier optillen om ze beter te kunnen zien – o, ik word heel lief #gekruisigd

Jongens, let op: ik ken kunstjes waar die 72 maagden geen weet van hebben. #misschienisditnietdehemel

VII

Wat was dit? Het was geen verdriet. Verdriet kende ze. Verdriet was het stiefkind waarmee ze waren opgegroeid, ongewenst en onontkoombaar. Verdriet was het vruchtwater van hun leven. Verdriet kon ze in de ogen kijken terwijl haar tweelinghelft over de schouder keek en haar vertelde wat er in de verte lag. Verdriet veranderde van vorm om zich naar de jouwe te voegen, omhulde je als een tweede huid waar je na verloop van tijd aan wende en waarna je de draad weer oppakte. Verdriet was het pact dat God met de Engel des Doods had gesloten, die een onoverbrugbare rivier eiste om de levenden van de doden te scheiden; verdriet was de brug die de doden toestond naar de levenden te zweven, hun voetstappen boven je hoofd, hun gelach om de hoek, hun gestalte in lichamen van vreemden die je op straat achternaliep in de hoop dat ze zich nooit omdraaiden. Verdriet was wat je de doden verschuldigd was voor het noodzakelijke vergrijp om zonder hen door te leven.

Maar dit was geen verdriet. Het spleet haar niet, het vilde haar. Het omhulde haar niet, het sijpelde haar poriën in en deed haar onherkenbaar opzwellen. Ze hoorde zijn voetstappen niet, noch zijn gelach, ze wist niet meer hoe ze in elkaar moest duiken om zijn postuur aan te nemen, ze kon niet in een spiegel kijken en zijn ogen terug zien kijken naar haar.

Dit was geen verdriet. Dit was razernij. Het was zijn razernij, de jongen die zichzelf elke emotie toestond behalve razernij, dus het was een onbekend deel van hem, dat was alles wat hij haar nu toestond, het was alles wat haar nog van hem restte. Ze drukte het tegen haar borst, ze voedde het, streelde zijn manen, fluisterde het liefde toe onder een sterreloze hemel en scherpte haar tanden op zijn gloeiende klauwen.

VIII

Er kwamen agenten langs, notitieblokjes op de knie, opnameapparatuur in de hand, die beleefd knikten toen Isma hen bedankte dat er geen verhoor bij Scotland Yard hoefde plaats te vinden.

'Waarom laten jullie hem niet thuiskomen? Hij wilde naar huis komen, hij probeerde naar huis te komen.'

Ze waren hier niet om over Parvaiz te praten; ze waren van SO1, de veiligheidsdienst van de minister van Binnenlandse Zaken.

'O. Gaat dit over Eamonn?'

Isma had de theepot gepakt om kopjes vol te schenken voor de agenten en leek te hebben vergeten wat ze ermee aan moest. Ze hield de pot een stukje boven de tafel en keek naar haar zus terwijl er een blos vanuit haar hals naar haar gezicht kroop.

'Ik ging met hem om omdat ik dacht dat hij me kon helpen. Vraag het hem maar, hij zal het bevestigen. Ik wilde dat mijn broer naar huis kon komen. Dat is het enige wat ik wil. Vanwaar die geheimzinnigheid? Waarom denken jullie dan? Vanwege mannen als jullie, met je notitieblokjes en je opnameapparatuur. Omdat ik wilde dat Eamonn alles voor mij zou willen doen voordat ik hem zou vragen iets voor mijn broer te doen. Waarom zou ik dat niet toegeven? Jullie zouden toch ook alles uit de kast halen voor degenen die je lief zijn? Nou, het is duidelijk dat jullie niet genoeg van wie dan ook houden als die liefde alleen geldt als de ander exact hetzelfde blijft.'

Zie Isma, die de theepot had neergezet zonder kopjes vol te schenken, en die haar nu aanstaarde, iets vermoedend wat niet eerder in haar was opgekomen. Hoe had zij hierover kunnen denken als er ruimte was geweest voor andere gevoelens?

'Jullie hoeven me niet te waarschuwen. Wat zou ik eraan hebben om nu alsnog contact met hem te zoeken?'

Toen ze waren vertrokken, was alleen Isma er nog, verwond en onthutst.

'Kijk me niet zo aan. Als jij hem zo leuk vond, had je het zelf moeten doen. Waarom hield je niet genoeg van je broer om het zelf te doen?'

IX

'Aneeka? Mag ik naar boven komen?'

'Waarom? Ik wil je niet zien, en nu je de waarheid over Eamonn weet, wil jij mij ook niet meer zien.'

'Je bent de enige familie die ik nog heb. Het is het belangrijkste wat er is.'

'Wat is dat voor lawaai?'

'De verhuizers zijn de spullen aan het inpakken.'

'Zijn ze vertrokken? De Migranten?'

'Ja. We hebben hun dure shutters en een elektrische waterkoker met vier standen ter compensatie van de huur voor volgende maand.'

'Je neemt het hem kwalijk dat je je deftige huurders bent kwijtgeraakt. Zeg het maar.'

'Gedraag je niet alsof jij de enige bent met een gebroken hart. Hij was mijn kleine broertje.'

'En Eamonn? Hoe zit het met hem? Ik denk dat je meer met hem zit dan met Parvaiz.'

'Waarom zeg je van die akelige dingen? Hij was vijf minuten in mijn bestaan. Jullie tweeën vormden mijn hele leven. Ik kom nu naar boven.'

'Dat deed je nooit als hij hier zat.'

'Schuif een stukje op, ja?'

'Ik denk niet dat hij je hier wil.'

'Hij heeft niet veel meer te willen.'

'Ik wil jou niet hier. Je hebt hem verraden.'

‘Dat is niet de reden dat hij nu dood is. Het heeft niets met zijn dood te maken. Je moet het me vergeven. Toe, echt, het spijt me, vergeef me.’

‘Geloof jij in de hemel en de hel?’

‘Alleen als parabel. Een genadige God zou zijn schepsels niet tot eeuwig lijden vervloeken.’

‘Wat gebeurt er dan als we dood zijn?’

‘Dat weet ik niet. Iets. Onze doden waken over ons, dat weet ik wel. Ze probeerden me vandaag te vertellen wat ik voor jou zou kunnen betekenen.’

‘Niks dus. Er is niets meer voor me over. Wat zou jij voor hem willen doen?’

‘Ik wil bidden voor zijn ziel.’

‘En zijn lichaam dan?’

‘Dat is niet meer dan een stoffelijk omhulsel.’

‘Ook een omhulsel moet je koesteren.’

‘Hm. Wat denk jij dat er na de dood is?’

‘Ik weet dingen niet die jij weet. Hij wil dat ik hem thuisbreng, al is het zijn omhulsel maar.’

‘Dat kan dus niet.’

‘Dat is nog altijd geen reden om het niet te proberen.’

‘Hoe dan?’

‘Wil je me helpen?’

‘Zie je niet dat we ons in een onmogelijke positie bevinden? We kunnen niet eens de dingen zeggen die Gladys zegt, wij hebben die vrijheid niet. Herdenk hem in je hart en in je gebeden, net zoals oma haar enige zoon herdacht. Ga terug naar de uni, maak je rechtenstudie af. Aanvaard de wet, ook als die niet rechtvaardig is.’

‘Als je zoiets zegt, hou je of niet van de wet of niet van je broer.’

‘Ik hou te veel van jou om het anders te kunnen zien.’

‘Ik heb niets aan je liefde als je me niet helpt.’

‘Hij heeft niets aan je liefde, hij is dood.’

‘Ga van zijn dak af. Je stem hoort hier niet thuis.’

‘Aneeka. Ik heb mijn zus nodig – hoe kunnen wij onze pijn alleen verdragen?’

Isma's hand streelde haar haar, probeerde haar bij Parvaiz weg te halen.

'Ga weg.'

X

'VERLAMD VAN AFSCHUW': ZUS PARVAIZ PASHA SPREEKT ZICH UIT

Vanmorgen heeft Isma Pasha, de 28-jarige zus van de in Londen geboren terrorist Parvaiz Pasha, die maandag in Istanbul is gedood, een verklaring afgelegd voor de media die zich voor hun woning in Wembley hadden verzameld. 'Mijn zus en ik waren verlamd van afschuw toen we hoorden dat onze broer Parvaiz zich bij degenen had aangesloten die wij beschouwen als vijand zowel van het Verenigd Koninkrijk als van de islam. We hebben onmiddellijk de antiterreureenheid gewaarschuwd, zoals commissaris Janet Stephens al heeft laten weten. We willen de Pakistaanse Hoge Commissie in Turkije bedanken dat ze het lichaam van mijn broer naar Pakistan overbrengen, alwaar familieleden hem zullen begraven bij wijze van eerbetoon aan onze overleden moeder. Mijn zus en ik zijn niet van plan naar Pakistan af te reizen om de begrafenis bij te wonen.'

Pasha's lokale moskee heeft in een verklaring laten weten niet van plan te zijn de dode in hun gebeden te herdenken en noemt de geruchten over het tegendeel 'onderdeel van de campagne haat te zaaien jegens Britse moslims die de wetten van dit land respecteren'.

Pasha's lichaam bevindt zich momenteel in een mortuarium in Istanbul en volgens bronnen zal het over een paar dagen voor repatriëring naar

Pakistan worden vrijgegeven.

Volgens de politie van Istanbul was de dode op het moment van overlijden ongewapend. Wat hij bij het Britse consulaat deed, is niet bekend, net zomin als de identiteit van de moordenaar, die door ooggetuigen is omschreven als een Zuid-Aziatische man van in de dertig. Commissaris Janet Stephens heeft in een verklaring laten weten dat Pasha bij de afdeling Media van ISIS werkte, die verantwoordelijk is voor het rekruteren van strijders en zogeheten 'jihadbruiden'. Mobashir Hoque uit de Tower Hamlets, wiens dochter Romana in januari naar Syrië is afgereisd om met een ISIS-strijder te trouwen, vertelde de media: 'Mijn dochter is erin geluisd door leugens en propaganda van mannen als Parvaiz Pasha. Mijn enige bezwaar tegen het besluit van de minister van Binnenlandse Zaken is dat ik nu niet op zijn graf kan spugen.'

Volgens bronnen bij Binnenlandse Zaken zal de Immigratiewet, die bij de volgende vergadering aan het parlement gepresenteerd wordt, een clausule bevatten die het mogelijk maakt Britse paspoorthouders hun nationaliteit te ontnemen als hun daden in strijd zijn met de belangen van het Verenigd Koninkrijk. Onder de huidige wetgeving is het intrekken van hun burgerschap alleen mogelijk bij houders van twee paspoorten of bij genaturaliseerde burgers met een andere nationaliteit. De minister van Binnenlandse Zaken heeft herhaaldelijk de bewering van zijn voorganger 'Burgerschap is een privilege, geen recht' aangepast tot 'Burgerschap is een privilege, geen recht of geboorterecht'. Liberty, een mensenrechtenbeweging, heeft de volgende verklaring afgegeven: 'Het ontnemen van het recht om rechten te hebben is een nieuw dieptepunt. Het is gevaarlijk kortzichtig potentiele terroristen te laten vallen en stateloosheid is een instrument van despoten, niet van democraten.'

XI

Gewekt door de regen die door de kapotgegooide ramen naar binnen gutst. Isma zei dat ze gelukkig tante Naseems huis hadden gespaard. Isma, verlamd van afschuw, die de brave burger uithangt en haar zus in dat schandalige gedrag meesleept. Isma: verraadster, bedriegster.

Nu alleen in het huis waar ze zijn opgegroeid, leeg, de Migranten met al hun meubels vertrokken, alleen een matras op de grond, dat Kaleem Bhai en Isma over straat hadden gesleept 'omdat jij hier per se wilt slapen', een tweepersoonsmatras voor beide zussen, maar dit huis was nu alleen voor de tweeling. Isma verjaagd met woest maaiende armen, gedrag van een gekke vrouw dat uiteindelijk werkte. Ze ging. Beneden bonzend geluid – wat? Iemand probeerde in te breken, hun woning te vernielen omdat ze een terrorist hebben gehuisvest, en dat is een misdrijf. Pakte de waterkoker met vier standen kwam het dichtst in de buurt van een wapen. Opende de deur voor David Beckham, de Queen, Zayn Malik voor de gebroken ramen. Beckham hamerde van schrik bijna op zijn duim. 'Wist niet dat er iemand was,' klonk het van achter het masker met de stem van Abdul.

'Blijf liever binnen zolang de pers op de loer staat,' zei Zayn Malik, die eigenlijk David Beckhams vader was.

'Kopje thee zou niet verkeerd zijn,' zei de Queen annex Nat de groenteman met een knikje van haar tiarahoofd in de richting van de waterkoker.

XII

Ontelbare uren van opnamen, nooit zijn eigen stem. Alsof hij al heel lang geleden was begonnen met oefenen op zijn verdwijning. Nu zou hij niet eens haar dromen betreden. Té kwaad.

XIII

NA HOEVEEL PARVAIZ PASHA'S WORDT DE OVERHEID EINDELIJK WAKKER?

De onthulling dat Adil Pasha, de vader van de onlangs neergeschoten terrorist Parvaiz Pasha, zijn gezin in de steek had gelaten voor de jihad, kwam niet als een verrassing voor een voormalige klasgenoot van de bewoner aan Preston Road.

'Het gerucht ging dat zijn vader een jihadi was in Afghanistan, die in Guantánamo is omgekomen,' zei de klasgenoot, die anoniem wil blijven. 'Zijn zussen ontkenden het altijd en zeiden dat hij in het buitenland aan malaria was overleden, maar Parvaiz niet. Ik stond er toen verder niet bij stil, maar bij nader inzien is het duidelijk dat hij het als kind al prima vond om over de jihad op te scheppen.'

Bronnen bij de politie zeggen dat Adil Pasha in de jaren negentig met jihadgroepen in Bosnië en Tsjetsjenië heeft gevochten en daarna is doorgereisd naar Afghanistan om zich bij de taliban aan te sluiten. Vermoedelijk is hij kort daarop gestorven. 'We weten niet of hij is gesneuveld, bezweken aan malaria of iets anders. Maar als hij ooit in Guantánamo is geweest, zou hij geregistreerd moeten staan, en er zijn geen gegevens van hem,' aldus een gepensioneerde veiligheidsagent die het gezin Pasha in 2002 heeft ondervraagd. 'Ik herinner me de zoon, Parvaiz. Hij was nog erg jong, maar zijn vader, die met de vijanden van het Verenigd

Koninkrijk vocht, idealiseerde hij toen al. Ik heb een album uit zijn kamer gehaald waar een foto in zat van zijn vader die een kalasjnikov vasthield en als bijschrift: *Als je oud genoeg bent, mijn zoon*. Ik heb de veiligheidsdienst geadviseerd hem in de gaten te houden, maar die aanbeveling is helaas nooit opgevolgd.'

Het is een ernstige zaak dat de kinderen van jihadi's, die op Brits grondgebied zijn geboren, niet nauwkeurig door de overheid worden gemonitord. Na hoeveel Parvaiz Pasha's zal dat eindelijk veranderen?

XIV

Hij was die dag teruggekomen van de Pakistaanse Hoge Commissie met de mededeling dat visa voor mensen met de Britse nationaliteit niet exorbitant veel kostten, en hij hoefde ook niet door de bureaucratische molen om in Karachi te werken, want, zo bleek, hij had de zogeheten NICOP.

'O ja,' zei Isma. 'Ik heb ze voor ons allemaal aangevraagd toen we plannen maakten voor de reis naar Pakistan die er nooit van kwam, weet je nog?'

Daar ging Parvaiz, naar de zolder, en hij kwam zegevierend terug. Een voor jou en een voor mij, zei hij en hij overhandigde Aneeka het gelamineerde pasje met de geprinte tekst: NATIONAL IDENTITY CARD FOR OVERSEAS PAKISTANI. Ze keek naar de foto en herinnerde zich de dag dat ze voor deze pasjes met haar zus naar de Hoge Commissie was gegaan, kregel dat ze een hele zomer in Londen moest missen om die door te brengen in een land vol familieleden die dachten dat ze aan hun bloedlijn het recht konden ontlenen de zussen te ondervragen, te preken en wijzend naar hun hoofddoeken te schamperen dat Britse Pakistanen 'zich vastklampten aan de verleden tijd', wijzend op hun spijkerbroek als teken dat ze 'opklommen'. Haar humeur werd er niet beter op toen op het pasje per se de naam van de vader ingevuld moest worden. Uiteindelijk werd er tijdens telefoongesprekken met hun rijke familieleden in Pakistan, die de reis zouden betalen, iets gezegd wat bij Isma in het verkeerde keelgat schoot en de pasjes verhuisden naar een archiefkast op de zolder tussen de geboortecertificaten, ziekenfondspapieren en röntgenfoto's van gebroken botten.

'Wat is een Overzeese Pakistaan eigenlijk?'

Parvaiz haalde zijn schouders op. 'Het betekent volgens mij dat je familie daarvandaan komt, zodat je geen visum hoeft aan te vragen. Hoe dan ook, dat is het enige wat voor mij relevant is.'

'Voor ons,' zei ze. 'Ik zal het nodig hebben als ik je kom opzoeken. Stop het in mijn portemonnee, alsjeblieft. Als je straks weg bent, heb ik geen zin er op die zolder vol spinnenwebben naar te moeten zoeken.' Ze kan zich niet herinneren hoe hij keek toen hij aan haar verzoek voldeed.

Nu hield de man met de plastic kam in zijn borstzakje het pasje vast en keek bedroefd naar de foto van haar als stuurse veertienjarige.

'Je moet doen wat je oudere zus zegt en thuisblijven,' zei hij. 'De vrouwen daar gaan al niet naar de begrafenis, dus je zou alleen thuis kunnen bidden, en dat kun je net zo goed in Londen als in Karachi doen. Allah hoort elk gebed, al wordt het op de bodem van de diepste oceaan gefluisterd.'

'Kan ik een Pakistaans paspoort krijgen ja of nee?'

'Ja.'

'Ik heb hier een cheque om de aanvraag met spoed af te handelen. Zegt u mij alstublieft aan wie ik hem moet geven.'

XV

IN JE BROEKJE!

SEKSINTRIGE VAN PERVY PASHA'S TWEELINGZUS MET ZOON MINISTER BIZA

Aneeka 'Broekje' Pasha, de 19-jarige zus van de radicale moslim Parvaiz 'Pervy' Pasha, bleek met haar broer onder één hoedje te spelen. Ze sloeg een enterhaak in de zoon van de minister van Binnenlandse Zaken, Eamonn (24) en gebruikte seks als instrument om hem in haar macht te krijgen, zodat hij zijn vader zou bewerken haar broer de terrorist terug te halen naar Engeland.

'Broekje' hield haar ware identiteit voor haar minnaar verborgen tot enkele uren voor haar broer gelukkig werd neergeschoten terwijl hij het Britse consulaat in Istanbul probeerde binnen te dringen. Eamonn Lone heeft zijn vader direct op de hoogte gebracht van de plannen van zijn minnares, die wilde dat hij zijn invloed bij zijn vader zou aanwenden om haar boosaardige broer terug te halen naar het Verenigd Koninkrijk. Karamat Lone nam terstond contact op met de veiligheidsdienst, maar voordat ze actie konden ondernemen, was Pervy Pasha al gedood.

De heldhaftige minister van Binnenlandse Zaken, die met gevaar voor eigen leven een krachtig standpunt over extremisten inneemt, legde geen verklaring af zolang het politieonderzoek gaande was. Deze ochtend heeft zijn woordvoerder een korte verklaring over de dubieuze affaire afgelegd en er werd 'volledige openheid' beloofd. Alhoewel niet kan worden bewezen dat de Zotte Zus van de terrorist de wet heeft overtreden, is haar opgedragen geen contact op te nemen met de ministerszoon, die naar verluidt bij vrienden in Norfolk verblijft. 'Ze heeft op het verkeerde paard gewed. De minister van Binnenlandse Zaken zou de veiligheid van het land nooit op het spel zetten,' aldus een bron uit de kringen van de Lone-familie.

Lees verder: Dochter en zus van moslimterroristen heeft een geschiedenis van geheime sekslevens – het exclusieve verhaal van 'Broekje' Pasha.

XVI

Hij leek een pyloon
smaakte naar andere werelden
voelde als vervagende barrières

Hij leek een kans
smaakte naar hoop
voelde als liefde

Hij leek een wonder
smaakte naar een wonder
voelde als een wonder

Een echt
werkelijk
als uit de hemel gezonden
je uitputtend in gebeden
zoals verzuimd sinds je broers vertrek
wonder

XVII

Koffer gepakt, naar buiten gerold, voor het eerst in dagen het huis uit, camera's en microfoons achter een politiekordon. Isma in een noodtempo uit tante Naseems huis aan de overkant: 'Waar ga je naartoe.' Isma, iemand aan wie ze nooit meer verantwoording zou afleggen.

Almaar doorlopend, geflankeerd door politie: 'Juffrouw, gaat u alstublieft naar binnen', in de wachtende auto gestapt, ditmaal Dame Edna annex Abdul, inmiddels haar belangrijkste beschermheer, bondgenoot, over tuinmuren gesprongen om onzichtbaar voor de pers bij haar thuis te komen. Abdul die haar signaal had opgepikt en het paspoort opgehaald, haar ticket geboekt en betaald, zodat Isma niet door de creditcardmaatschappij zou worden ingeseind.

Het politie-escorte kwam snel, mediabusjes in een karavaan erachteraan – geeft niet, niets te verbergen, beter zo.

'Waarom help je me, Abdul?'

'Er is iets van mij wat je niet weet.'

'Ik wist waarschijnlijk eerder dan jij dat je gay bent.'

'Nee, dat niet, maar bedankt dat je er nooit over begon. Ik heb Farooqs neef over Parvaiz verteld – het gerucht over je vader, bedoel ik. Ik denk dat Farooq daarom op hem af is gekomen.'

'Het is niet jouw schuld dat hij is vertrokken.'

'Waarom ging hij dan wel?'

'Ik weet het niet precies. Ik ben opgehouden met dat soort vragen te stellen. Hij wilde naar huis, dat is het enige wat telt.'

‘Als hij ooit terugkomt, die Farooq, dan sla ik hem dood.’

‘Nee, niet doen. Vil hem met het kleinste scalpel dat je kunt vinden, steek zijn ogen uit met een ijslepel, druppel traag werkend zuur op zijn tong.’

‘Zo te horen heb je erover nagedacht.’

‘Het is een van de weinige dingen waarop ik me kan concentreren.’

‘Ik denk niet dat ik tot zoiets in staat ben.’

‘Dat weet ik. Laat maar.’

‘Er is nog iets wat je niet weet.’

‘O ja?’

‘Ik viel op je broer.’ Gesproken op Dame Edna-toon.

‘Dank je, Abdul. Ik was het lachen bijna verleerd.’

Op het vliegveld verwachtte ze opnieuw ondervraagd te worden, maar bij de paspoortcontrole keek de man over haar schouder naar de politie, wierp nog een blik op haar nieuwe paspoort en de instapkaart naar Karachi, en liet haar doorgaan.

‘Waarom ga je weg?’ riep een van de journalisten achter het hek voor ze naar de vertreklounge liep.

‘Rechtvaardigheid,’ zei ze.

XVIII

Karachi – kleurrijke bussen, kleurloze gebouwen, muurgraffiti, reclameborden met mobiele telefoons, frisdrank en ijs, vogels rondcirkelend in de broeierige lucht. Parvaiz had ongetwijfeld de ramen opengedaan om alle geluiden te kunnen horen, maar zij zat achterovergeleund in de auto, waar de stilte alleen werd verstoord door het gerammel van de airco, een stilte die zij niet wilde, maar haar neef, de gitarist, die weigerde uit te leggen waarom ze onder begeleiding van veiligheidspersoneel van het vliegveld naar de bagageterminal werd gebracht, waar hij haar opwachtte met een beigekleurige auto, die vanwege de golfclubsticker op de voorruit meer bij een zakenman dan bij een muzikant paste.

'Doe die hoofddoek af en zet deze op,' had hij alleen gezegd en hij had haar een grote zonnebril overhandigd. Ze had in eerste instantie geweigerd, maar door de felle zon ging ze uiteindelijk overstag.

De stilte hield aan tot hij met de auto bij een groot, wit hotel bleef staan, de inefficiënte beveiliging passeerde en met een handgebaar de valet wegstuurde.

'Hier moet je uitstappen,' zei hij.

'Waarom?'

'De ingang zit aan de andere kant. Ik heb voor drie nachten een kamer geboekt onder de naam van mevrouw Gul Kahn. Het lichaam komt morgen aan, hij wordt tegen de avond begraven. We hebben een graf voor hem gereserveerd. Ik zal een auto regelen, zodat je er de volgende dag naartoe kunt. Daarna vertrek je, oké? Je mag mij niet bellen, en mijn moeder ook niet. Heb je me begrepen?'

'Luister eens jij. Hij wordt hier niet begraven. Ik wil hem naar huis brengen.'

De neef spreidde zijn handen. 'Ik wil het niet weten. Maffe griet. Ik wil niets weten. Mijn zus woont in Amerika, ze staat op het punt van bevallen. Heeft die schofterige broer van jou stilgestaan bij mensen als wij, mensen met paspoorten die de rest van de wereld als wc-papier beschouwt? Wij lopen voortdurend op onze tenen om ze geen reden te geven onze visumaanvragen te weigeren. Je kunt beter niet naast die en die vent staan, je kunt beter die en die niet op Twitter volgen, je kunt beter niet Noam Chomsky's boek downloaden. Eerst gebruikt je broer ons als dekmantel om zich bij die psychopathische moordenaars aan te sluiten, dan denkt jouw overheid dat dit land een afvalbak is om ongewenste lijken te dumpen en dan vindt jouw familie dat wij een begrafenis voor de terrorist van de week moeten regelen. Tot overmaat van ramp kom jij ook nog eens hierheen, mevrouw "In je broekje", moet ik tegen mijn zin alle zeilen bijzetten om jou van het vliegveld te krijgen zonder dat de hele wereldpers meekijkt, en dan blijkt dat je hier een of andere stunt wilt uithalen. Ik weet niet wat je van plan bent, maar mijn familie wil er niets mee te maken hebben, en ook niet met jou.'

'Ik wil niet dat je familie zich hiermee bemoeit. Ik hoef alleen maar te weten hoe laat hij morgen aankomt en wie de contactpersoon is die weet waar hij naartoe wordt gebracht.'

'Hoe bedoel je, "waar hij naartoe wordt gebracht"? Wil je soms een lijk naar je hotelkamer slepen?'

'Wil je het echt weten?'

'Nee. Mijn auto uit, nu.'

'Wie is de contactpersoon?'

Hij pakte zijn portemonnee en haalde er een kaartje uit, dat hij naar haar toe smeet.

'Dank je. Trouwens, hoe ver zijn we van de Britse afdeling Hoge Commissie af?'

‘Kijk zelf maar op de plattegrond,’ zei hij en hij boog voor haar langs om het portier open te doen.

XIX

Het terrein rondom de Britse afdeling Hoge Commissie was afgezet met prikkeldraad, bestelbusjes met gewapende mannen en wegversperringen om indringers op een afstand te houden. Maar op een paar minuten loopafstand lag een park met bodhibomen, hun stokoude bovengrondse wortels gingen al langer mee dan de in de zeewind krakende prikkeldraadrollen, geweren die vastliepen door het fijnstof of de berekeningen die de politici vandaag maakten voor de verkiezingen van morgen.

Hier zou ze met haar broer blijven zitten tot de wereld veranderde of tot ze allebei tot stof zouden vergaan in de aarde om hen heen.

KARAMAT

8

Karamat Lone sloeg geen acht op de ongebruikelijke nerveuze bewegingen van zijn langgerekte schaduw over het pad langs de Theems en schonk een tweede kop koffie uit de thermoskan in een kartonnen bekertje. Eamonn had hem op twee verschillende verjaardagen een warmhoudbeker cadeau gedaan, goed bedoeld, maar zonder te beseffen dat je aan zo'n beker je handen niet kon warmen. Als het om zijn zoon ging, was 'goed bedoeld' altijd goed genoeg geweest voor Karamat. Bij zijn dochter, de enige andere kandidaat die voor zo'n milde beoordeling in aanmerking kwam, was dat nooit nodig geweest. De arme ziel, dacht hij vroeger als hij de kloof in capaciteit en prestaties tussen Eamonn en diens jongere zus zag. Het was nooit in hem opgekomen dat Eamonn blind was voor zijn eigen – het deed hem pijn om dit over zijn enige zoon te moeten zeggen, maar er was geen ander woord voor – incompetentie. Dat opgewekte voorkomen, dat Karamat altijd bewonderend als een façade had beschouwd, werd een gênante vertoning toen het zijn oprechte houding bleek te zijn. 'Ze houdt van me!' hield hij vol, terwijl alles op het tegendeel wees. 'Waarom is dat zo moeilijk te geloven?' Karamat haatte het antwoord op die vraag. Hij hield het kartonnen bekertje bij zijn gezicht en liet de damp zijn neusvleugels binnendringen, zijn wangen verwarmen. Er bestond een nauwkeurige berekening van hoe lang je dat kon doen voordat de koffie tot onder de ideale drinktemperatuur was afgekoeld.

Hij dronk zijn beker leeg en voelde het warme vocht aangenaam door zich heen vloeien zonder zijn blik af te wenden van het Paleis van Westminster en de reflectie in het wateroppervlak, de gele stenen goudroze in het speelse licht van de zonsopkomst. Het hart van een traditie, dat vond iedereen, maar slechts weinigen begrepen Groot-Brittannië zo goed als Karamat Lone en wisten dat in de onderste kamer van dat hart der traditie de machine van de radicale verandering huisde. Hier werd de macht van de monarchie ingeperkt, hier bereikte Groot-Brittannië het akkoord om van het Empire af te stappen, hier institutionaliseerde Groot-Brittannië het universele kiesrecht, hier zou Groot-Brittannië de kleinzoon van een gekoloniseerde zijn plek als minister-president zien innemen. Karamat Lone werd met name bekritiseerd om zijn wisselvallige stellingname tussen traditionalist en hervormer, maar zijn criticasters leerden niets van hun eigen onvermogen om te zien wat wat was. Neem bijvoorbeeld zijn plan om de minister van Binnenlandse Zaken de macht te geven iemand het Britse burgerschap af te nemen, zodat het ook op enkelepaspoorthouders van toepassing was. Het was duidelijk de voltooiing van een wet die tot dusver maar half gefunctioneerd had. Of iemand geschikt was voor het burgerschap zou gebaseerd moeten zijn op zijn daden, niet op de plek waar hij toevallig geboren was. 'Een toename van draconische machten!' had een van zijn tegenstanders op de linkerflank geroepen; 'Een hernieuwde aanval op de echte Engelse mannen en vrouwen door de migranten in Groot-Brittannië,' had iemand bij extreem rechts gezegd. Waarschijnlijk dronken ze allebei koffie uit warmhoudbekers.

'Je laat je minachting weer eens blijken,' zou Terry zeggen.

Het was een van de misvattingen die zijn vrouw nog over hem had. Minachting, dedain, wrok: deze emoties waren haltes op een gesloten cirkel die begon en eindigde bij een gevoel van superioriteit. Ze zorgden voor stilstand in de status quo en hadden om die reden geen enkel nut voor Karamat Lone. Een man moest het heilige vuur in zijn aderen hebben, geen ijs waarop alles vastvroor. Hij dacht dat hij de kunst van het dirigeren van vuur inmiddels in de vingers had, maar gisteren, toen alle camera's op hem waren gericht, had hij de korte, eenregelige verklaring gehoord waarom het meisje uit Engeland vertrok en hij had zich niet kunnen inhouden: 'Gaat ze naar Pakistan om haar recht te halen?' En hij had 'Pakistan' uitgesproken met de afschuw van een migrantenkind dat begreep hoeveel zijn ouders hadden opgegeven – familie, context, taal, bekendheid – omdat het land waartoe ze in eerste instantie behoorden niet in staat was zijn bewoners een menswaardig bestaan te bieden. Op een gegeven moment zou hij op het boze bericht van de minister van Buitenlandse Zaken moeten reageren. Of niet, als de minister-president bleef zwijgen – een stilte die volgens de verontruste Karamat niet zozeer te maken had met zijn genegenheid voor de minister van Binnenlandse Zaken, maar meer met zijn ergernis dat de Pakistaanse minister-president politieke munt uit de situatie zou trachten te slaan. Hij had er vergoelijkend aan toegevoegd dat het in Pakistan officieel beleid was om de kosten voor de repatriëring van onderdanen op zich te nemen, terwijl de Engelse overheid de rouwende nabestaanden duizenden ponden liet neertellen om de stoffelijke resten van hun dierbaren terug te krijgen.

Een hardloper in lycra liep rakelings langs het wandelpad bij de Theems, en zodra hij dichtbij genoeg was om de minister van Binnenlandse Zaken te herkennen, stak hij een hand op naar de beveiliging om aan te geven dat hij geen gevaar vormde. Bruine huid. Karamat klakte geërgerd met zijn tong.

Hij schroefde de dop van de thermoskan en schudde er zacht mee, zodat de inhoud langs de wanden van de glazen binnencilinder klotste. Ondanks het slaapgebrek leek hij de koffie niet nodig te hebben. Het mirakel van de adrenaline – het was al lang geleden dat hij de hele nacht was opgebleven om te zien hoe zijn opponent het deed. Mensen waren vaak voorspelbaar.

'Meneer?' zei Suarez waarschuwend achter hem.

'Was hij te islamitisch?'

'Nee, hij was een latino.'

'Dat zeg je altijd van mannen die er beter uitzien. Zo niet, dan zijn het mijn neven.'

'We moeten gaan, meneer.'

Karamat draaide zich om en keek naar de man die leidinggaf aan zijn veiligheidsunit. Vanaf dag één had Suarez begrepen dat de minister van Binnenlandse Zaken niets wilde weten van eventuele dreigingen aan zijn adres. 'Jij doet jouw werk, ik doe het mijne,' had Karamat gezegd. Toen ze bomen omhakten in zijn tuin en er agenten voor in de plaats kwamen, was het duidelijk dat er sprake was van 'een ontwikkeling', maar Suarez hield in zo'n situatie altijd het hoofd koel. Vandaag was hij echter zichtbaar verontrust, en alhoewel Karamat erin was geslaagd met zijn koffie aan de Theems te zitten – het gebruikelijke ritueel na een slapeloze nacht dat hij sinds zijn dagen als parlementslid in ere hield – wist hij zeker dat hij niet nog meer kon tegensputteren.

Hij maakte net aanstalten om op te staan toen zijn telefoon ging. Zijn zoon. Hij hield het toestel even vast en zijn lippen vormden vanuit een oude, holle gewoonte het woord 'bismillah' voor hij opnam.

'Hallo, pa. Ik dacht al dat je op zou zijn.' Eamonns stem was kalm en vol genegenheid, de tegenpool van de doorgedraaide gek die letterlijk tegengehouden moest worden om niet terug te keren in de armen van die manipulatieve snol. Alhoewel, het waren vast niet haar armen waar hij zo naar verlangde, wel? Toch had Karamat dat beter niet hardop kunnen zeggen.

'Hoe gaat het?' Hij had Eamonn niet meer gesproken sinds Terry had geregeld dat Max en Alice hem naar een van de landhuizen van Alice' familie zouden meenemen, toen hij van hysterie in uitgebluste lusteloosheid was vervallen. De pers gokte dat het hun landhuis in Norfolk was, maar het had ook in Normandië kunnen zijn. Karamat had aan Terry gevraagd om niet te vertellen waar hun zoon was, maar ze had zelf al bedacht dat dat beter was, voor het geval iemand het hem op de man af zou vragen. Zijn vrouw had altijd een kundig oordeel gehad hoe hij zich tegenover het publiek moest presenteren, waardoor het des te vreemder was dat ze een deel van zijn garderobe naar de slaapkamer beneden had laten brengen toen zijn woordvoerder het verhaal over Eamonns bemoeienis met het meisje naar buiten bracht. 'Je had hem in bescherming kunnen nemen,' had ze gezegd, alsof haar echtgenoot het soort man was dat ofwel zo stom, ofwel zo onethisch zou zijn om een dekmantel te ritselen. Ze had zich niet laten vermurwen toen de meeste kranten haar zoon als gedupeerde afschilderden en sommige suggereerden zelfs dat hij zich tegen het meisje had gekeerd zodra hij ontdekte wat ze van hem wilde.

'Goed. Maar ik heb spijt van mijn gedrag.'

Karamat sloeg zijn benen over elkaar en keek naar de gietijzeren vissen met hun verknoopte staarten en uitpuilende ogen aan de voet van de lantaarnpalen. Hoe grotesk ze ook waren, onder zijn milde blik zagen ze er opeens kolderiek uit. 'Ik vind het heel vervelend voor je dat je dit moet meemaken. Misschien is het geen slecht idee om naar New York te gaan, zoals je zus al voorstelde.'

'Ik maak me meer zorgen om jou dan om mezelf.'

Karamat stond op, liep naar de lantaarnpaal en leunde ertegenaan met zijn rug naar de lijfwachten toe. 'Fijn om te horen, maar dat is echt niet nodig.'

'Misschien is het vanuit jouw positie niet helemaal duidelijk hoe het eruitziet. Een overheid die haar burgers naar een ander land stuurt om dingen te doen die we niet prettig vinden – is dat geen teken dat we onze problemen niet de baas zijn? En een familie tegenhouden om hun dierbare te begraven, komt nooit goed over. Dat soort geluiden begin ik in mijn omgeving te horen. Je adviseurs zeggen dit niet tegen je, maar je zoon wel.'

'Mijn zoon die mij de les leest over politiek vanuit het perspectief van de bevoorrechten,' zei hij en hij drukte zijn knokkels tegen de uitpuilende ogen van de gietijzeren vis.

'Ik zeg het alleen omdat je reputatie me aangaat. Meer dan je denkt.'

'Dit heeft zij je allemaal ingeprent, hè?'

'Ik heb niets meer van haar gehoord. Dat weet je. Ik heb gedaan wat je van me hebt gevraagd. Ik heb niet gebeld, ik heb niet gesms't. Je zei dat je haar zou helpen als ik je zou gehoorzamen. Wat heb je voor haar gedaan?'

'Ze heeft politiebewaking voor haar huis staan. Ik heb de wereld niet laten zien wat voor soort films haar lieve broertje monteerde. Ze heeft geen veertien dagen zonder aanklacht in een verhoorkamer opgesloten gezeten, zelfs niet na haar bekentenis dat ze mijn zoon heeft verleid om een terrorist te helpen. Je hebt het transcript toch gelezen? Ze heeft het toegegeven.'

'Natuurlijk zei ze dat toen ze dacht dat ik haar in de steek had gelaten.'

'Hoor je wat je zegt?'

'Hoor jij wat je zegt? Denk je dat je iemand een dienst bewijst door hem niet twee weken vast te houden zonder aanklacht?"

'Doe niet opeens alsof je een ruggengraat hebt. Daar ben je niet op gebouwd. Ben je voor het eerst echt lekker door haar gepijpt, Eamonn? Gaat het daarom? Want geloof mij maar dat er betere rondlopen.'

Even bleef het stil. Toen zei zijn zoon op snijdend kakkineuze toon: 'Ik denk dat we zijn uitgepraat, vader.'

De verbinding werd verbroken en Karamat draaide zich om, het kartonnen bekertje in zijn hand samenknijpend. Suarez deed een stap naar voren en stak zijn hand uit om de beker aan te pakken. De tandafdrukken op zijn duim waren duidelijk zichtbaar. Hij zag Karamats blik en legde zijn duim over zijn handpalm om de herinnering te verbergen aan de woest spartelende Eamonn, die met zijn benen in de lucht had getrappeld en hard in Suarez' duim had gebeten.

Karamat draaide zich een kwartslag en gooide het kartonnen bekertje naar de prullenbak. Het belandde op de rand, stuiterde even omhoog en viel er toen in.

Ruim je rotzooi op. Hou Engeland schoon.

Halverwege de ochtend in Londen, halverwege de middag in Karachi, zette ene @CricketBoyzzzz foto's online van een jonge vrouw in witte rouwkleding, die in kleermakerszit op een met rozen bezaaid wit laken in het park zat. Het vergeelde gras en de vochtplekken op haar kameez verrieden de extreme hitte, alhoewel ze onder de bodhiboom met de enorme takken en de hoge wortels zat. #broekje #hebhaargevonden

Alle media die zich met het Pasha-verhaal bezighielden en over dure hotels, kerkhoven, gastgezinnen en vliegveldterminals waren verspreid, zwermden naar het park, waar ze werden onthaald op de lege blik en de zwijgzaamheid van het meisje van wie Karamat was gaan vermoeden dat ze net zo geschift was als manipulatief.

'Zoek uit waar het lichaam is,' zei Karamat tegen zijn assistent James, terwijl hij zijn blik strak op de twee tv-schermen in zijn kantoor aan Marsham Street gericht hield, het ene afgestemd op een Pakistaanse, het andere op een internationale nieuwszender.

De Pakistaanse zender had een splitscreen. Op de ene helft zag je scènes uit het park, waar steeds meer belangstellenden opdoken, die het meisje omringden alsof er net een ongeluk had plaatsgevonden; op de andere helft een studio met een welgemanierde host, die een religieus discussieprogramma leidde over wat de shariawet over de zaak-Pasha zei. Zijn haar was glad achterovergekamd en hij had een donkere plek op zijn voorhoofd, een teken van vroomheid dat een handje werd geholpen door tijdens het dagelijkse gebed met zijn hoofd hard tegen een steen of ander ruw, hard oppervlak te bonken. Karamat pakte de presse-papier met de eenhoorn en de leeuw en drukte hem tegen zijn voorhoofd. Allereerst, aldus de man, had de jongen zich aangesloten bij de hedendaagse kharidjieten, die een nog grotere vijand van de islam waren dan Amerika of Israël, en die mochten dus nooit als jihadi's aangemerkt worden. Ten tweede had hij na de dag van zijn dood voor zonsopkomst begraven moeten zijn, hoe ver van huis hij ook was; al het andere was niet-islamitisch. Ten derde was het meisje, zoals ze zelf aan de politie van Londen had toegegeven, een zondares, een onkuise vrouw, en ze zou gegeseld moeten worden.

Karamat schreef de naam van de man op en verlegde zijn aandacht naar de internationale nieuwszender, waar de presentator net een 3D-kaart van het omliggende gebied liet zien en de locatie 'belangrijk' noemde, terwijl er rode cirkels op de kaart verschenen bij onder meer het pompstation naast het park, de kloosterschool, het Italiaanse consulaat aan de overkant van de straat en de op een steenworp afstand gelegen drukke rotonde. De 3D-modellen van gebouwen en bomen stortten in na een krachtige explosie, en wat overbleef, was de gestalte van het meisje tegenover de Britse afdeling Hoge Commissie.

Karamat zette het geluid uit en bekeek de close-ups van het treurig ogende, gehoofddoekte meisje in het wit, omringd door bloedrode rozenblaadjes en op de achtergrond de spijlen van het hek rondom het park, die op tralies leken. Het was geen toeval, maar wat wilden ze met deze iconografie van het leed bereiken?

James kwam terug met de mededeling dat de Turkse ambassade alleen had kunnen bevestigen dat het lichaam in Islamabad was aangekomen, maar details over de middelen of het tijdstip van transport naar Karachi waren niet bekend. De Pakistaanse Hoge Commissie had laten weten dat ze eerst een excuus van de minister van Binnenlandse Zaken verwachtten voordat ze enige informatie over hun burgers wilden prijsgeven. Karamat gaf hem het stukje papier met de naam van de welgemanierde host en zei: 'Als hij een visum heeft voor Engeland, vind dan een reden om het te annuleren.'

'Er zijn mensen die denken dat je háár ook haar nationaliteit wilt afnemen,' zei James over het meisje op de tv. Hij had zijn Schotse accent en arbeidersdialect extra aangezet, iets wat hij altijd deed als hij vermoedde dat Karamat hem ging tegenspreken. Het was een tic waar James zich vrijwel zeker niet van bewust was, maar Karamat had er altijd waardering voor gehad dat de jongeman zijn status van buitenstaander onbewust eerder benadrukte dan andersom als hij de minister van Binnenlandse Zaken het hoofd bood.

'En wat vind je daarvan?'

'Ik vind het een abominabel plan. Iedereen zal denken dat het vanwege Eamonn is.'

'Iedereen moet beter weten,' zei Karamat. Hij stond op en liep naar de tv met splitscreen. 'Verdomd als ik weet wat ze van plan is. Zou jij net zo dicht bij haar gaan staan als al die mensen in het park?'

'Denk je dat ze een bomgordel onder haar kleren draagt?'

'Nee, ik denk dat ze alles vergiftigt wat ze aanraakt. Dat gras om haar heen is ook al aan het vergelen. Zie je dat?'

'Het zal aan de cameralens liggen. Het spijt me dat ik die opmerking over die bomgordel maakte.'

'Ben je mal. We leven nu eenmaal in dat soort tijden.'

Het meisje stond vanuit de kleermakerszit met een vloeiende beweging op en stapte van het laken af. Er bleef een rozenblaadje op haar smalle blote voet liggen. Hij zag in gedachten dat zijn zoon zijn lippen op de plek van het rozenblaadje drukte en verdrong het beeld uit zijn hoofd. Beide tv-zenders zonden de beelden met een iets andere invalshoek uit; een naderende zandstorm kleurde de lucht geel. Het park, dat qua oppervlak niet groter dan tweemaal de achtertuin van de Lones was, werd omgeven door hekken met spijlen en bodhibomen, en het meisje liep nu in de richting van de openstaande poort, waar een bestelwagen stil was blijven staan, een ambulance.

'Nee, kom op. Nee.'

De bestuurder van de ambulance deed de achterdeuren open en riep de hulp in van een paar omstanders. Uiteindelijk tilden meer mensen dan nodig waren de eenvoudige kist uit de laadruimte en droegen hem op hun schouders achter het meisje aan. Zij, bleek maar beheerst, ging hun voor naar het witte laken met de rozenblaadjes. Het tafereel van het martelaarschap was voltooid. De mannen zetten de kist neer, maar het meisje had nog een verzoek. Ze sprak de bestuurder van de ambulance aan; hij schudde heftig zijn hoofd en wees naar de nevelige lucht – naar de Almachtige of naar de middagzon. Ze knielde naast de kist neer, legde haar handen boven op elkaar op het deksel en drukte er zo hard op, dat haar knieën van de grond kwamen.

'Haal die camera's weg,' hoorde hij zichzelf zeggen.

Het hout gaf mee en versplinterde.

'Godsamme,' zei James. 'Dat meen je niet.'

De doek was van haar hoofd gegleden en de wind liet haar lange haar om haar gezicht waaieren. De kist bewees van armetierige makelij te zijn toen het meisje de spijkers er met haar blote handen uit kon trekken. De zijkanten vielen een voor een om, tot de bodem en het deksel een sandwich van fineerhout vormden. Het meisje was op haar hurken gaan zitten, alsof ze nu pas, op dit moment, besefte welke aanblik ze van haar eigen ogen vergde. Of misschien wachtte ze op wat er vervolgens zou gebeuren: de geelbruine wind zou het fineerhout optillen en met een wapperend geluid in de lucht werpen.

Het meisje liet zich weer op haar knieën zinken, legde haar handen aan weerszijden van haar lichaam op de grond en boog zich naar voren, als een kind dat een onbekend dier inspecteert dat het in de tuin heeft gevangen. Haar broer, gebalsemd en wel, zag er niet 'normaal' uit. Hoe het anders te omschrijven? Dood.

Ze hief haar hand, keek er even naar alsof ze niet zeker wist wat ze nu moest doen, en bleef ernaar kijken toen haar vingers op het voorhoofd terechtkwamen van wat ooit haar tweelingbroer was geweest. De hand werd prompt teruggetrokken, teruggelegd en bewoog zich toen over de huid in de richting van de slaap. Karamat en de camera's zagen de hechtingen voordat zij ze voelde, de plaats waar de dood bij hem was binnengedrongen. Ze fronste toen haar vingers de steken betastten, alsof ze op een slordigheidje stuitte, meer niet. De hand ging weer omhoog, bewoog zich in de richting van de pols en twee vingers drukten op de plek waar de hartslag altijd voelbaar is. Haar mond opende zich en zou een woordje of een geluidje kunnen hebben voortgebracht, te zacht voor de microfoons om te registreren.

James mompelde: 'Mediawet', en verder niets. Elke telefoon in de kamer rinkelde. Iemand klopte op de deur. 'Hou je kop,' snauwde Karamat, tegen alles en iedereen.

De zandstorm, die zijn herauten vooruit had laten snellen, brak nu zelf los als een woeste, ziedende wind. Het witte laken, dat op de hoeken was verzwaard met de stukken fineerhout, vloog op; de rozenblaadjes werden door de lucht geslingerd en dwarrelden als zanderige vlokken neer; bladeren werden van de bodhiboom gerukt; de wereld veranderde van vorm; vrouwen trokken hun *dupatta's* voor hun gezicht en mannen maakten zich zo klein mogelijk. Een camera registreerde alleen het geplette gras door een gebarsten lens. De andere naderde het meisje in het wit, filmde hoe haar dupatta op hem af waaide, maakte een close-up van geborduurde bloemetjes op het witte weefsel en ging toen op zwart.

Even klonk er alleen maar het gehuil van de wind die door het park gierde; toen trok een hand het witte weefsel weg en kwam het gehuil uit het meisje, dat met een bestoft gezicht en aangekoekte lokken haar vingers over het gezicht van haar broer had gevouwen. Een gehuil dat dieper ging dan een meisje, een gehuil dat uit de aarde kwam, dwars door haar heen sneed en het kantoor van de minister van Binnenlandse Zaken bereikte, die een stap naar achteren deed. Alsof het hele spektakel zo was geënsceneerd, ging de wind net zo plotseling liggen als de gebouwen in de 3D-presentatie instortten; het meisje staakte haar misbaar en trok haar handen weg. De camera's panden en zoomden in. In de hele apocalyptische bende in het park was alleen het gezicht van de jongen niet onder het zand komen te zitten.

'Indrukwekkend,' zei de minister van Binnenlandse Zaken.

Het meisje bevochtigde haar duim en wreef over haar lippen om haar mond onder het stof tevoorschijn te halen. Toen keek ze de minister van Binnenlandse Zaken recht aan en zei: 'In verhalen over wrede tirannen worden mannen en vrouwen gestraft met ballingschap, lichamen mogen niet terug naar hun familie – afgehakte hoofden op spiesen, hun lichamen in naamloze graven gegooid. Daarbij wordt de wet nageleefd, maar waar is de rechtvaardigheid? Ik ben hier met het verzoek om rechtvaardigheid. Ik doe een beroep op de minister-president: laat me mijn broer mee naar huis nemen.'

Karamat liet de presse-papier op het bureaublad rondtollen, zag de eenhoorn en de leeuw tot leven komen en glimlachte. Al met al bleek ze, ondanks alle toeters en bellen, gewoon maar een domme meid te zijn.

Het vragenuurtje aan de minister-president was normaal gesproken een gênante vertoning. Kinderlijk gejengel en hoon; de minister-president die zijn vlotte afwimpeltalent etaleerde en de ruis snel onderdrukte; de minister van Justitie die naast hem zat met een zowel onderdanige als zelfingenomen blik, maar in een close-up van de camera de juiste mate van hulpvaardigheid leek te hebben. Het parlement gereduceerd tot een speeltuin. Karamat had er vooral vandaag een hekel aan – het was het eerste vragenuurtje sinds de Pasha-affaire. De minister-president, die een paar dagen niet in het land was geweest en de zaak niet op de voet had gevolgd, had zich stilletjes zorgen gemaakt en als hij zijn minister van Binnenlandse Zaken niet zou steunen, zou dat een opsteker zijn voor de minister van Justitie en diens gooi naar het leiderschap. Maar toen had het meisje gesproken.

'Afgehakte hoofden op spiesen. Hun lichamen in naamloze graven gegooid. Er zijn mensen die er dat soort praktijken op na houden. Haar broer heeft Engeland verlaten om zich bij hen aan te sluiten.'

De minister-president plaatste zich boven de partijpolitiek, de leider van de oppositie viel hem bij. Aan beide zijden van de gang werd er 'En zo is het!' geroepen. De minister van Binnenlandse Zaken werd bewierookt omdat hij zulke moeilijke beslissingen had moeten nemen en ook persoonlijk een gevoelige knauw had gekregen, zonder dat hij zijn beoordelingsvermogen of gedrevenheid om de juiste beslissingen te nemen hierdoor had laten beïnvloeden. Zelfs de minister van Justitie boog zich over de lege plek toen de minister-president bij de *despatch-box* was gaan staan en gaf Karamat een schouderklopje – hij wist dat Karamat de nerveuze trilling bij zijn ooghoek als de nederlaag herkende.

James wachtte op hem in zijn kamer achter de sprekersstoel en onthaalde hem op een pantomime van de vreselijke euforie na een gewonnen voetbalwedstrijd; de juiste mix van oprechtheid en ironie. Niet voor het eerst dacht hij hoe mooi het zou zijn als James een relatie met zijn dochter zou krijgen. En als vanzelf gold zijn volgende gedachte de partnerkeuze van zijn kinderen. Je kon zien dat Aneeka Parsha het soort meisje was dat door roeien en ruiten zou gaan. Een meisje met dat uiterlijk en die ijzeren wil. Zijn arme zoon had geen schijn van kans gehad. Moeizaam liet hij zich op zijn stoel zakken. Hij miste zijn vrouw. Niet op de manier van toen hij Eamonns leeftijd had, maar zoals de ene ouder de andere kan missen als hun kind in nood verkeert.

Hij knikte naar James dat hij het gewenste telefoontje kon plegen, en besloot het gesprek in het Urdu te voeren toen zijn assistent hem het toestel aanreikte, puur en alleen omdat hij wist dat de man van de Pakistaanse Hoge Commissie, die opgeblazen kikker, daaruit zou concluderen dat zijn beheersing van het Engels volgens de minister van Binnenlandse Zaken niet toereikend was.

'Wat spoken jullie daar uit?' vroeg Karamat.

'Wat een vreemd begin van een verontschuldiging,' antwoordde het commissielid in het Engels.

'Ik ben niet degene die zich hoeft te verontschuldigen. Dat lichaam was nooit in het park terechtgekomen als jullie overheid er niet mee had ingestemd. Of het zelfs had geregeld.'

'Kom, kom,' zei het commissielid, maar hij klonk niet overtuigend. 'Een nabestaande die vraagt of het lichaam naar een bepaalde plek overgebracht kan worden... Op grond waarvan kan de bestuurder daar bezwaar tegen maken? Mijn overheid heeft wel andere dingen aan haar hoofd dan de locatie van een lijk.'

'Ik neem aan dat iemand dat lijk uit het park gaat halen. Op grond van hygiëne, nergens anders om.'

'Ik ben afgevaardigde van mijn land voor het Hof van Sint-Jakobus. Denkt u dat ik met de gemeenteraad van Karachi om de tafel zit? Misschien gaan de dingen in Engeland anders. Zou u in dat geval aan de vuilnisman willen doorgeven dat hij 's morgens niet zo'n herrie moet maken als hij zijn ronde maakt?'

'Hoe zit het met de visumaanvraag van uw zoon?'

'Hij heeft besloten om naar Harvard te gaan in plaats van naar Oxford. Het meisje heeft een paar interessante punten aangekaart, vindt u ook niet?'

Het gesprek was inmiddels niet erg aangenaam meer, dus hij schakelde over het op Engels. 'Goed, ik heb voor mijn beurt gepraat. Het rechtssysteem van Pakistan is een parel voor uw natie.'

'Smeerlappen,' zei het commissielid plotseling. En toen schakelde ook hij over op een andere taal. Niet op het Urdu, maar op het Punjabi. 'Luister, ik ben ook vader. Ik wil haar ook het liefst uit de media hebben.'

'Daar gaat het niet om.'

'Schei uit. Ik leef met je mee.' In het Punjabi kon hij zich deze breuk in de etiquette veroorloven en Karamat voelde de omwenteling in zichzelf, het loskomen. Hij spande zijn schouders om het gevoel tegen te gaan. 'Het punt is dat mijn overheid geen reden heeft om te interveniëren.'

'Interventie op basis van fatsoen. Wat is het voor waanzin om iemands stoffelijke resten in de hitte te laten rotten?'

'De waanzin van de liefde. Herinner je je het verhaal van Laila en Manju nog, Karamat? De beau was zo van de kaart om zijn geliefde schone, dat hij compleet buiten zinnen de woestijn in liep. Dat mooie meisje in de zandstorm slaagde er voor het oog van de natie in om zowel Laila als Manu te belichamen. Of Sassi en Punnu in andere delen van het land – zelfde verhaal, alleen is het dan het meisje dat gek van liefdesverdriet de woestijn in rent om haar minnaar te zoeken.'

'Het land dat heeft besloten om haar tot romantische heldin uit te roepen is hetzelfde land dat haar wil laten geselen?'

'Ach wat, er wordt al geroepen dat jouw overheid het hele verhaal heeft verzonnen dat ze jouw zoon wilde bespelen om haar in diskrediet te brengen. Ze zijn er alleen nog niet uit of jijzelf of je vijanden achter het verhaal zitten. Linksom of rechtsom, het is te precair voor ons geworden om actie tegen haar te ondernemen.'

'Godsamme, man. Moet ik nu echt geloven dat jouw overheid beslissingen neemt op basis van folkloreverhaaltjes en complottheorieën?'

'Je bent al net zo Engels als ze zeiden. Laat het me dan uitleggen in een taal die je begrijpt: de mensen, en verschillende oppositiepartijen, hebben besloten een jonge vrouw in de armen te sluiten omdat ze een machtige regering trotseert, en dan niet zomaar een machtige regering, maar een die wat de moslims betreft een erg slechte reputatie geniet en ons gisteren nog direct heeft beledigd. Het zou politieke zelfmoord van mijn overheid zijn om zich in deze kwestie te mengen. Ik hoop je bij de Suikerfeestreceptie te zien. Tot dan, *Allah hafiz*.'

De deur zwaaide open. De verwachte medestanders, en ook

een paar onverwachte, stormden naar binnen om te buigen en denkbeeldige hoeden in de lucht te werpen. Karamat wreef met de rug van zijn hand over zijn mond en proefde stof.

Hij lag in een kist van ijsplaten, de prins in het sprookje. De eigenaar van de grootste ijsfabriek van de stad had zich bereid verklaard het product gratis te leveren; een vrachtwagenchauffeur meende dat het zijn religieuze plicht was om het te vervoeren. Iedereen die zich in het park had verzameld, hielp mee de ijsplaten via een menselijke keten naar het witte laken te tillen, dat inmiddels doordrenkt was van het gesmolten ijswater. Zodra ze de platen loslieten, legden ze hun rode handen tegen hun wangen, het gloeien van de kou op het gloeien van de hitte. Degenen die het dichtst bij het lijk stonden, wikkelden een doek om hun hoofd. Door het doorzichtige ijs konden de nieuwszenders doorgaan met hun live verslaggeving zonder dat ze bang hoefden te zijn de mediawet te overtreden; het lijk bestond slechts uit vage contouren. Het meisje hielp niet mee om de smeltende ijskist te herbouwen, maar ze hield het ook niet tegen. Ze stond er alleen op dat zijn gezicht onbedekt zou blijven. Terwijl de zonsondergang het zwerk beurs kleurde, stond ze met haar rug tegen de bodhiboom zonder dat haar blik het gezicht ook maar een moment losliet.

IS DIT HET GEZICHT VAN HET KWAAD? kopte een tabloid en ter illustratie stond er een foto van het hullende meisje in loeiende windvlagen bij. Slet, terroristennazaat, vijand van Engeland. Er werden dit soort bewoordingen gebruikt om haar te omschrijven, stond er in het artikel, waarin elke term als bewijs tussen apostroffen was gezet. Zou de minister van Binnenlandse Zaken haar de Britse nationaliteit willen afnemen omdat ze tegen de belangen van de staat in had gehandeld, wat ze wel degelijk had gedaan door de vijanden van Engeland ammunitie te geven?

De minister van Binnenlandse Zaken schoof de krant met een geërgerd gebaar terzijde en keek weer naar Aneeka Pasha. Zelfs als er geen ontwikkelingen waren, was er altijd wel iemand om te interviewen en de tv-journalisten duwden de microfoon in de gezichten van 'vertegenwoordigers van de beschaafde samenleving', de medestanders van het getergde meisje die in de vallende avond waren begonnen met het aansteken van kaarsjes.

Drastische maatregelen, zoals het afnemen van haar Britse nationaliteit, waren niet nodig – dat zou namelijk als een persoonlijke beweegreden geïnterpreteerd kunnen worden. Ze kon niet terug naar Engeland op haar Pakistaanse paspoort, tenzij ze een visum aanvroeg, wat haar volkomen vrijstond, althans, als ze zin had om daar tijd en geld aan te verspillen. Haar Britse paspoort was immers door de veiligheidsdienst ingenomen toen ze had geprobeerd om naar haar broer in Istanbul te gaan. Het was niet verloren, gestolen of verlopen, en ze had derhalve geen reden een nieuw aan te vragen. Voor zijn part mocht ze Brits blijven, zolang ze dat maar buiten Engeland deed.

De gloed van de kaarsen werd op de kist van ijsplaten weerspiegeld. Langgerekte vlammen die de indruk wekten dat daarbinnen iets bewoog. Karamat liep naar het raam om de luiken open te zetten en de middagzon binnen te laten, en zag beneden het vertrouwde straatbeeld van Marsham Street, dat hem opeens dierbaar was, de dagelijkse aanblik van al die geparkeerde auto's langs de weg, de passerende vrouwen met handtassen om hun pols, de keurige bomenrijen met de slanke stammen. Zijn Londen, ieders Londen, ieders Londen behalve voor degenen die de stad kwaad wilden doen. Hij raakte een ader in zijn hals aan en voelde de geruststellende warmte van zijn bloedsomloop.

Hij ging na *Newsnight* terug naar Holland Park. Het interview was zoals verwacht pittig geweest, maar hij had zijn kalmte weten te bewaren en uitgelegd dat hij nooit een beslissing over een lijk had genomen – de beslissing betrof de levende 'vijand van de Britse staat' (een term die hij driemaal gebruikte, wat precies goed leek, alhoewel hij zich een vierde had kunnen veroorloven). Het woord 'repatriëring', die de jonge vrouw voor haar broer wenste, had betrekking op een aspect van het burgerschap waar een eind aan was gekomen op de dag dat hij, Karamat Lone, minister werd en een niet mis te verstane boodschap had afgegeven aan eenieder die zijn of haar privilege van het Britse burgerschap beschouwde als iets wat bij verraad zonder consequenties zou blijven. Nee, hij vond het niet te cru om die boodschap zelfs af te geven aan meisjes die als zogeheten jihadbruiden vertrokken. Men was inmiddels ver voorbij het punt dat wie dan ook de schijn kon ophouden geen idee te hebben bij wat voor soort doodscultus ze zich aansloten. Het Britse volk stond achter hem en daarmee ook de meerderheid van de Britse moslims. De verslaggever had bij die uitspraak zijn wenkbrauwen opgetrokken.

'Weet u dat zeker?' had hij gevraagd. 'Er lijkt een breed gedragen opvatting te zijn, zoals gisteren in dit programma door een vertegenwoordiger van de Britse moslimvereniging verwoord, dat u een hekel aan moslims hebt.'

'Ik heb een hekel aan de moslims die ervoor zorgen dat mensen een hekel hebben aan moslims,' had hij kalm geantwoord.

Hij liep de trap op en ging naar de slaapkamer die voor hem tot verboden terrein was verklaard. Terry zou naar het programma hebben gekeken en hebben geweten dat die vraag hem had gekrenkt. Alhoewel hij wist dat ze nog steeds kwaad op hem was omdat hij volgens haar Eamonn niet voldoende in bescherming had genomen, was haar woede mogelijk enigszins bekoeld. Hij wilde alleen maar naast haar kunnen liggen, aanraken hoefde niet eens – om te weten dat hij niet was vergeven, maar ook niet ongewenst was. Ergens tijdens de nacht zou ze met haar voet de zijne raken; van de rituelen die betekenden dat ze het bijlegden was dit ene na dertig jaar huwelijk overgebleven. 'Onze liefde is nu bijna van middelbare leeftijd,' had ze een paar weken daarvoor, op de verjaardag van hun eerste ontmoeting, tegen hem gezegd, en daarbij had ze geprobeerd haar teleurstelling te verbijten dat hij zo laat terug was gekomen van Marsham Street, omdat hij hun dagje, dat ze altijd samen in stilte vierden, was vergeten, in tegenstelling tot hun trouwdag, die ze altijd grootser vierden met familie en soms ook met vrienden. Zijn blunder was extra pijnlijk omdat ze nog maar een paar maanden daarvoor een ceremoniële functie in haar onderneming was gaan bekleden, een stap die ze vaak ter sprake had gebracht, maar die ze volgens hem nooit zou zetten. ‘Een van ons tweeën moet een vaste plek in het universum innemen, anders blijven we elkaar mislopen,’ had ze bij de bekendmaking gezegd, en dat was tevens de enige aanwijzing dat ze het had gedaan vanwege zijn ophanden zijnde ministerspost. Die verdomde dag onthouden was wel het minste wat hij haar als tegenprestatie had kunnen bieden. Over het algemeen gaf hij zijn fouten grif toe en corrigeerde ze indien mogelijk (hij had haar de volgende ochtend ontbijt op bed gebracht en was op allerlei manieren attent voor haar geweest), verder had hij er niet meer bij stilgestaan. Toch had deze faux pas hem ontstemd, en daar kwamen nog dingen bij als Suarez’ ongedurigheid, het gesprek met zijn zoon, de vraag over zijn vermeende haat jegens moslims en die verdraaide snertmeid op de koop toe.

‘Nee,’ zei Terry toen hij de deur opendeed. ‘Nee. Eruit.’

‘Ik ga hier zitten,’ zei hij en hij wees op de stoel bij de kaptafel.

‘Ik heb je zoon gesproken. Hij heeft me verteld wat je zei. Over pijpen. Ben je een expert in de betere die voorhanden zijn?’

‘Wat mijn fouten ook mogen zijn, dat soort dingen valt er niet onder, en dat weet je,’ zei hij. Hij maakte zijn stropdas losser en schopte zijn schoenen uit.

‘Ik meen het, Karamat. Wegwezen.’

Het had geen zin om met haar te discussiëren als ze in deze stemming was. Ongelooflijk dat zijn zoon de specifieke details van hun gesprek had doorverteld. Had die jongen geen enkel besef van gedragscodes van mannen onder elkaar? Hij liep de trap af om troost te zoeken bij een fles lachwekkend dure rode wijn, die Terry voor een bijzondere gelegenheid had bewaard. Op de begane grond werden meestal de gasten ontvangen, in de kelder kon hij zich afzonderen, ook van zijn gezin. Momenteel kwamen beide ruimten vervreemdend op hem over en hij nam de wijn mee naar de patio. Hij kromp ineen bij de dreigende schaduwen om zichzelf een zo klein mogelijk doelwit te maken, tot hij zich realiseerde dat ze er juist waren om hem te beschermen. Uiteindelijk installeerde hij zich in de keuken, waar hij zich op het aanrechtblad hees en zijn benen over de rand liet bungelen, net als zijn kinderen vroeger, als zijn vrouw op zakenreis was en hij hun ontbijt maakte. De keukentafel was al een hele tijd geleden weggehaald en vervangen door een glimmend chromen eiland dat meer plek bood voor kaasplankjes, schalen met canapés, glazen – pardon, kinderen, flûtes – champagne. Hij stroopte zijn mouwen op en koos een wijnglas. De eerste Indiase cricketspeler die door de Engelsen in de armen werd gesloten, Ranjitsinhji, hield zijn manchetten altijd dichtgeknoopt om zijn bruine huid te verbergen. Er was iets aan de manier waarop hij zijn glas dure wijn vasthield waardoor Karamat begreep hoe hij zich moest hebben gevoeld. Hij liet de wijn over zijn tong rollen voor die met de zelfingenomen soepelheid van het te hoge prijskaartje door zijn keelgat vloeide.

Er werd discreet op de deur naar buiten geklopt en even later kwam Suarez binnen.

'Volgens mij had je geen dienst.'

'Mijn mannen belden me. Er was iemand in de straat die op en neer bleef lopen. Jones vroeg uiteindelijk wat ze wilde en ze zei dat ze wist dat u hier woonde, maar dat ze niet precies wist welk huis het was. Ze had bedacht dat de lijfwacht vanzelf wel naar buiten zou komen als ze lang genoeg bleef ronddrentelen.'

Karamat grinnikte geamuseerd. 'Wie is het?'

'Isma Pasha. De zus van...'

'Ik weet het al. Laat haar maar binnen.'

'Hier, meneer?'

'Mijn moeder heeft me geleerd dat je vrouwen niet in het holst van de nacht alleen over straat moet laten dwalen. Er zijn momenteel alleen mannelijke agenten hier, toch? Beperk het fouilleren tot een minimum.'

'Te laat, vrees ik. Uw veiligheid gaat voor alles.'

Toen ze binnenkwamen, namen haar ogen de immense omvang van de keuken op, en Karamat voelde dat het eerste oordeel al was geveld. Hij schonk een glas wijn voor haar in en schoof die over het roestvrijstalen blad naar haar toe.

'Nee, dank u,' zei ze in plaats van het verwachte 'Ik drink niet', met een nuffig getuit mondje. Ze leek totaal niet op haar zus. Niet alleen qua huidskleur en gelaatstrekken, maar ook haar houding was heel anders, alsof ze besefte dat ze in het gezelschap verkeerde van een man die alle macht had en wellicht verkoos die te laten gelden. Waarschijnlijk is ze nog maagd, bedacht hij, en meteen vroeg hij zich af wanneer hij het soort man was geworden dat zo reageerde op een vrouw met hoofdbedekking, een vrouw die geen enkele moeite had gedaan haar alledaagse voorkomen te verfraaien.

'Het kan de moeite waard zijn om er de hel voor te riskeren,' zei hij, en hij nam een lange teug.

Ze pakte het glas met beide handen op en rook eraan. 'Het ruikt naar benzine.'

Ergens diep vanbinnen had hij verwacht dat ze een slokje zou nemen, omdat ze zou denken dat het van haar werd verlangd als tegenprestatie voor het verzoek dat ze op tafel ging leggen. 'Wat wil je?' vroeg hij en hij sprak op een toon die Suarez een stap naar voren deed zetten om te kijken wat het meisje had gedaan.

'Ik wil morgenochtend naar Karachi vliegen zonder dat ik op het vliegveld word tegengehouden.'

Hij pakte haar glas en goot de wijn in het zijne. 'Je verklaring aan de media was precies goed. Ik verkeerde in de veronderstelling dat je redelijk was.'

'Ze is mijn zus. Bijna nog een kind.'

'Ze houdt anders niet veel rekening met jou, of wel?'

'Is uw liefde voor uw kinderen afhankelijk van hoe ze zich jegens u opstellen?'

'Pas op je woorden, jij.' Dit was geen meisje. Ze was een volwassen vrouw, en een stuk gevaarlijker dan die feeks in de zandstorm.

'Eamonn draagt u op handen. En u hebt de wereld het idee gegeven dat hij een idioot is.'

'Dat heeft hij aan zichzelf te danken, niet aan mij. Een meisje dat totaal geobsedeerd is door haar broer had nooit iets gezegd wat zijn argwaan opwekte? Of over haar vader?'

Ze leunde tegen de koelkast en raakte met haar elleboog per ongeluk de ijsmaker. Ze schrok toen er twee ijsklontjes uit kletterden. De geluidloosheid van dit snufje had hem teleurgesteld

– als kind had hij zijn familieleden in Wembley altijd benijd om het kletterende gerammel van de ijsmaker in hun koelkast. Isma Pasha van Preston Road, het chiquere deel van Wembley, pakte een van de klontjes van het rooster waar het op was gevallen en even leek ze op de belichaming van al zijn kinderlijke ambities. Ze behoorde zeker tot degenen voor wie redding mogelijk was, ondanks de averij van haar gezin.

'Eamonn wist allang wat er met onze vader aan de hand was. Ik heb het hem zelf verteld, ver voor hij Aneeka ontmoette.'

Ze stond daar met het smeltende ijsklontje tussen haar vingers, waar ze nu geen raad meer mee wist. Het toonbeeld van onschadelijk ongemak. Een wolf in schaapskleren.

'Tot dusver ben je verstandig geweest. Hou dat zo,' zei hij, terwijl hij licht met zijn glas schudde en bedachtzaam in de bloedrode miniatuuroceaan tuurde.

'Wat zegt u? O, nee, ik bedoelde niet...' Ze liet het ijsklontje in haar lege glas vallen, waar het met de resterende rode druppels vervloeide. 'Denkt u dat ik er een "mijn woord tegen dat van de minister van BiZa" van wil maken? Of de zaken voor Eamonn wil verergeren? Ik wilde alleen aangeven dat uw zoon meer karakter heeft dan u wilt toegeven. Wat u een zwakte vindt, kan juist een kracht zijn.'

'Je bent nogal met zijn lot begaan. Jammer dat hij niet voor jou heeft gekozen, maar voor je zus. Ik zou jou geaccepteerd hebben.'

'Hij wilde me niet,' zei ze op vlakke toon.

Hij trok zijn wenkbrauwen op boven zijn glas. 'Was het een optie?'

'Nee.'

'Er zitten interessante grijstinten van "ja" in dat "nee". Misschien hebben we het er op een andere dag een keer over. Maar laten we nu eerst de huidige situatie oplossen. Je vraagt me om een gunst. Oké. Laten we eens zien hoe verstandig je bent. Kun je haar ervan overtuigen dat hij in Karachi begraven moet worden? Er is trouwens niet één luchtvaartmaatschappij die het lijk in deze staat wil vervoeren.' Hij kon zijn ogen niet van het inmiddels rozegekleurde smeltende ijsklontje afhouden.

‘Ze is niet te overtuigen. Ik wil gewoon bij haar zijn.’

Het waren bijna dezelfde woorden die Eamonn had gebruikt. ‘Ik wil alleen maar bij haar zijn.’ Holle woorden van een zwak joch. Hij had die eigenschap van zijn zoon talloze keren voor zichzelf herhaald: zwak. Hij pakte het bijna lege glas van het roestvrijstalen eiland en dronk het ijzig koude water, dat een accent van iets ongewoons had, leeg. Een vreemd lichaam in ijs.

‘Suarez, waar is mijn zoon?’

‘In Normandië, meneer. Op het landgoed van Alice’ familie.’

‘Houdt iemand hem in de gaten?’

‘Nee, meneer. We dachten dat het voldoende was om zijn… Aneeka Pasha te schaduwen. Wilt u misschien dat ik…’

‘Nee, laat maar. Je hebt de juiste keus gemaakt. En bedankt dat je nog zo laat wilde komen. Je kunt me alleen laten met haar. Ik zit dichter bij de messenset dan zij.’

Toen hij de deur achter zich dicht had getrokken, zei Isma: ‘U hebt hetzelfde gevoel voor humor als uw zoon.’

‘Hij is veel geestiger.’

‘Ja.’

Hij pakte zijn telefoon uit zijn zak en sms’te James: GA NA OF MIJN ZOON IN DE AFGELOPEN DAGEN ZIJN PASPOORT HEEFT GEBRUIKT. DISCREET.

Hij sloeg zijn armen over elkaar en leunde naar achteren. Hij hoorde Isma Pasha een lichte zucht slaken en zag dat zij dezelfde houding had aangenomen, haar hoofd leunend tegen de koelkast. Opmerkelijke vrouw. Ze was duidelijk dol op Eamonn, maar dat stond haar toewijding aan haar zus niet in de weg.

‘Waarom sociologie?’ vroeg hij. Hij had de fles wijn niet moeten ontkurken, het zou Terry nog bozer maken. Er was nog nooit iemand wijzer geworden van flauwe streken.

‘Om te doorgronden waarom de wereld zo oneerlijk in elkaar zit.’

‘Heeft jouw God daar geen antwoord op?’ vroeg hij, verrast door de uitdagende klank in zijn stem.

‘Onze God deed dat op indirecte wijze.’

‘Leg eens uit.’ Ze was knapper als ze haar gezicht ontspande, zonder die verbeten trek.

‘Om te beginnen creëerde hij Marx.’

‘Aha, jij hebt dus ook gevoel voor humor.’

‘U denkt dat ik een grap maak.’ Ze keek hem recht aan en even gebeurde er iets tussen hen; het was geen blik met een seksuele lading, maar een die gevaarlijker voelde. Ze deed hem denken aan een wereld die hij verloren had.

Hij probeerde zijn schouders te ontspannen, keek op de klok van de magnetron en vroeg zich af of het nog steeds vandaag was. ‘Je moet hebben gemerkt dat er iets met je broer aan de hand was. Waarom heb je niet ingegrepen? Hoe kan ik mensen als jullie ertoe bewegen aan de bel te trekken als er nog tijd is om in te grijpen?’

‘We merkten dat er iets was, mijn zus en ik. We dachten dat hij een vriendin had, het zou zijn eerste liefde zijn. Welke andere verklaring is er als iemand binnen een paar weken tijd een heel ander persoon wordt? Hebt u zelf gezien wat er met uw zoon gebeurde?’

Hij voelde dat de spieren in zijn gezicht zich aanspanden. ‘Ik zal je dit vertellen. Stel dat jij gelijk hebt, en ik niet. Dat er een Almachtige is die Zijn engel Gabriël naar de aarde stuurt om je broer, en je zus ook, op te tillen en in zijn armen naar Londen te dragen, met vleugels van vuur. Dan nog laat ik ze niet binnen, hoor je me? Zelfs Gabriël komt er niet in.’

‘Een stel van negentien, van wie de een dood is,’ zei ze alleen.

De kalmte in haar stem liet zijn retoriek over aartsengelen en vleugels van vuur – de taal van zijn ouders – net zo hysterisch klinken als die was. Hij wilde met een snedig antwoord reageren om haar op haar nummer te zetten, maar op dat moment belde James. Hij antwoordde met een ‘ja’ en ‘dank je’, verbrak de verbinding en schonk de rest van zijn wijn terug in de fles zonder een druppel te morsen. Hij moest morgen een helder hoofd hebben.

‘Laat u me morgen vertrekken?’ vroeg ze.

‘Jij doet er morgen niet meer toe. Doe wat je niet laten kunt.’

Hij verliet de keuken en ging naar de kelder. Onderweg passeerde hij een bijzettafel met een foto van een lachende Eamonn.

Hij pakte het fotolijstje op en kuste zijn zoon op zijn wang. Mijn prachtige jongen. Heel even stond hij zichzelf de luxe toe om de vader van zijn zoon te zijn – een zoon die zich in de tegenovergestelde richting van zijn ouderlijk huis bewoog en onderweg bruggen verbrandde, met achterlating van een spoor van vuur in de lucht.

9

Karamat herinnerde zich nooit iets van zijn dromen, nooit, dus toen hij midden in de nacht wakker schoot, dacht hij dat er een ongewenste indringer moest zijn, die zijn hart zo hevig op hol had laten slaan dat hij was ontwaakt. Maar de stilte in de logeerkamer in de kelder was absoluut, er was niets wat de rust had verstoord. Achter de glazen schuifdeuren met de opgetrokken schermen zat een buitenkoekoek van glas en uitgekiende spiegels, die een verwarrend en kil licht doorlieten. Hij liep in zijn pyjama naar de koekoek. De volle maan stond laag aan de hemel. Hij ging op de houten bank liggen die destijds op verzoek van zijn naar warmte hunkerende zoon in de muur was gebouwd, zodat de jongen deze ruimte als zonnekamer kon gebruiken. Maar nu was het er koud. Het licht was koud, zijn huid was koud, de leegte was koud. Hij stond op en drukte zijn handen plat tegen het glazen plateau. Een onderaards wezen dat naar de maan reikte. Hij huiverde en voelde zich eenzaam en verlaten. 'Terry,' zei hij, net als een kind dat een schietgebedje prevelt om de duisternis van de wereld op een afstand te houden.

Even later klom hij bij zijn vrouw in bed en trok aan het laken tot ze op haar zij draaide en hij tegen haar aan kon kruipen. Hij deed zacht haar zijden nachtjapon omhoog, zodat hij zijn hand op haar warme bovenbeen kon leggen, zijn lievelingsplekje, en hoorde aan haar ademhaling dat ze wakker genoeg was om te beseffen dat hij naast haar lag. 'Laat me blijven, jaan,' fluisterde hij. Ze gaf toe, zoals ze bijna altijd toegaf als hij die toon aansloeg, en ging verliggen tot hun lichamen elkaar op meer punten raakten. Haar voet drukte tegen de zijne. Morgen moest hij haar vertellen dat Eamonn naar Karachi was gevlogen om zijn vader te bewijzen dat hij ruggengraat had. Hij ademde de geur van zijn vrouw in en verlegde zijn hand naar de bron van haar warmte. Wie weet zou dit hem voor altijd worden ontzegd als de dag van morgen voorbij was. Hij drukte zijn lippen tegen Terry's naakte schouder, draaide zich om en stapte ondanks haar zachte kreet van protest weer uit bed. Te veel afleiding. Hij moest zijn hoofd helder houden.

Hij ging terug naar de kelder om te slapen en toen hij wakker werd, was er wel iemand in zijn kamer die hij daar niet wilde. James had een kop koffie in zijn hand. Karamat kwam overeind. Het was nog niet licht buiten.

'Is Eamonn geland?' vroeg hij.

'Hij is net overgestapt op het andere vliegtuig,' zei James terwijl hij hem de koffie aanreikte. 'Iemand bij de vertrekgate heeft hem herkend, dus de media zullen het wel snel oppikken. Hebt u al met de ambassadeur gesproken?'

'Waarover?'

'Misschien hebt u de Pakistanen verzocht om hem op het eerste het beste vliegtuig naar huis te zetten.'

'Zou ik dat ook doen als hij niet mijn zoon was?' Hij vroeg zich af of Eamonn op deze zet van zijn vader rekende – de vader die over hem waakte, die voorkwam dat de boel uit de hand zou lopen.

'Met alle respect, meneer, maar hij is wel uw zoon.'

'Met alle respect, James, maar hij is een Brit die de consequenties van zijn keus onder ogen moet zien. Net als iedere andere Brit.'

'Er is nog iets anders dat de media weldra zullen ontdekken. Het is net online gezet.' Het voorwerp onder James' arm waarvan Karamat dacht dat het een dossiermap was, bleek een tablet te zijn. Hij wilde hem aan Karamat geven, maar die schudde zijn hoofd, zwaaide zijn benen uit bed en trok zijn kamerjas aan. Als een man belangrijk nieuws kreeg, mocht dat niet in zijn pyjama zijn. James volgde hem naar zijn kantoor, waar een desktopcomputer met een groot scherm stond, maar hij zette de tablet in een standaard.

'Is het zo erg dat ik het beter niet op een groot scherm kan zien?' vroeg Karamat. James ontweek zijn blik.

Het bericht was verpletterend. En omdat de geest nu eenmaal ondoorgrondelijk is, was Karamats reactie in eerste instantie deze: ergernis dat zijn zoon niet in gesprek was met een journalist, maar had besloten rechtstreeks in de lens te kijken en het hele geval op een website te zetten. Het was de bedoeling geweest om eerlijk en direct over te komen, maar in feite was het heel dwingend. Of gewoon laksheid.

'Er is gespeculeerd over wat ik de afgelopen dagen heb gedaan,' zei Eamonn. Hij zag er erg knap uit en zat er ontspannen bij. De close-up liet niets van de omgeving zien, alleen de witte muur achter hem. Zijn schouders waren breed en sterk in het marineblauwe overhemd. Zijn blik dwaalde even af – wie stond daar? – en richtte zich toen weer op de lens. 'Ik geef toe dat ik als verlamd was' – zoals hij het zei klonk het als een symptoom – 'en ik stond besluiteloos tussen de twee mensen van wie ik op deze wereld het meest hield: mijn vader en mijn verloofde.'

'O nee,' zei James, te verbijsterd om te vloeken bij de dodelijke slagkracht van het woord 'verloofde'.

'Ik had gehoopt dat mijn vader van gedachten zou veranderen, maar inmiddels heb ik begrepen dat het niet gaat gebeuren. Laat me iets duidelijk maken. Aneeka Pasha is niet op mij afgekomen, ik ben naar haar huis toe gegaan omdat ik haar wilde zien. Ik had een pakje M&M's van haar zus, met wie ik in Amerika een poosje ben omgegaan.'

Leuk detail, die M&M's. Wie stond er toch achter de camera? Eamonn had zo-even opnieuw naar hem of haar gekeken.

'Het is waar dat ik niet direct op de hoogte was van haar broer, maar ik wist wel dat haar vader een jihadi was, dat hij naar Afghanistan was vertrokken om zich bij de taliban aan te sluiten, dat hij werd vastgehouden en mogelijk gemarteld in Bagram en op weg naar Guantánamo de dood vond. Zoals vrijwel alle Britten gruw ik van de keuzes die Adil Pasha heeft gemaakt en ik verafschuw de manier waarop hij aan zijn einde is gekomen. Maar de onverdedigbare feiten van zijn leven en van zijn dood maken uitzonderlijke vrouwen van Aneeka en haar zus Isma. In het aangezicht van onvoorstelbare gebeurtenissen, waaronder de dood van hun moeder toen ze nog heel jong waren…'

Wat zag hij er serieus uit, wat zag hij er knáp uit, terwijl hij de beproevingen en triomfen van de gezusters Pasha opsomde. Zijn rotsvaste vertrouwen in het goede van de mens straalde van hem af. De dwaas. Alsof dit tijden waren om de idealisten te vertrouwen.

'We werden verliefd. Mijn hemel, al mijn vrienden zullen hierover vallen, want we hebben onze liefde niet wereldkundig gemaakt. Maar zo zit het. Het is mijn waarheid.'

Sinds wanneer was die term 'mijn waarheid' in zwang geraakt? Het was een hatelijkheid, er sprak zelfzuchtigheid uit. En het getuigde ook van een zeker cynisme jegens alle andere waarheden.

'Ik weet niet waarom mij het geluk ten deel viel dat ze die gevoelens voor mij heeft ontwikkeld. Mijn vader, die me goed genoeg kent om te weten dat ik zo'n fantastische vrouw niet verdien, zei dat ze toneel moest hebben gespeeld…'

'Ai,' mompelde James.

'… maar tussen ons was er geen sprake van toneel. En daarom heeft ze me over haar broer ingelicht toen ze me haar jawoord gaf. Ik heb er geen woorden voor hoe afschuwelijk het was om te zien dat haar bekentenis, die ongelooflijk moedig van haar was en getuigde van haar vertrouwen in mij, zoveel mensen ertoe aanzette haar af te schilderen als… Ik krijg het niet over mijn lippen.'

Dit was gênant. En niets anders. 'Hoeveel is er nog te gaan, James?'

'Ik weet het niet precies, meneer. Het leek me niet kies om het eerder dan u te bekijken,' zei James, die kennelijk al zijn aandacht nodig had voor het patroon in het tapijt.

'Het klopt dat ik direct naar mijn vader ben gestapt, die minister van Binnenlandse Zaken is, om hem van Parvaiz Pasha op de hoogte te brengen. Niet omdat mijn verloofde er specifiek om had gevraagd, maar omdat het een kwestie van fatsoen was om mijn vader uit te leggen dat mijn privéleven en zijn overheidsfunctie weldra zouden botsen. Jullie moeten weten dat Parvaiz Pasha het Britse consulaat in Istanbul probeerde te bereiken. Niet om een terroristische aanslag te plegen, maar omdat hij een nieuw paspoort wilde aanvragen waarop hij naar huis kon reizen. Ik heb deze informatie inmiddels doorgegeven aan de antiterreurdienst en ik weet zeker dat Aneeka hetzelfde heeft gedaan. Het is mij niet duidelijk op basis waarvan het Britse publiek nog steeds in de veronderstelling verkeert dat hij daar uit terroristische motieven was op het moment van zijn dood. Ik weet zeker dat degenen aan wie hij bijna was ontsnapt zijn dood op hun geweten hebben.'

O nee, doe dat niet, maak nou geen held van hem. Dat vergeven ze je nooit.

'Maar Parvaiz Pasha gaat mij verder niet aan. Ik heb hem nooit ontmoet, en het is waar dat ik niet weet welke misdaden hij heeft begaan in de tijd dat hij in Syrië verbleef. Zijn zus ken ik daarentegen wel. De vrouw die jullie allemaal op tv zien, is een vrouw die vreselijk zwaar op de proef is gesteld; haar land, haar overheid en haar verloofde hebben zich van haar afgekeerd op het moment dat ze een diep persoonlijk verlies heeft moeten lijden. Ze is versmaad omdat ze verliefd durfde te worden ondanks haar hoofddoek, verguisd omdat ze dacht een leven te kunnen hebben met iemand wiens geschiedenis haaks stond op de hare, verketterd omdat ze haar broer naast zijn moeder wil begraven, beschimpt om haar volstrekt wettelijk geoorloofde protest tegen een besluit van de minister van Binnenlandse Zaken, dat veel weg heeft van een persoonlijke rancune. Is Groot-Brittannië echt het soort land waar een heksenjacht wordt ingezet op mensen die onvoorwaardelijk kunnen liefhebben? Toen haar broer nog leefde, werd de liefde aangewend om hem te overtuigen naar huis te keren; nu hij dood is, wordt de liefde aangewend om de overheid te overtuigen zijn lichaam naar huis te laten komen. Is dat een misdaad? Pa, zeg het me: hoe kan dat een misdaad zijn?'

Dus zo voelde een gebroken hart. Karamat erkende het, stond het toe en liet zijn armen slap langs zijn zij hangen. Persoonlijke rancune. Alleen zijn dierbaren wisten hoe die in gif gedoopte pijl doel trof. Wie er ook achter de camera had gestaan, wie er ook Eamonns woorden had aangescherpt, wie er ook had besloten dat het overhemd in die specifieke kleur overtuiging en vertrouwen inboezemde, aldus de psychologen – het deed er allemaal niet toe. Het was Eamonn zelf die het gif had gemengd en de pijl had afgeschoten. Hij wist dat het een leugen was; hij wist dat van alle leugens deze het hardst bij zijn vader zou aankomen; hij wist dat hij met deze woorden alle politiek opponenten van Karamat Lone carte blanche zou geven om de uitspraak uit te venten. Als een zoon de persoonlijke rancune niet zou herkennen, wie dan wel? Vaders en zoons, zoons en vaders. Een Aziatisch familiedrama had zich het Britse parlement binnengedrongen. Hij balde zijn handen tot vuisten en zat met strakgespannen schouders en rug op de stoel. Wanneer het lichaam de weg wijst, leert de geest te volgen. Hij haalde een paar keer diep adem, probeerde zijn gedachten met zijn ademhaling te ordenen, de schaakspeler in hem peinsde over de zet die net was gedaan en overzag toen het hele bord.

James wachtte tot de minister van Binnenlandse Zaken zich naar hem omdraaide. 'Wat doen we nu, meneer?'

'Niets. Vergeef me als ik het zo zeg, maar hij is zijn eigen graf aan het graven.' Hij keek op zijn horloge. 'Laten we naar kantoor gaan om te zien hoe dit zich zal ontwikkelen.'

'Wilt u nog een paar minuten met uw vrouw doorbrengen voordat we vertrekken?'

'James, tot aan het moment dat dit voorbij is, heb ik geen vrouw en ook geen zoon. Ik heb een Hoog Ambt in het Verenigd Koninkrijk. Duidelijk?'

'Jazeker, meneer. Neemt u me niet kwalijk.'

Karamat ging terug naar zijn kamer, trok de kledingkast open en keek naar het rek met stropdassen. De kleur blauw was oververtegenwoordigd, maar vandaag viel zijn keus op een matrode – sterk, edoch subtiel, de das van een man die verzekerd was van zijn eigen kracht.

Hij arriveerde tegelijk met de eerste ochtendkranten op Marsham Street. Zijn voorkeur ging nog altijd uit naar de gedrukte dagbladen. Zijn gezicht, dat deels verlicht en deels in de schaduw was, als dat van de slechterik in een stripboek, stak half boven de krant uit die hem politiek het meest welgezind was. NATIONAAL BELANG OF PERSOONLIJKE RANCUNE? kopte de voorpagina.

'Iemand moet de video van tevoren naar de redactie hebben gestuurd,' zei James ten overvloede.

'Blijf voor de deur staan en laat niemand binnen. Al is het de Queen in eigen persoon.' Het gebouw was leeg, het leeuwendeel van Londen was nog in slaap. Hij wilde gewoon met rust gelaten worden.

In de eerste alinea stond de zin 'anoniem kabinetslid'. In combinatie met de naam van de journalist kwam Karamat vrijwel zeker bij de minister van Justitie uit. Het anonieme kabinetslid gaf zijn mening over de onherstelbare schade voor de minister van Binnenlandse Zaken als de zoon de begrafenis van een terrorist zou bijwonen. 'Hij zou natuurlijk alles doen wat binnen zijn vermogen lag om dat tegen te houden.' Een eenvoudige aanval als deze sorteerde altijd het meeste effect.

Stukje bij beetje werd de daadkrachtige man met de principes afgebroken en opnieuw in elkaar gezet: een ambitieuze zoon van immigranten die via een huwelijk toegang kreeg tot de hogere klasse, fortuin en het netwerk dat nodig was om zich tot een invloedrijke partijdonor te ontwikkelen, waardoor hij hoger op de kieslijst uitkwam dan kandidaten die het meer verdienden. Hij gebruikte zijn identiteit als moslim uit gewin, om die vervolgens te verwerpen toen het nadelig voor hem werd. Het bleef een mysterie hoe hem het privilege ten deel was gevallen om bij de tussenverkiezing zo'n sterke positie te behouden nadat zijn kiesdistrict hem vanwege Moskeegate had gewipt; het had ertoe geleid dat mensen binnen de partij hun functie hadden neergelegd. In plaats van in te gaan op de vragen over zijn relatie met bekende terroristen in de moskee die hij regelmatig bezocht, werd hij de luidste spreekbuis van criticasters tegen de gemeenschap die hem had geloosd. Arbeidersklasse of miljonair, moslim of exmoslim, trotse-zoon-van-migranten of antimigratie, modernist of traditionalist: wil de echte Karamat Lone alstublieft opstaan? En de laatste klap, opnieuw van het anonieme kabinetslid: 'Hij offert iedereen op, zelfs zijn eigen zoon, als het hem dichter bij Downing Street 10 zou brengen.'

Toen brak de hel los. Engeland werd wakker bij een verwoed Twittergevecht, haastig geschreven columns en ontbijtnieuws waarbij iedereen zijn oordeel over de minister van Binnenlandse Zaken klaar had. Ze waren allemaal met de 'persoonlijke rancune' aan de haal gegaan en grapjassen lanceerden hashtags met melige en pikante varianten.

Een vakkundig gecoördineerd geheel, al met al. Hoe kwam het dat hij er zo lang over had gedaan om te ontdekken wie er achter de camera had gestaan?

'Je hebt me nooit gemogen, Alice,' mompelde hij, toen de heilbot na vijf keer rinkelen de telefoon opnam.

'Meneer Lone, uw zoon heeft het pr-bureau van mijn familie ingeschakeld,' zei ze. Honingzoete woorden druppelden op een koude visschaal. 'Dit is puur beroepsmatig. Geen persoonlijke rancune.'

Hij hing lachend op en knoopte zijn manchetten los. 'Hou het hoofd koel, breng de troepen in stelling,' zei hij tegen James. Het was nog geen acht uur. De hele dag lag nog voor hem en de spin van de heilbot had zijn beperkingen.

Hij klikte op de videofile op zijn desktop. De schaduw van een man, knielend in het woestijnzand, een kromzwaard als een maansikkel boven zijn hoofd. Uitzonderlijk goed geproduceerd; dit was het werk van mensen die nadachten over camerastandpunt, licht en geluid. Hij drukte een paar keer op het icoontje om het God vererende gezang harder te zetten. Het beeld was afkomstig van de afdeling Media waar Parvaiz voor had gewerkt. Hij wilde het Britse volk niet blootstellen aan deze nachtmerrie, daarvoor was het te barbaars. Dat hoefde ook niet. Hij wist zeker dat hij de situatie correct had ingeschat: als Eamonn het uiterst on-Britse spektakel in het park zou betreden, zou dat beeld de trending topic van de persoonlijke rancune onmiddellijk veranderen in de beroerde mensenkennis van zijn zoon. Mocht het zo niet direct werken, dan was het handig om een plan B te hebben om het publiek eraan te herinneren dat er maar één verhaal van belang was: dat iemand met de Britse nationaliteit zijn land de rug had toegekeerd voor een oord vol kruisigingen, onthoofdingen, geselingen, hoofden op spiesen, kindsoldaten, slavernij en verkrachting. Of Karamat Lone dat persoonlijk opnam? Reken maar, godallemachtig. Hij sloeg met zijn vuist op zijn bureau om het te oefenen, en vroeg zich af of 'godallemachtig' wel zo'n goede krachtterm was als er een hoofd in het zand rolde.

De eerste keer dat hij de video bekeek, had hij een week geen vlees kunnen eten. Bij het scheren kon hij het beeld van dat zwaard in die nek niet uit zijn hoofd zetten. Nu was het zijn wapen. Hij keek van zijn computerscherm naar de tv, die hij had aangezet zodra hij in zijn kantoor was aangekomen. Het meisje zat in kleermakerszit naast de ijskist, met nog steeds dat aangekoekte haar, de ooit witte kleren nog steeds besmeurd, en alles aan haar leek inmiddels ouder en vermoeider. Hoe goed ken je de jongen die je betreurt? vroeg hij zich af.

Zijn telefoon gaf een signaal. Sms van Terry: KOM NU NAAR HUIS, OF DE VOLGENDE KRANTENKOP IS DAT JE VROUW NAAR EEN HOTEL IS GEGAAN.

Hij woelde door zijn haar. Hij wist niet of hij moest wanhopen of haar erom moest bewonderen dat ze het aan de politicus had gericht in plaats van aan de echtgenoot of de vader. Zelfs de beelden van een onthoofding zouden de aandacht van het Aziatische Familiedrama kunnen afleiden als Terry Lone, de gevierde interieurdesigner, het stijlicoon, de volgens een recente peiling meest bewonderde vrouw van Westminster, haar zoons uitspraak van de persoonlijke rancune zou steunen.

SCHAAKMAT, TERESA, schreef hij terug. BEN ONDERWEG.

Terry's signatuur van het ingetogen kleurenpalet, de gestroomlijnde meubelstukken en houten vloeren was bepalend voor alle kamers in het huis, behalve in het honk van haar echtgenoot en in de familiekamer, met de dieprode muren, hoogpolige tapijten, gerieflijke banken en de witte boekenkasten met de lievelingstitels van alle gezinsleden. Toen Karamat de familiekamer naderde, hoorde hij een onverwachte stem aankondigen dat zijn voetstappen hoogdravender waren gaan klinken sinds zijn benoeming als minister van Binnenlandse Zaken.

Hij legde het laatste stukje zo snel mogelijk af en stak zijn armen uit naar zijn dochter, Emily de Ongecompliceerde, de zoon die hij nooit had gekregen.

'Ik ben overgekomen om te onderzoeken of die racistische, misogyne "in je broekje"-larie van jouw departement afkomstig is en de verantwoordelijke te ontslaan,' zei ze, terwijl ze zich met een stralende blik op haar vader uit zijn omhelzing bevrijdde. Beeldschone Emily, fysiek haar moeders gelijke met haar lichtbruine haar, de hazelnootkleurige ogen, de sierlijke handen en de snelle bewegingen.

'Ach, en ik maar denken dat je je ouwe pa kwam bijstaan,' zei hij, en hij kneep even in het puntje van haar neus.

'Mijn ouwe pa redt zich wel. Zoals altijd. Maar mijn broer is een beetje van het padje af, hè?' Ze liet zich op de bank ploffen en smikkelde de rest van haar croissant op. 'Toch is het mijn broer. En het is jouw zoon. Het leek me een goed idee je aan je vaderlijke gevoelens te herinneren. Dan kan ik hem meenemen naar New York en daar houden totdat hier de bui is overgewaaid.'

Hij was zich bewust van Terry die in haar kamerjas voor de boekenkast stond, met haar rug naar hem toe, en haar vingers over de ruggen van de kinderboeken liet glijden alsof het pianotoetsen waren. Het was laf van hem, maar wel gemakkelijker om via Emily met haar te praten. Hij ging naast zijn dochter zitten, nam een slokje van haar thee en trok zijn neus op omdat er geen suiker in zat.

'Je weet wat hij heeft gedaan, hè?'

'Mam heeft me net de video laten zien. Dat was een stomme zet van hem. Hoe ga je het oplossen?'

Vreemd genoeg was Eamonns reis naar Karachi nog niet bij het grote publiek bekend. Wie zijn foto bij de vertrekgate ook online had gezet, hij was nu weg, en als de veiligheidsdienst daarachter zat, dan was Karamat ze alleen maar dankbaar. Hij moest niet vergeten James te bedanken, omdat hij de enige was die het had gezien en ook omdat hij zo slim was geweest om zijn Google Alerts ook op de verkeerd gespelde naam #EamonLone in te stellen. Niet dat het echt zou helpen, want het nieuws zou snel genoeg naar buiten komen. Maar dan was hij tenminste degene die Terry op de hoogte kon brengen. Ze had zich eindelijk omgedraaid en uit haar blik kon hij opmaken dat zijn overhaaste vertrek die ochtend een ernstige inschattingsfout was geweest. 'Ga even rusten, dan kan ik met je vader praten,' zei ze.

Emily zat stijf rechtop, keek van de een naar de ander en stond uiteindelijk op. 'Sorry,' zei ze en ze gaf haar vader een kus op zijn wang.

Toen ze weg was, liep Terry naar het balkon en deed de deuren open, haar frisseluchtmanie geenszins ontmoedigd door de ochtendkilte. Sommige ergernissen verdwijnen in een huwelijk, andere nemen toe.

'Soms vergeet ik hoeveel ze op je lijkt,' zei ze.

'Alleen omdat haar broer niets van jou of van mij heeft.'

'Dat is niet waar. Hij was zoals ik was. Voor ik jou kende. Voor ik me erop toelegde om goed genoeg voor jou te worden.'

Daar moest hij om lachen. 'Ik denk dat je het andersom bedoelt, mijn oostkust-erfgename met het blauwe bloed. Herinner je je nog de eerste keer dat ik je mee uit eten nam?'

Maar ze schudde haar hoofd. Ze wilde zich aan een vertekend beeld van hun leven samen vastklampen. Hij gooide het restje thee van Emily in de pot met de aronskelk en schonk verse in een ander kopje. Er stond geen suiker op tafel, dus hij deed er een lepel jam in en roerde flink. Maar ook die woede wist haar niet te bereiken. Ze bleef aan de andere kant van de kamer staan en beet op haar laatste stukje duimnagel.

'Er was een tijd dat je me naar mijn mening vroeg,' zei ze. 'Bij elke campagne, elke wet, elke redevoering.'

Daar was het weer. Telkens als ze dit aanhaalde, had hij voor zich gehouden dat het in de begintijd zo ging omdat hij niemand anders had. Hij was die knul uit Bradford die miljoenen had verdiend en zich een plek binnen een partij had gekocht die niemand bij hem had verwacht. 'Is het zo erg dat ik mijn huis vrij wil houden van dat kabaal van Westminster?'

'Praat niet tegen me alsof ik een huisvrouwtje ben dat je aan het eind van de werkdag je pantoffels komt brengen. Heb je er ooit aan gedacht wat ik van deze toestand met de jongen vind?'

Hij keek met enige afschuw naar de drijvende jamblubber in zijn thee, maar nam toch een slokje om zich niet te laten kennen. 'Je wilt je zoon in bescherming nemen. Uiteraard. Dat is je taak. En de mijne. Maar onder deze omstandigheden kan ik die niet uitvoeren.'

'Ik heb het niet over Eamonn, blaaskaak. Ik heb het over dat negentienjarige joch dat in de zon ligt weg te rotten met zijn zus ernaast, die het niet meer heeft van ellende. Hij is al dood. Kun je hem niet met rust laten?'

Zijn gezin. Het is goddomme zijn gezin en zij begrepen er het minst van. 'Het gaat niet over hem. Het gaat niet over haar. Het gaat niet over Eamonn. Misschien vraag ik je niet meer om je mening, omdat je politieke inzicht aan metaalmoeheid is gaan lijden. En doe die deuren dicht, mijn thee is al ijskoud.' Het was een manier om het jamachtige goedje niet meer te hoeven drinken en haar de schuld te geven. Alhoewel het haar volledig leek te ontgaan, schonk het hem toch enige voldoening.

'Mijn inzicht is scherp genoeg om dingen te zien die jou ontgaan. Dat je binnen je partij meer vijanden dan rivalen hebt, eerder voorstanders dan supporters. Dat een bruine huid niet van teflon is gemaakt. Wat zou de ware reden zijn dat ik een stap terug heb gedaan van mijn onderneming, denk je?'

Ze overviel hem hiermee en hij dacht na over het verloop van hun gesprek om de logica van haar vraag in te zien, in plaats van pas op de plaats te maken. O. 'Om je energie beter te besteden, te weten aan – wie van ons twee kwam met deze omschrijving? – de zijde die over mijn te donkere straatvechterspieren is gedrapeerd. Net zoals in het begin.' Hij strekte zijn hand naar haar uit, bereid tot verzoening. 'Het is waar dat ik zonder jou nooit zover zou zijn gekomen. Dat zal ik nooit vergeten.'

Ze deed eindelijk de balkondeuren dicht, maar kennelijk was het alleen om ergens mee te kunnen slaan. 'Arrogante zak. Je begon aan de voet van de berg en je geest heeft je naar de top gekatapulteerd. Jij bent de enige die niet begrijpt dat het artikel van deze ochtend het begin van een lawine is, die op geen enkele manier kan worden tegengehouden.' Ze kwam eindelijk naar hem toe, maar het was alleen om de afstandsbediening te pakken. De tv knipte aan en daar was ze weer, het meisje dat met gekruiste benen op de grond zat, in dezelfde houding als toen hij zijn kantoor verliet. Hij keek naar de klok op de schouw. Eamonn kon elk moment landen.

'Een paar dagen geleden was de man die met een diamanten lepel in zijn mond was geboren je grootste rivaal, iemand die al jaren bij de partij zat. En nu is het een verweesde studente, die voor haar broer wil wat ze nooit voor haar vader heeft gehad: een graf om naast te kunnen zitten en te janken om de afschuwelijke, meelijwekkende ellende van haar familie. Kijk naar haar, Karamat; kijk naar dit treurende kind dat je tot je vijand hebt gemaakt, en moet je eens zien hoe diep je bent gezonken.'

De ijskist was afgedicht, er lagen platen ijs boven op het lichaam en het gezicht van de jongen was niet langer te zien. In welke staat van ontbinding verkeerde hij dat ze dit had toegestaan? Terwijl de mensen eerst dicht bij haar hadden gestaan, leek ze nu helemaal alleen bij het lijk te zitten, in het vergeelde gras onder de bodhiboom, te midden van verlepte rozenblaadjes. Door de stank, vermoedde Karamat. De stank had iedereen naar de rand van het park gedreven. Straks zou zijn zoon het park betreden, de stank van de dood in, met de vrouw van wie hij hield ermiddenin.

'O mijn god,' zei hij, nu hij inzag dat zijn zoon omringd zou zijn door de nachtmerrie van de verrotting.

'En je bent ook je zoon kwijtgeraakt,' zei Terry en ze legde een hand over zijn ogen. Haar aanraking liet iets in hem ophouden, maakte iets in hem los. Hij boog zijn hoofd en leunde zwaar – te zwaar – tegen de handpalm van zijn vrouw. Lang geleden, op een middag dat het buiten hoosde, had hij hier met zijn armen om zijn zoon heen gezeten om hem te troosten bij zijn eerste liefdesverdriet. Eamonn was toen dertien, de leeftijd waarop hij zijn vaders armen niet meer om zich heen wilde, behalve op dit moment van pijn. Buiten gierde de wind om het huis en Karamat was machteloos van liefde voor de jongen die het uitsnikte tegen zijn borst. Hij wist dat hij hem zou moeten zeggen dat hij het als een man moest dragen, zijn hoofd hoog moest houden, maar hij had hem dichter tegen zich aan getrokken, innig dankbaar dat de jongen zich niet tot zijn moeder of zijn zus, maar tot zijn vader had gewend, die het meest van hem hield, voor altijd.

Terry trok haar hand terug. 'Wees menselijk. Los het op.'

Ze verdween in een vlaag van wapperende zijde. Nu was hij alleen met het meisje, dat haar hand naar het ijs uitstak. Hij wreef in zijn handen en blies op zijn verkilde vingertoppen. De avond waarop zijn moeder was gestorven, had hij naast haar gewaakt tot aan de volgende ochtend, hardop voorlezend uit de Koran omdat zij daarom had gevraagd, al raakten de verzen niets in zijn hart. Het had zo belangrijk geleken om alles met rimpelloze toewijding uit te voeren. Niet omdat hij geloofde dat er iets van haar was achtergebleven om het te beseffen, maar omdat dit het laatste was wat hij als zoon voor haar kon doen.

Het voelde als een tour de force om zijn telefoon uit zijn zak te halen en James te bellen.

'Bedankt dat je de tweet van Eamonn offline hebt gehaald. Kun je me het nummer van de Britse afgevaardigde van de Hoge Commissie in Karachi geven?'

'Wij hebben die tweet niet verwijderd, meneer. Ik zal u het nummer direct sms'en.'

Hij hing op en overwoog even om weer naar zijn vrouw te gaan. Nee, hij zou het zelf regelen, voor zijn zoon, voor het meisje, en dan zou hij zijn vrouw gaan zoeken. Hij strekte zich uit op de bank, vouwde zijn armen over zijn borst en staarde strak voor zich uit. Wie zou er over zijn lichaam waken, wie zou zijn hand vasthouden op het laatste moment?

Een hels kabaal in huis, op de trap, in de hal. Hij stond al op toen drie lijfwachten de kamer binnenstormden en een muur om hem heen vormden, een bewegende muur die hem de trap af liet lopen en optilde als een paspop toen hij probeerde weg te komen om zijn vrouw en zijn dochter te vinden. 'Terry, Emily,' riep hij, de enige woorden die ertoe deden. 'Achter je,' klonk de stem van zijn vrouw, snelle voetstappen in zijn kielzog. 'Ik heb ze, meneer.' Geweldig, die Suarez! Buiten sirenes, de mensenmuur zwenkte langs de voordeur naar de kelder. Getrokken wapens, stemmen in walkietalkies, Suarez' bevel: 'Sluit de deur, laat niemand binnen tot ik aangeef dat alles veilig is.' In de saferoom, vrouw en dochter achter hem, de deur dichtgetrokken, Terry vergrendelde het meerpuntsslot.

'Waarom zitten we in de badkamer?' vroeg Emily.

Het duurde even voor Karamat zich realiseerde dat zijn dochter nog niet thuis was geweest sinds zijn benoeming tot minister. Zij was een bezoeker uit het verleden, een herinnering aan zijn vorige leven. 'Het is nu de saferoom.'

'O mijn god, we gaan eraan.'

Hij kon de aanblik van zijn dochters gezichtsuitdrukking niet verdragen, dus hij focuste zich op het aftasten van de deurlijst. Alsof hij een capabele vader was die naar zwakke plekken zocht om te kunnen fiksen. 'Suarez!' schreeuwde hij, bonzend op de deur. 'Wat is er goddomme aan de hand!'

De stem aan de andere kant – was het Jones?' – zei: 'We halen u er zo snel mogelijk uit,' alsof de minister van Binnenlandse Zaken en zijn vrouw en dochter in een haperende lift stonden. Die Engelsen af en toe... Zelfs als ze uit Wales kwamen. Hij tastte in zijn jaszak, maar zijn telefoon zat er niet in. Hij had hem op de tafel laten liggen in afwachting van James' sms. Emily en Terry hadden hun telefoon ook niet bij zich. Opnieuw bonsde hij op de deur. 'Ik wil weten wat er aan de hand is!'

'We hebben berichten onderschept. Over een mogelijke aanslag.'

'Dat maakt de zaak er niet beter op,' zei Terry en ze sloeg haar armen om haar dochter heen. Hij zou naar ze toe moeten gaan met troostende, geruststellende woordjes, maar hij liet zich langs de tegelwand op de vloer zakken. Wat kon hij zeggen? Dat alles goed zou komen?

‘Het spijt me zo,’ zei hij. Hij wachtte tot een van de twee zou opmerken dat hij er niets aan kon doen.

Terry wendde haar gezicht af en sprak haar dochter op een heldere, praktische toon toe. Ze legde het veiligheidsprotocol uit, de applicaties in deze kamer, dat de berichten over de aanslag niet bedreigend waren, want waarom zou iemand zijn plannen kenbaar maken als hij die daadwerkelijk wilde uitvoeren? *Explosiebestendig... kogelwerend... luchttoevoer*. Woorden waarmee je een kind geruststelde.

Wat waren ze toch mooi allebei, zijn vrouw en zijn dochter. Terwijl zijn vijanden buiten snode plannen smeedden om hem ten val te brengen – lekken, insinuaties, modder oprakelen, dingen die Westminster een slechte naam bezorgden – zat hij met zijn vrouw en dochter in een met metaal versterkte doos terwijl terroristen hem probeerden te doden. Hij vouwde zijn handen als iemand die wilde bidden of zijn zoons hoofd wilde beschermen. Of als een politicus die zijn levenslijnen wilde bestuderen. Hij geloofde niet in abracadabra, maar iemand had hem ooit verteld dat de lijnen in je linkerhandpalm je bij je geboorte meegekregen bestemming vertegenwoordigden, en in de rechter stond de bestemming die je zelf had bepaald. Met genoegen had hij sindsdien de zeer uiteenlopende verschillen tussen de twee bekeken. Hartlijn, hoofdlijn, lotlijn, levenslijn. Op welk punt was hij een politicus geworden die dacht aan de redding van zijn politieke carrière terwijl zijn dochter de troost van haar vader nodig had? Hij klopte op de vloer naast zich en nam haar hand in de zijne toen ze naast hem ging zitten en haar hoofd op zijn schouder legde. Telde haar vingers, net zoals toen ze pas geboren was, terwijl hij tot Eamonn altijd had gedacht dat het een fabeltje was dat alle ouders vingers telden.

‘Je moeder heeft gelijk,’ zei hij. ‘Zij die kunnen toeslaan, aarzelen niet. Zij die niet kunnen toeslaan, gaan online.’ Het leverde hem een kort lachje op. ‘Eerlijk gezegd ben ik er vrij zeker van dat Suarez de zaak behoorlijk opblaast om er een soort oefening van te maken. Zo is hij nu eenmaal. Hij wil er zeker van zijn dat al zijn mannen – en vrouwen, voor je me corrigeert – weten hoe ze onder druk moeten handelen.’

‘Vertel je dit soms om me een beter gevoel te geven?’

‘Ik ben de Lone Wolf. Ik zeg geen dingen om mensen een beter gevoel te geven.’ Hij ontblootte zijn tanden en ze lachte naar hem, vol vertrouwen.

Deze generatie is nog steeds kind als ze in de twintig zijn. Zelf had hij al veel lelijks op de wereld het hoofd geboden toen hij zo oud was als Emily nu. Vaak ook met genoegen. En ondanks de halsstarrigheid van de antinazibrigade hadden ze gewonnen. Daar was hij toch het levende bewijs van? Wie had ooit gedacht dat hij, die ooit rondliep met een RACISTEN ZIJN RUK IN BED-button, op zoek naar een vuistgevecht of een wip, om het even, op deze functie zou belanden? Als hij ooit had bedacht dat hij als minister van Binnenlandse Zaken in een saferoom zou moeten schuilen, dan had hij zonder te vragen aangenomen dat neonazi’s het op hem hadden gemunt. Maar hoe durven ze – hoe durven *zijn eigen mensen* dit te doen? Terwijl zijn generatie zo enorm had gebikkeld om hun positie te verbeteren. Persoonlijke rancune? Reken maar.

‘Pap?’ zei Emily. Hij had ongemerkt in haar hand geknepen.

Hoe hadden ze het willen doen? Een vrachtwagen vol dynamiet in een parallelle straat parkeren en laten ontploffen, zodat de hele buurt vernietigd werd? Zaten ze in de rioolleiding? Waren ze in zijn veiligheidsteam geïnfiltreerd? Hij keek naar Terry.

‘Haal diep adem,’ zei ze geluidloos, en ze ging aan de andere kant van haar dochter zitten.

Dus daar concentreerde hij zich op. Op zijn ademhaling, op het vasthouden van zijn dochters hand. Op het inzicht dat er geen correlatie tussen het kwaad en competentie was. Op het bedenken hoe hij als held uit deze situatie kon komen, op de gooi naar het partijleiderschap. Dan weer terug op het ademhalen, op het vasthouden van zijn dochters hand.

Na wat een eeuwigheid van stilte leek, zei Emily: ‘Eamonn was moppen gaan tappen als hij hier was.’

Karamat keek op zijn horloge. Zijn zoon was inmiddels in Karachi aangekomen.

Hij schraapte zijn keel. ‘Terry, ik moet je nog iets…’

Er werd op de deur gebonsd. Suarez riep dat alles veilig was en dat ze eruit mochten. Karamat stond zo snel op dat hij licht in het hoofd werd. Hij draaide het slot om en hoorde alle metalen pinnen uit hun versleutelpositie klikken. Hij hoorde dat zijn dochter in tranen uitbarstte van opluchting en wilde zich omdraaien om haar overeind te helpen. Terry deed hetzelfde en even stonden ze met z'n drieën met hun armen om elkaar heen. Toen ze zich van elkaar losmaakten, stond Suarez met een opgeluchte glimlach in de deuropening.

'Loos alarm, meneer. Maar een waardevolle driloefening voor ons team.'

'Hoe weet je dat?'

'Omdat ze beweren dat ze u te pakken hebben, meneer, en u bent duidelijk hier.'

Gekraak uit de walkietalkie. Een stem aan de andere kant – dringend, panisch.

Elke nieuwszender herhaalde het keer op keer:

Een man in een marineblauw overhemd loopt het park in. Hij wordt herkend, de journalisten stormen op hem af, hij steekt afwerend zijn hand op, roept de naam van de vrouw voor wie hij is gekomen. De camera's worden op haar gericht. Zij is de enige die hem nog niet heeft gezien; haar wang rust op de ijsplaat, die door het smelten al bijna doorzichtig is geworden. De journalisten doen een paar stappen terug en laten hem doorlopen. Twee mannen in beige salwar kameez versperren hem de weg. 'Eindelijk ben je er,' zegt de ene en hij spreidt zijn armen. De man in het marineblauwe overhemd kijkt naar de vrouw, maar hij is op een hem onbekende plek, hij wil niemand schofferen en laat zich omhelzen. Terwijl de een hem vasthoudt, legt de ander zijn armen om zijn middel. De twee mannen draaien zich om en rennen weg. Ze klimmen over het hek het park uit en zijn weg voordat de man beseft wat ze om zijn middel hebben vastgemaakt.

Hij trekt eraan, roept om een mes, iets om het los te kunnen snijden. Maar iedereen vlucht weg, naar de uitgang of de andere kant op, schreeuwend en stemmen die naar God reiken, wie anders kan hen nog redden? Eén cameraman, een veteraan van slachtpartijen, blijft aan de rand van het park staan, voor zijn gevoel buiten de explosieradius, en richt de lens op het nu lege grasveld. De jonge vrouw is opgestaan. De man met de bomgordel om zijn middel steekt zijn beide handen afwerend op om haar niet naar hem toe te laten komen. 'Rennen!' schreeuwt hij. 'Ga weg, rennen!' En ze rent ook, recht op hem af, en de camera maakt een schokje op de schouder van de man die een ontploffing verwacht. Eerst worstelt de man in het marineblauwe overhemd met haar, maar haar armen zijn al om hem heen en ze fluistert iets in zijn oor. Dan houdt hij op. Ze legt haar wang tegen de zijne; hij buigt zijn hoofd om haar schouder te kussen. Even zijn ze twee geliefden in het park onder een oude boom die het zonlicht filtert, een beeldschoon en vredig tafereeltje.

Dankwoord

Jatinder Varma van Tara Arts reikte me het idee aan om *Antigone* in een hedendaagse context te plaatsen. Veel dank, Jatinder, en mijn excuus dat ik er een boek van heb gemaakt in plaats van een toneelstuk.

Ik heb het geluk gehad om de Santa Maddalena Foundation in mijn leven te hebben; dank aan Beatrice Monti voor de ruimte om te werken, voor haar vriendschap en haar honden.

Dank aan Dermot O'Flynn voor het bureau met uitzicht op zee.

Dank aan Victoria Hobbs, Alexandra Pringle, Becky Saletan, Angelique Tran Van Sang, Jennifer Custer, Faiza S. Kahn en alle andere mensen bij Bloomsbury, Riverhead en A.M. Heath, die een rol hebben gespeeld bij de totstandkoming van *Huis in brand*.

Veel dank aan mijn uitgevers en mijn vertalers.

Dank ook voor de vertalers van Sofokles: Anne Carsons *Antigone* (Oberon Books, 2015) en Seamus Heaneys *The Burial at Thebes: Sophocles' Antigone* (Faber&Faber, 2005) die ik steeds bij me heb gehad bij het schrijven van deze roman. Ook veel dank voor Ali Smiths *The Story of Antigone* (Pushkin Children's Books, 2013), en voor Ali Smith zelf.

Dank aan Shami Chakrabarti voor de toestemming haar woorden te gebruiken, die ze had uitgesproken in de tijd dat ze directeur was van Liberty (liberty-human-rights.org.uk) in verband met de plannen om burgers hun Britse nationaliteit af te nemen.

Elizabeth Porto is de betrouwbaarste lezer van eerste versies.

De Preston Road-paragrafen zijn Geraldine Cooke – vriendin, gids, feitenchecker – veel verschuldigd. Ze was bereid veel tijd te investeren zonder te vragen wat mijn plannen waren. Ook veel dank aan haar vele vrienden en kennissen die me over hun buurt hebben verteld.

Gillian Slovo's excellente verbatim stuk *Another World: How We Lost Our Children to Islamic State* (Oberon Books, 2016) was kort voor ik aan *Huis in brand* begon verschenen. Gillian was uiterst genereus met het delen van haar kennis en bronnen, en ze was tevens zo vriendelijk mijn eerste versie van deze roman te willen lezen.